《時代》雜誌
年度必讀百大書單

如果擁有妳的臉

If I Had Your Face

Frances Cha
車熺垣——著 新新——譯

目次

獻給我的母親

她教我如何堅持夢想

亞拉

秀津暱稱我人魚公主，或小美人魚。她說那是因為小美人魚失去了嗓音，不過後來又找回聲音，而且此後過著幸福快樂的日子。我沒告訴她這是美國動畫裡的版本。她在原版的故事裡自殺了。

秀津鐵了心要進高檔俱樂部工作。她邀請住在對門的居莉過來，我們三人在地板上坐下，圍成小小的三角形，透過窗戶望著街上零星的酒吧。穿著西裝的醉漢蹣跚走過，盤算該去哪裡續攤。夜深了，我們用小紙杯喝燒酒。

居莉在「埃阿斯」上班，那是論峴這帶最昂貴的高檔俱樂部，店裡都是光線昏暗的長型包廂，男人們把客戶帶進包廂，在大理石桌前談生意。他們會讓居莉這樣的公關小姐整晚坐在身邊，替自己倒酒。秀津跟我說過這樣一天晚上要價多少，我很久以後才有辦法相信她說的數字。認識居莉以前，我從沒聽過高檔俱樂部，不過我現在已經知道該去哪裡找了，在每條小巷都能發現一間。這些俱樂部從外觀幾乎看不出來，陰暗的樓梯上方掛著沒有特色的招牌，通往男人可以付錢當大王的地下世界。

秀津希望成為其中一份子，她想賺錢。此刻，她正在請教居莉，想知道她的眼睛是在哪裡做的。

「我是在清州老家做的。」秀津傷心地告訴居莉。「真是個錯誤的決定！妳自己看看。」說著，瞪大了雙眼。她說的沒錯，右邊的眼皮縫得有點太高，結果眼神有些歪斜狡詐。遺憾的是，就算撇開不對稱的眼皮，秀津的臉還是太方，以韓國的標準根本算不上美女。而且下巴也太過突出。

相對之下，居莉就是那種電力滿滿的美麗女孩。她的雙眼皮縫線不太顯眼，看起來很自然，鼻子經過墊高處理，顴骨做過削骨手術，下巴則是正顎手術，再削成纖細的V型。沿著紋繡眼線接上濃密的長睫毛，她也定期進行醫美療程，皮膚有如脫脂牛奶般雪白閃亮。她剛剛還大聊蓮葉精華面膜與神經醯胺保溼保養品，說這些在穿低胸領口時很有幫助。沒想到她唯一沒有動的部分就是頭髮，垂落於背上宛若黑色河流。

「我真蠢。當初應該等年紀大一點再做。」秀津羨慕地再看了居莉完美的雙眼皮摺一眼，嘆了口氣，視線回到小手鏡中自己的眼睛。「真浪費錢。」她說道。

■

秀津和我已經當了三年室友。我們在清州念同一所國中，也上同一所高中。我們念的是職校，只需要兩年就能畢業，不過秀津連那兩年都沒念完。她一直巴不得逃離從小成長的孤兒院，趕快去首爾，念完高一之後，她找了間髮型學校碰碰運氣。不過她剪髮技巧不好，而且弄壞假髮很花錢，於是她也放棄了髮型學校，不過在那之前，她先打了電話，叫我去頂替她的位子。

現在我成了一名稱職的設計師，每週總有幾天，秀津會在十點整來到我工作的美髮沙龍。我替她洗頭、吹好頭髮，她再去美甲店上班。幾個星期前，她帶著居莉過來，說要替我介紹新客戶。對小型美髮沙龍來說，接到高檔俱樂部公關小姐這類型的客戶是不得了的大事，她們每天都需要專人處理妝髮，可以想見未來可以有大量收入。

居莉只有一件事情讓我不太高興，秀津明明說過我的聽力沒有問題，但有時她跟我講話還是太大聲。此外，只要我轉身忙別的事，就常會聽見她小聲說起我的「狀況」。

我知道她是一番好意啦。

■

秀津還在抱怨她的雙眼皮。差不多打從認識她開始（無論是縫了雙眼皮之前或之後），她都對這對眼皮很不滿意。幫她動手術的醫生是我們某位老師的丈夫，他在清州開了間小小的整形診所。由於老師提供半價折扣，那年我們學校大約一半的學生都在那裡整了眼睛。至於包含我在內的另外一半人，甚至連半價都負擔不起。

「我很慶幸不需要重新縫雙眼皮。」居莉說：「我去的是最棒的醫院，狎鷗亭醫美產業線中最老牌的一間，很多常客是歌手和演員，比方尹敏智。」

「尹敏智！我愛她！她好漂亮。而且本人肯定超級親切。」秀津盯著居莉，一臉神魂顛倒。

「呃。」居莉臉上閃過一絲惱怒。「她還不錯啦。我想她因為上新節目長了點雀斑，需要簡單打些雷射。就是在大太陽下到處出外景的那個新節目？」

「對呀，我們超愛那個節目！」秀津戳戳我。「尤其是亞拉。她很迷男團，妳知道王冠的成員，就是節目班底中最年輕的那個。妳真該看看每週節目結束之後，她在房間裡面發呆的樣子。」

我假裝要賞她巴掌，然後搖搖頭。

「泰仁嗎？我也覺得他好可愛！」居莉又開始大聲講話，秀津難過地望著她，接著回頭瞄我一眼。

「他的經紀人有時候會帶人來埃阿斯，那些男人身上的西裝是我看過最緊繃合身的。他們大概是金主吧，畢竟經紀人總是對他們吹噓泰仁在中國有多受歡迎。」

「太誇張了！妳下次一定要傳簡訊通知我們。亞拉會拋下一切，直奔過去。」秀津咧嘴而笑。

我皺著眉拿出筆記本和筆，比起手機打字，我寧可用手寫。手寫字感覺起來比較像真的在說話。

泰仁年紀太小了，不會上埃阿斯那種地方。我寫道。

居莉靠過來看我寫了什麼。「鄭泰仁？他跟我們一樣大，今年已經二十二歲。」她說。

我就是這個意思。看我寫完，居莉和秀津都笑我。

■

秀津暱稱我人魚公主，或小美人魚。她說那是因為小美人魚失去了嗓音，不過後來又找回聲音，而且此後過著幸福快樂的日子。我沒告訴她這是美國動畫裡的版本。她在原版的故事裡自殺了。

秀津和我是國中一年級時認識的，我們一起被分配到負責地瓜推車。清州很多青少年冬天都靠這個賺錢，我們站在街角，用雪地上的小錫桶炭烤地瓜，每個賣幾千韓元。當然，只有學校裡混幫派的壞孩子才做這種事情，他們隸屬學校裡「一陣會」這個幫派，不同於那些忙著準備升學考試的書呆子，也不會有母親每天早上幫忙準備便當，放進可愛的小便當盒裡。不過話又說回來，地瓜推車旁的壞孩子還算是「好的」。至少人們付錢給我們可以換到東西，而真正的壞孩子只會直接把錢拿走。

■

我們經常為了爭奪最適合做生意的街角大打出手，能跟秀津一組是我運氣好，畢竟有必要時，她可以非常心狠手辣。

秀津教我的第一件事，就是如何利用我的指甲。「只要妳想，就能戳瞎別人，或者在他們的喉嚨上開個洞。不過妳必須讓指甲維持最佳的長度與厚度，這樣它們才不會在生死交關的時刻斷掉。」她仔細審視我的指甲，然後搖搖頭。「沒錯，這些不行。」她說著，挑了些強化指甲的維他命，還有某個廠牌的強化護甲指甲油。

當時我還能開口說話，秀津和我會亂開玩笑，或邊推車邊唱歌，同時聲嘶力竭地向路人叫賣。「地瓜對您的皮膚很好！」我們會放聲大喊：「讓您健康又美麗！而且超好吃的喔！」

這塊搶手的街角是我們從娜娜學姊手上得來的，她每個月會來收一、兩次租金。她是學校一進會的要角，據說她經過連續好幾場傳說級的對決，後來攻下這一帶所有地盤。不過最後那次打架時，她折斷了小指，於是才在養傷期間將地盤交給我們。

雖然她常在學校廁所毆打其他女孩，不過娜娜喜歡我，因為我們的學校幫派中只有我沒有男朋友。「妳分得出人生的輕重緩急。」她總是這麼跟我說：「而且妳看起來很無辜，這樣很讚。」我向她深深鞠躬表示謝意，她接著就會派我去買香菸。街角那間店的男人不喜歡她的長相，不願意賣菸給她。

■

我猜得到秀津為什麼那麼介意自己的長相。清州每個人都認為她成長的「洛林中心」是怪胎馬戲團。除了收容孤兒，那也是身障與畸形者的家。秀津告訴我，她小時候父母就過世了，但我最近忽然領悟，她當年一定是被比我們現在年紀還年輕的女孩拋棄。搞不好她母親也是高檔俱樂部公關。

我對秀津說想去中心找她，那裡不會有人盯著我們看。我們可以喝掉雜貨店捐來的過期飲料，而且地瓜推車停在那裡，也不會有人多問什麼。不過偷偷說，看到幾位身障者在中心緩慢地遊蕩，看護用單調的聲音對他們說話，那光景有時會嚇到我。

■

「我實在很不想跟妳說，不過過診所主任說過，泰仁也在我的醫院動過大手術。」居莉用那種知道天大祕密的表情看著我，我瞪著她，她聳聳肩。「我是說，他們擁有世界上最棒的整形團隊。想當明星的話，如果不在那裡整修門面就太傻了。」她慢慢起身，像貓咪般伸伸懶腰。

秀津和我看著她，也跟著打起呵欠，不過她這樣講泰仁，我其實有點生氣。我真的認為他只用過牙齒美白貼片。他甚至沒有雙眼皮。

「等等，妳說的該不是仙度瑞拉診所吧？」秀津瞇起眼睛。

居莉說沒錯。

「我聽說那裡每個醫生都是國立首爾大學高分畢業！」秀津尖叫。

「對呀，診所有一整面牆貼滿醫生的照片，而且每個人的簡歷上都包含國立首爾大學。雜誌上都說那裡是美貌工廠。」

「他們主治醫師好像非常有名？申醫師什麼的？」

「是沈相赫醫師。」居莉說道。「他的預約候診名單可以排上**好幾個月**。他甚至能掌握未來的美容的流行趨勢，也很清楚女生希望自己看起來怎樣。妳也知道，這非常重要。」

「就是他！《美容祕訣》上關於他的每篇文章我都讀過。他們上個星期刊了好幾篇跟他有關的報導。」

「他很可愛。而且技術高超，很明顯吧。」

居莉對著自己的臉揮手，接著眨眨眼。她有點搖搖晃晃的，這時我才仔細看著她，發現她已經醉了。

「他真的是妳的醫生嗎？」秀津往前傾身。我知道接下來的劇情會怎麼走。

「沒錯。有朋友牽線，所以我沒被加價，通常都是要的。她在那裡處理了髮際線和小腿肚。」

「太棒了！」秀津跳起來。「妳能幫我介紹嗎？我真的需要調整下巴，那些文章又說他專精下巴手術。」我知道，為了向居莉提起這件事，她策劃了無數週——事實上，很有可能從她們相遇以來，她就想著這件事。秀津常常對我說，她沒看過誰的下巴線條比居莉更漂亮。

居莉盯著秀津，接下來安靜了好一會兒，感覺有點奇怪。她比劃著要再來點燒酒，所以我幫她又倒了一杯，並且滲了點涼涼甜甜的養樂多。她發現我稀釋了燒酒，對我扮個鬼臉。

「聽好，我不是說自己後悔動了下巴手術。這是我人生的轉捩點。我也不會說，手術不會改變你的人生——老實說，妳的人生絕對會有所不同。不過我還是不推薦動手術。還有，沈醫師真的很忙，那間醫院也真的很貴。就算不加價也真的非常貴。診所只收現金。雖然宣稱接受信用卡付款，不過他們會靠其他的招數吸引妳，而且付現的話可以拿到很多折扣，所以妳根本不可能不付現。除非妳是個演員，而且已經被大型經紀公司簽下來，那麼他會贊助妳，不然動這刀真的太貴了。」居莉乾掉剩下的燒酒，眨眨濃密的睫毛。「不然的話，妳會需要從其他地方借錢，接下來一輩子都無法擺脫那些利息。」

「嗯，這會是我一生最大的投資，我已經存一陣子。」秀津甩過頭，速速瞥了我一眼。我一直免費替她整理頭髮，這樣她就能存錢準備手術。至少我還能做到這一點。

「我不知道妳存了多少，不過帳單的總金額一定很嚇人。永遠不會只作妳踏進診所時盤算的那一項手術。」居莉說。後來秀津和我討論過，為什麼居莉似乎不想要秀津去動這個手術——是因為她不好意思開口請沈醫師幫忙嗎？或者她認為秀津可能會看起來跟她太像？為什麼她不想要秀津的生活有所轉變呢？

居莉嘆口氣，然後補上一句，她希望她能多存點錢。秀津提過，高檔俱樂部公關很難存到錢，因為她們會上牛郎店，在男公關身上撒錢，發洩工作壓力，結果往往負債累累。「很多公關小姐一晚的酒錢，都夠我做兩個手術了。」秀津有一次這麼跟我說：「妳不能想像她們每個星期賺到和花掉的錢有多少。我一定得進入那個地方，必須。」除非不再需要擔心如何活過明天、活過下個月，她說她會一直存錢存下去。

無論何時她講起這些事，我都會點頭微笑，好讓她明白我相信她。

■

如果有人問我事情是怎麼發生的，有時候我會告訴他們，原因是那個男孩。他讓我心碎，而我失去了聲音。不覺得很浪漫嗎？

我想過打下這段話，印成一小張紙片，才不用每次都得重複寫下這段。接著我發現，這太容易讓人連想到地鐵站的乞討者。

我偶爾會說謊，寫說我生來如此。不過只要是面對喜歡的客戶，我就會寫實話。

我會寫，這是生存的代價。出了首爾，事物運作的方式有點不一樣。

事實上，如果我同時也變得聽不見的話，應該比較合理。當時大部分的拳頭都落在我的耳朵上。雖然後來我的鼓膜破裂，不過幾乎完全恢復了，我的聽力沒有問題。有時候我甚至懷疑自己似乎聽得比之前更清楚。比方說風聲。過去我不記得風聲有這麼多種音調。

■

星期一到了，居莉上班稍微有點遲到。她抵達時看起來很累，不過還是坐在梳妝椅上對我揮手，我正準備幫她吹整髮型。我隔壁的造型師用了太多髮膠，我寫過很多紙條請她減少用量，畢竟噴霧的味道令人厭膩，而且霧氣讓我頭痛，不過她只是平靜地對我眨了眨眼睛，後來也完全沒有改變作法。

洗好居莉的頭髮後，我端了杯柚子冰茶給她。她窩進椅子裡。

「亞拉，麻煩照舊。」她啜著冰茶，瞄瞄鏡子裡面的自己。「我的天啊，看看那個黑眼圈。我今天好醜。昨晚喝太多了。」

我拿出直髮棒示意，挑起眉問她的意思。

「不了謝謝，幫我做鬈髮就好。」她心不在焉地用手指梳開髮絲。「我大概還沒告訴妳，這其實是埃阿斯的規矩。俱樂部不能有太多髮型相同的公關小姐，所以我們每一季都有指定的造型風格。我很幸運能分配到鬈髮。妳也知道，男人喜歡鬈髮。」

我笑著對鏡中的她點點頭，收起直髮棒，然後拿出捲髮器。

「為了想確定這件事，我還特別問了遇到的每個男人。他們全都說自己喜歡長鬈髮。我真的覺得那是因為電影《我的寶貝》裡面的趙世希。她在電影中好漂亮不是嗎？而且妳知道嗎？她的頭髮完全沒動過。她跟洗髮精廠牌簽了約，所以十年來都沒有染燙。」

居莉閉著眼睛閒聊，我則將她的頭髮分區夾上頭頂，從左邊開始往外夾捲。

「年紀比較大的公關小姐必須非常努力整理頭髮，我覺得變老真的很慘。看看我們的媽媽桑吧，我從來沒見過這麼醜的生物。如果我也長得那麼醜，大概會自殺。不過妳知道嗎？一定只有我們這間俱樂部的媽媽桑長得那麼醜，這一點也讓埃阿斯與眾不同。她長相那麼恐怖，正好讓我們這些公關小姐看起來更漂亮。」

她打了個冷顫。

「有時候我就是停不下來，一直想著她有多醜。為什麼她不乾脆動個手術？為什麼？我實在不了解醜人的想法，尤其那些有錢人，他們是不是傻了？」她仔細看著鏡中的自己，往側邊歪著頭，直到我將她的頭扶正。「他們是不是很變態？」

星期日是我唯一的休假日，只有那天能和秀津在家瞎混。我平常早上十點半上班，晚上十一點筋疲力竭地回到家。因此每逢週日，我們就會懶洋洋地躺在房裡，吃著香蕉脆片和泡麵，然後用電腦看電視節目。秀津最愛的綜藝節目是《極端到極端》，製作單位每週會找來幾個非常畸形的人（有時候只不過是長得醜），觀眾可以透過電話選出贏家，優勝者將可以獲得免費整形手術，而且由全國最好的醫師操刀。她很愛看最後的大改造橋段，那些雀屏中選的人踏出簾幕，而他們的家人（手術恢復期的幾個月間都沒見過他們）發現贏家好看到認不出來，於是尖叫、掉淚，甚至跪倒在地。節目非常戲劇化。主持人也常哭。

通常她會不停重播，不過她今天興奮到坐不住。

「居莉終於同意之後，態度真的變得很好。她說會和自己賣二手包的店家談談，店家會願意借我手術費用。她說借錢給公關小姐才是他們的本行！等我身體恢復，而且一切都打理好之後，她還能替我介紹工作。」

秀津興奮得發抖，我拍拍她的手臂。「我等不及了。」她說：「我打算接下來只吃泡麵，吃到我飛速還清借款，這樣就根本來不及生利息。」

她看起來飄飄然。「晚上睡個覺，每天起床都很有錢，這樣不是很棒嗎？不過我不會亂花錢。不會的。我心裡永遠覺得自己很窮。這一點會讓我有錢。」

那妳會買什麼給我？我寫道。她笑著拍拍我的頭。

「送給人魚公主，」她說：「她心之所欲。」她走到鏡子前，摸摸下巴。「只要在那之前確定好，妳想要什麼。」

■

秀津動手術的那天，居莉提早抵達沙龍，她會帶秀津去醫院，在手術前跟沈醫師談談。今天我打算傍晚五點下班，秀津麻醉退了醒來時，我會在醫院陪著她。

■

謝謝妳替她介紹這一位魔法師。我寫道。她就要變漂亮了。

居莉先是面無表情，不過很快就笑著說，很高興自己幫為這個世界多添了美麗的事物。「他通常很忙，好幾個月都排不上手術。他願意只加點價就為她安插手術，真的很大方。」我點頭。沈醫師在諮詢中告訴秀津重新縫雙眼皮不是問題，不過她非常需要正顎以及下巴削骨手術。他會先切斷上、下顎調正骨骼，接著削掉下巴兩側，這樣一來下巴的輪廓就不會看起來這麼剛硬。他還推薦削點顴骨，稍稍抽除臉頰脂肪。手術總共需要五到六個小時，之後她要住院四天。

一講到要花多久的時間才會看起來徹底自然，他就沒那麼侃侃而談。「大概需要六個月以上」，這是我們所能得到最明確的回答。他們說，每個人的恢復期差異非常大。不過俱樂部裡有個公關小姐的表妹也動過手術，等了一年多才變得自然。據她說，她表妹的臉頰到現在還是沒有知覺，而且很難咀嚼，不過她拿到了頂級企業的業務工作。

我夾好居莉的頭髮，抓鬆捲度，然後在手上擠了些價位最高的亮髮精華。我揉開精華，輕輕梳進她的髮間。味道聞起來很舒服，就像薄荷糖加上玫瑰花。

我點點她的肩膀，示意造型完成。居莉坐挺身體，睫毛輕搧，用「照鏡子的表情」盯著自己，往內吸起臉頰。她鬈髮如瀑，妝容精緻，看起來美得令人屏息。在她身旁，我普通的五官搭配普通的髮型，看起來甚至比剛才更不起眼了，權主任不時叨叨唸唸，要我打扮得更誇張顯眼。

「亞拉，謝謝妳。」她臉上綻開感激的笑容。她跟我在鏡子裡中對上眼。「我很喜歡，真像是個女神！」我們一起哈哈大笑，不過我的笑沒有聲音。

■

秀津躺在醫院裡，裹著繃帶的頭只露出眼睫毛、鼻子和嘴唇，我也只能握著她的手，默默陪她掉眼淚。

■

那天晚上回到家，我在桌上找到一張紙，她的遺書。我們看過很多新聞，提到病人下顎骨的碎片掉進動脈分支，導致鮮血流滿喉嚨，在睡夢中窒息而死。看了前幾篇文章，我就阻止她再看下去，不過我偷偷看完所有報導。

■

我將所有東西都留給我的室友：朴亞拉。遺書上是這麼寫的。

原版故事中，小美人魚為了求來的雙腿，忍受無法訴說的疼痛。女巫警告她，新生的雙腿會像踩在鋒利的刃面，不過她將擁有無人能比的曼妙舞姿。於是她喝下女巫的魔藥，魔力像把刀，切穿她的身體。

不過我想說的是，儘管痛得彷彿踩過數千把鋒利的刀刃，但她能用美麗的雙腿跳出超凡的舞步。她能夠走路、奔跑，並且待在她深愛的王子身邊，雖然他們最終沒能有個好結局，但那不是重點。

故事的最後，她向王子道別，接著縱身跳進海裡，以為自己會粉碎成海中泡沫，但卻被光與空氣的孩子帶走。

■

這故事很美，不是嗎？

居莉

我想伸手搖晃她的肩膀，告訴她別再像個傻子那樣糟蹋人生。妳擁有那麼多，想做什麼都可以。

要是能有擁有妳那張臉，我會過得比妳好上千百倍。

晚上十點左右，一個沒見過的女孩踏進我們俱樂部。她身材嬌小、衣著華貴，飄逸的小鳥印花絲質洋裝，搭配飾有貂毛的高跟鞋。我在最近一期《愛慾奢華大女人》上看過同一件洋裝，一件就要價相當於我整年的房租。嬌小可愛的她掛著輕蔑的表情站在那裡。

我們五個公關小姐坐在桌旁，每個人負責接待一名男子。她站在門口，眼神興致高昂，輪流盯著我們每個人的臉。大部分男子似乎沒有注意到她的到來，他們都醉了，正在大聲談話，我們幾個都愣住了。其他公關小姐立刻低頭別開視線，不過我阻止自己的反射動作，努力瞪了回去。

她靜靜審視包廂中的一切：深色大理石牆面、滿是酒瓶、酒杯的長桌、水晶水果盤、角落的化妝室透出光線，還有關掉的卡拉OK機台——布魯斯接到重要電話，但是他懶得走到包廂外講公事，所以唱到一半就卡了歌。沒有服務生帶她過來，代表有人告訴她該上哪間包廂，這可不容易，畢竟我們的走道特意做得像是地下迷宮。

「小智，這裡！」我陪的客人布魯斯想知道我在看什麼，所以跟著轉過頭，看到之後一邊喊對方，一邊在桌子下面粗魯地掐了我大腿內側一把。「妳來了！」

名叫小智的女孩緩緩朝我們走來，照著布魯斯的指示坐下。近看之下，我看得出來她的臉沒有動過手術：單眼皮、塌鼻子。如果是我，頂著這麼一張臉，就算快死了也不會有人注意到吧。不過從她的走路方式，還有撐著頭的天真模樣，顯然不愁吃穿。

「欸！」她對布魯斯說：「你是不是醉了？為什麼叫我過來？」她聽起來很不高興被叫來這種場子，不過我知道其實正好相反，她明明很高興能親眼看看高檔俱樂部。女性很少踏入俱樂部，她們瞠目結舌的樣子就像水裡的魚張著嘴，還會對我們品頭論足。妳看得出她們心裡在想什麼：「我永遠不會像妳這樣為錢妥協，放寬道德標準，妳做這行只不過想多買幾個包包。」

我不確定誰比較糟糕，她們，或是那些男人。開玩笑的，肯定是那些男人比較糟糕。

我面前擺著半空的威士忌酒瓶。布魯斯跟平常一樣，訂下最大的包廂，點了酒單上最貴的酒。不過今天晚上他和朋友喝酒喝得特別久，大部分派對不會耗掉這麼多時間。布魯斯是我們這間俱樂部最近的大爺——不僅因為他家赫赫有名（他父親在清潭洞開了間幹細胞診所），更是因為他自己開了間遊戲公司——媽媽桑很高興兩個月以來他每週報到。「居莉，他都是為了來找妳。」她前幾天晚上這麼說，貌似蟾蜍的臉上露出微笑。我也笑了。不過我碰巧知道，其實只不過因為我們這裡是距離他辦公室最近的高檔俱樂部。

「我當然沒醉。」布魯斯對著女孩怒喝：「我叫妳來，是因為美愛不理我。」

這是我頭一次聽說「美愛」，不過話說回來，我憑什麼自認該聽過她的名字？

「你們又吵架了？」她說。她在發抖，從包包裡抽出一件米色的針織衫披上。這個動作對我們來說是一種羞辱。為了那些身穿西裝的男人，媽媽桑總是讓室內保持他們能感覺舒適的低溫，穿著短洋裝的我們，只好努力掩飾身上的雞皮疙瘩。

「妳得跟她談談，叫她清醒一點，她得搞清楚現實世界的運作方式。」布魯斯拿下眼鏡，揉揉眼睛，這是他洩氣時的習慣動作。拿掉眼鏡之後，他看起來就像迷路的小孩，配上布魯斯這個名字似乎很荒謬。他告訴我，他在十五歲前就得到跆拳道三段，從那之後我就故意像「布魯斯·

李」一樣老是叫他「布魯斯」。那時我們人在飯店，我故意說他手臂很細。因為那天我累得不想做愛，希望那樣說可以讓他不爽。

我不知道男人是從幾歲開始變成混帳的——童年時期？還是青春期？他們真正開始賺錢的時候？我猜大概取決於他們的父親，還有他們父親的父親吧。如果我個人經驗可以作為參考，祖父通常是家中最爛的大混帳。說實話，最近的男人已經比前幾代好太多了，那些傢伙以前會把小三帶進家門，要求太太照料並養育他們的私生子。那時我甚至還沒進高檔俱樂部，但是因為在自家親戚間聽過太多故事，所以我很早就對男人沒有任何幻想。他們要不就是死得早，害妳困在孩子和高額的育兒費中，要不就會用其他無聊的方式拖垮妳。

我只在電視劇裡看過所謂的紳士。那些男人很好。他們會保護妳、會掉眼淚，也會為妳挺身對抗自己的家庭。雖然我絕對不會希望他們放棄家產，沒錢的男人幫不了自己，更不可能幫得了我。我很清楚，因為我曾經愛上沒錢的男人。他付不起我的坐檯費，我也沒辦法把時間浪費在他身上。

「我知道你們比一般情侶更常吵架。」那女孩說：「到了這時候，你要不是乾脆分手就是只能求婚。」她說話的同時上下打量我。

臭婊子。我心想，努力克制自己，不要把裙襬往下扯。

「我知道。」布魯斯說著拿起酒瓶。我讓他自己倒酒，沒主動替他服務。要是媽媽桑看到這一幕，她一定會唸我。「最近每次其實都在吵這個。我才三十三歲，還沒準備好。我們的朋友中還沒人結婚，連女生也沒有。雖然我搞不懂她們不結婚還能有什麼打算。」他皺眉？「小智，當然不包括妳。」他連忙補充：「妳一定沒有什麼好擔心的。」

那女孩扮了個鬼臉。「我家一直幫我安排相親，想把我嫁掉，討厭死了。他們以為現在是什麼年代？」

他一臉嚴肅地思考她的問題。我翻了白眼，好險其他人都沒看見。

「我祖母已經挑好婚禮的日子。」她繼續說：「明年九月十五之類的。他們只需要一個新郎。她說她需要很多時間，好好決定我該在哪間飯店結婚，以免其他飯店的老闆不開心。」

我拿出粉餅繼續補妝。多可笑啊，每個人人生中要煩惱的爛事差異實在太大。如果是以前，被她盯著看可能會讓我很煩躁，會覺得羞愧又不自在。現在我卻只想搧她一巴掌，布魯斯也真令人受不了，誰要他叫她過來。

「總之，我覺得這樣很好啊。美愛竟然對你有這麼大的影響力，讓你為她悶悶不樂。」她說道，接下來吐出一大串英文，搭配誇張的手勢。我注意到講英文的人常會這樣。他們的雙手會在講話時大幅擺動，頭也常動來動去，樣子非常可笑。

「布魯斯，搞什麼鬼？」其他男人聽見她講起英文，全都用力轉過頭。他們現在才發現，有個從外面闖進來的女孩跟他們坐在一起。

「搞屁啊？」我另一邊那位汗涔涔的胖子說。稍早我才聽他跟自己挑中的公關小姐世正吹噓，說自己是「一流的企業律師」。世正笑他，笑得停不下來，而他像青少年般紅了臉。

他圓胖的臉此刻充滿敵意，他看看布魯斯，又看看那女孩，最後視線回到布魯斯身上。

「嘿，這是我朋友智熙，你們還記得她嗎？之前在美愛的生日派對上大家都見過呀！」布魯斯眉開眼笑，咬字有點模糊不清。他們全都盯著他。這女孩大概認識他們當中三分之一以上的姊妹、老婆和同事。很可能也認識他們的父母。

那女孩在座位上縮得更深，盡可能擺出無害的表情。她顯然不想離開這裡。

包廂中一片靜默，我們幾個沒人想打圓場。打破這不明說的規矩是布魯斯的錯，不過那些傢伙也不能生他的氣。首先，他醉到根本不在意這些事，而且重點是，整個晚上都由他買單，他一向如此。帳單金額大概等同於他們其他人半個月的薪水。這些男人的注意力又回到身邊的小姐身上，不過現在的舉止拘謹得多。

大部分的晚上，同時段會有其他常客要我招呼，所以我需要起身去包廂間轉檯。不過布魯斯例外，而且這個週二夜晚並不忙碌。除此之外，我肚子餓了，桌上的下酒菜還沒人動過。雖然不符合俱樂部的規矩，我之前也沒這麼做過，但我拿了片火龍果，開始進食。果肉柔軟，幾乎無味。

「所以這次到底怎麼吵起來的？」那女孩問。

「美愛今晚想和她弟弟的新女友一起吃晚餐。」布魯斯說：「這次因為股票首次公開發行我忙得要命，每天晚上都睡辦公室。我絕對不可能坐下來陪某個鄉下女孩吃飯，就只因為她念野雞大學的蠢弟弟和這個人在約會。我管他去死。」

他忿忿不平地拿著他的威士忌，完全忘了我的存在，彷彿兩天前我們不曾在椅子上做愛。

「這樣會讓她覺得你不在乎她的家人。你該小心點。」

他哼了聲。「妳知道嗎？她弟弟還真的跟我要零用錢？」他厭惡地扭了下頭。「他當然也找我討工作，可是我們只雇用前三大的畢業生。不然至少也得是韓國科學技術院[1]。或者父母親很有能力，對公司可以提供實際幫助。」

「她爸是做什麼的？我想我聽過一次，但我忘記了。」

「不過是個律師，開了間地方小事務所，我從沒聽過那個地方，根本不能算是首爾。」

他看起來很不開心。

「你怎麼不乾脆分手算了？」此時那女孩不耐煩了。「我說這些是為了她，畢竟她現在也是我的朋友。如果到頭來還是得找其他人，那就別浪費時間。她得再花個一年認識某個人，或許約會一年可以論及婚嫁，舉行婚禮需要幾個月，接下來再過一年時間才能生小孩。她已經三十歲了！」

「對啦，我知道啊。」他憂鬱地說：「所以我同意雙方家長見個面，吃頓晚餐。不過我現在就已經嚇壞了。三月一日，獨立紀念日，晚上七點，之後我的生活就再也不一樣了。她的所有兄弟姊妹都會到場。」他一臉淒慘。

1 素有韓國ＭＩＴ之稱，韓國知名的研究型理科大學。

「什麼？」她和我同時開口。然後布魯斯和那女孩一起看著我，布魯斯看起來很樂，那女孩則是輕蔑地瞪著我。

「只是做做樣子嗎？」她接著說：「聽起來不太像還在規劃的階段，而是已經定案了？」

我不知道這個消息為什麼讓我如此驚嚇，不過我的嘴唇彎成調笑的弧度：「你要結婚了？我猜我接下來會更常看到你！」

「那就是為什麼我這麼不爽。」布魯斯像是沒聽見我說話似的，接著講下去。「那頓晚餐，我不希望她弟的女友也在場——要是我媽知道那樣的人會變成我們的親家，她會當場中風。事情本來就已經很不好處理了。不過美愛很堅持，要是不邀請弟弟的女友，她弟會不開心。」

「不是八字還沒有一撇嗎？」她問：「交往才三個月吧？晚餐約在哪裡？」

「我在瑞華飯店的首廚訂了私人包廂。」布魯斯說：「她媽媽整個過程都積極到不行，我爸媽最後只好點頭。要我爸媽兩個人都有空的話，最快就是那天了。他們也在盡力拖延。老實說，這一切都是因為我媽去算了命，根據算命結果，美愛顯然會是個理想的媳婦，也是好太太和好媽媽。天啊。」他搖搖頭，「我不知道我行不行。」

「少在那邊慘兮兮的樣子。」那女孩語帶斥責。「你父母早晚要見美愛的家人。」

布魯斯撥弄他閃亮的錶帶，忍不住痛苦地呻吟。

「至少他們很體面。」過了一會兒之後，她說道：「狀況有可能更糟。」

光從她的語調，就聽得出來她是在說我。

說實話，我完全了解什麼叫做體面。我姊海娜跟有錢人結了婚。她畢業於首爾頂尖女子大學，主修學齡前教育，這段婚事能成，大概只是因為這一點。婚禮辦在首爾其中一間最貴的飯店，男方賓客超過八百人，多半一身黑西裝，打著費拉格慕的動物印花領帶，用白信封裝著禮金。他家那邊必須雇用假賓客填滿女方的座位，看起來才門當戶對，不像娶得不好。

她目前已經離婚一年，不過還沒告訴媽媽。

她的前夫宰尚在大節日依然配合演出這些鬧劇，秋夕[2]和春節還是會來我家拜訪，不過他最近拒絕參加任何親戚的婚禮，海娜為此十分慌張。畢竟我們寡居的母親人生其中一大驕傲就是炫耀有錢女婿。

宰尚的雙親知道離婚的事，不過顯然很掙扎。雖然想立刻幫兒子找個更好的老婆，但是公開這件事又會被大家嘲笑。兩年婚姻期間，他們只見過我媽兩次，所以完全不用擔心他們會告訴她實情。

海娜得以繼續住在江南區，那棟房子掛在宰尚名下。媽媽會帶著專為心愛女婿烹煮的食物上門造訪，所以屋裡特意保留了一些他的東西。

2 秋夕，韓國的中秋節。

「這是我唯一能為他做的。」每次海娜抗議，說宰尚幾乎不在家吃飯，媽媽總這麼說。「我這麼做是為了妳。」於是海娜只好收下食物。

■

我和母親在電話上聊起海娜（「小莉呀，妳覺得我該送宰尚什麼生日禮物？記得提早把妳的禮物寄過來喔，別忘了寫張卡片。」），去年有段期間我們經常進行這類令我沮喪的對話，有一回通完電話之後，我邀請對門兩位女孩過來喝一杯。我想找她們聊聊有一陣子了，那時才終於採取行動。

我會想找她們說話，某種程度上說明了我的心理狀態。她們倆的外貌都不怎麼吸引人，工作或嗜好也不是特別有趣，不是這樣。每次我看見她們，印象最深的就是她們如此親密，在彼此身邊的氣氛如此和善而自在。活潑輕佻的方臉女孩與低調的蒼白女孩，這是我對她倆的印象。她們一起出門時總勾著手，我常在這一帶看見她們，在街角的攤販吃東西，或去便利商店買燒酒，方臉女孩的嗓門總是很大，兩人身邊散發溫柔的氛圍。有時候她們沒關上房門，我會看見她們穿著睡衣閒晃，蒼白女孩把玩著方臉女孩的頭髮，兩個人邊看劇邊打瞌睡。「就像姊妹。」我想著，發現自己有些鬱悶。

我自己的姊姊和我不怎麼參與彼此的生活，不過我們兩個都有個相同的目標：盡可能好好照顧我們的媽媽。

■

早在海娜發現那位「女友」之前，我就已經知道宰尚這幾年來在高級俱樂部的名聲。我三年前在江西區高級俱樂部工作時親眼看過，他做的事非常噁心。那時候我還沒做正顎手術，工作的俱樂部可以直接通往樓上的飯店。

我跟在其他公關小姐身後走進包廂，遠遠看見宰尚坐在角落。我趁他還沒看見我之前開溜，跑去找媽媽桑，那晚她看我實在太緊張了，她不希望場面難看，於是立刻送我回家。稍晚她走進包廂，對著宰尚自我介紹，特別仔細打點，讓他整晚都覺得尊榮不凡，後來他保證每次過來之前都先打個電話，這樣我就不至於意外被送進他的包廂。「我不能讓我的女孩們不開心。」她捏著我的臉頰說。這些話讓我聽了很想吐，她假裝照顧我，但卻讓我每天晚上都焦慮到極點，擔心自己到底賺進多少業績。

我當然從沒告訴海娜。我那一向沉穩的姊姊一發現姊夫那位在三成洞俱樂部上班的女朋友，行為舉止就變得像個傻瓜。不過離婚並不是因為她大驚小怪，宰尚也不是真的愛上那位公關小姐。他只是不愛海娜了，不覺得需要再忍受她。再說，我家的狀況也不會讓他對離婚產生一絲猶豫。

■

現在我終於能進入「前百分之十」工作（據說這些俱樂部只雇用最漂亮的女孩子，業界的前百分之十），這裡的媽媽桑不會明目張膽逼迫我們和客人發生性關係，賺「第二輪」收入。還是有業績的壓力，不過稍微文明了點。只要我生媽媽桑的氣，其他女孩就會過來咬耳朵，告訴我她沒那麼壞，提醒我別忘了之前碰過的媽媽桑。在那些更狡詐的媽媽桑底下，我們全都受過苦。

■

我們的母親也有祕密，只不過是屬於不會傷人的那種。

「居莉，我每道小菜的祕密配方就是幾滴蘇梅醬。」她忙著炸酥鯷魚，搭配花生碎與蘇梅醬，額頭深深的皺紋冒出汗水。「每一道菜都能加，而且對身體非常好！」

只要我回全州老家，就會看到她甩著虛弱的手腕往炒鍋裡滴上一些。她從沒讓我做過飯，結果海娜和我連一道菜都不會煮，甚至不知道該怎麼使用電鍋煮飯。

「妳們兩個命會比我更好，不會只在家裡當個媳婦。」我們成長的過程中她這麼說道：「我寧願妳們完全不會煮。」

我們父親過世之後，她的身體狀況愈來愈差。過去三十五年來，她都在市場裡賣豆腐，但後來不得不放棄市場攤位。兩年前，她右邊的胸部檢查出兩顆大腫瘤。腫瘤都是良性，但大小令人憂心，所以已經切除。她的血糖指數很危險，接近糖尿病的臨界點，骨骼也開始疏鬆，左手六個月前發生感染，目前還是腫得像海綿。只要我回家，就會替她按摩好幾個小時，下個月預計帶她去做手術諮詢，那是我在西林醫院能掛到最快的門診。

■

我是她遇過頭一個真正孝順的人，秀津總愛這麼說，而亞拉會用力點頭表示同意。「誰能想到，高檔俱樂部公關小姐會是本世紀最佳女兒？」秀津說。我曾告訴她，這些包包全都不是自己買的，而且我身上也沒有錢，我賺的每一分錢都交給了媽媽。

■

我媽叫我「孝女」，她會滿懷愛意地輕撫我的頭髮，這動作總令我心碎不已。不過有些時候，她也會氣我氣到發抖，連聲咒罵。

「沒有什麼比妳不結婚更令人難過！」她說：「想到妳孤老一生、無子無女，我就煩惱不已。」

我跟她說我辦公室有十幾個男同事（她以為我的工作是辦公室祕書），只要找個對的人就行了。「妳不就是為了這個，才做手術受了這麼多苦？」她用手指戳戳我的臉頰，「如果妳不懂得好好運用這張臉，整得漂漂亮亮有什麼用？」

■

我從小時候就知道，只有換一張臉才有機會。即使算命師沒這麼建議，我照鏡子也知道自己必須改變鏡中映照出的一切。

入夜後下顎手術的麻醉藥效終於退去，我痛得醒來，接著開始尖叫，但我嘴巴張不開，發不出任何聲音。極度的疼痛持續好幾個小時，我滿腦子想著只要自殺就能止痛，於是試圖找個陽台跳下去，發現找不到後，便瘋狂尋找尖銳物或玻璃製品，一條可以掛在蓮蓬頭上的皮帶也好。後來才知道，我根本走不到病房門口。那天晚上，母親抱著我，而我臉上的繃帶被淚水浸透。

我很怕她死掉。只要一胡思亂想，就會想像她的腫瘤正將毒素散播到她全身上下。

■

有天我終於在診所遇見我的整形範本：女團「薔蜜」的主唱坎蒂。我走進診所，發現她癱坐在候診室角落，黑色帽子下岔出亂糟糟的頭髮。

我過去坐在她身旁，想知道我們的相似度有多高。我第一次找沈醫生進行諮詢就是帶坎蒂的照片。她的鼻尖稍稍上翹，這讓她看起來美得驚人，而且別具特色。那個鼻子就是出自沈醫生之手，所以我才會找上他。

近看之下，我發現她紅著眼，好像才剛哭過，而且臉頰上有著醜醜的斑點。她這一年似乎過得不好，謠言滿天飛，傳說她霸凌團裡的新成員敘兒，還說她忙著跟新男友約會，結果錯過彩排。網路上惡評如潮，毫不留情。

她注意到我的視線，於是拉低帽簷，開始把玩手上的戒指，十隻手指上各箍著一圈纖細的金環。

護士叫到她的名字，她起身準備走進診間，這時她回頭看向我，我們四目交接，那瞬間，她彷佛能夠聽見我心裡在想什麼。

我想伸手搖晃她的肩膀，告訴她別再像個傻子那樣糟蹋人生。妳擁有那麼多，想做什麼都可以。

要是能有擁有妳那張臉，我會過得比妳好上千百倍。

媛奈

你看，大部分女人都要被火燙過才懂，她們都要親身經歷過婚姻才能明白，但我早就明白這一點。這個國家所有女人都內建這樣的基因，婆婆天生痛恨著她們的媳婦。

祖母去年過世了。她一個人在水原市的老人醫院死去，身邊沒有任何家人，還是隔壁床位的老婦人覺得遺體開始發臭，才叫護士過來處理。

知道這個消息令我非常沮喪，滿腦子只想回家躺下來，於是不得不提早離開公司。

父親打電話通知我，他還說：「妳不必參加葬禮。」我從小就常幻想她不久人世，年紀漸長之後仍然如此。我告訴父親自己本就沒打算出席告別式。

父親曾有幾年在海外工作，那段期間還是小孩的我和祖母一起生活。我們從來沒有認真談過那時的事，只是偶爾會拐著彎提起她：「我國中時，妳祖母有天帶了條狗回家，她長得很像那隻狗。」或者「那間小屋看起來很像祖母家的倉庫。」不過我們都未期待對方會有什麼反應。

我先生那天也提早到家，一定是父親趁上班時間打了電話。我睜著眼睛躺在臥室裡，他走進房間，坐下來握住我的手。

我不知道他怎麼想。我是祖母帶大的，不過不但從來沒提起祖母的事，也不曾回老家探望她。無論如何，他肯定知道些什麼。不過我不可能聊起那些往事。他應該會同情地皺著圓潤和善的臉靜靜聆聽，我可受不了那種表情。

「妳知道的，我也碰過一些很糟的事。」他曾經試圖問起我的童年，不過我只是默默盯著地板。那句話是在講他過世的母親，他一定非常難過吧！他也因此非常受傷，這一切都令人十分同情。不過他不明白和祖母一起生活是怎麼回事，我又經歷了什麼。大多數的人都無法理解真正的黑暗，可是他們卻總試著出手修復。

他心地善良，因此也預期所有人都很善良。只要喝了酒，或看了電影，他總會說些感性的話，我也總是為此相當尷尬。要是還有其他人在場，我甚至會覺得非常難為情。儘管我還不算太老，卻已經來不及了。我累了，所以才選擇和這個人結婚。

■

晚上睡在身邊的丈夫常令我感到一股類似幽閉恐懼的情緒，只好下樓去，坐在這棟辦公住宅前的台階上。我們這條街晚上生氣蓬勃，總能幫助我放空。

如果是週間，樓上幾個女孩通常會在晚上十一點左右陸續到家。無論天氣如何，她們看起來總是非常安靜、非常冷，進門時會點點頭，低聲向我打招呼。有時我會回應，有時則別開視線，她們不知道我一直在等門。

到了週末，偶爾會碰到她們正要出門。不過最棒的還是聽見她們的動靜，彼此敲門借用化妝品，或在奇怪的時間一起訂外送炸雞。

我會坐在門前的台階上，一邊看著路過的人，一邊等她們回到家。這條街在白天既醜陋又憔悴，路上堆滿垃圾，汽車亂按喇叭，還把車停在奇怪的角落。不過到了晚上，酒吧在霓虹招牌與閃爍的螢幕映照下，分外鮮豔明亮。他們夏天會在門外擺出藍色塑膠桌椅，我能多少聽見那些人喝酒聊天的內容，通常是分享上次一起喝酒發生的小事。男人們有時會聊聊約會的對象，女人也一樣，不過更常聊起電視節目。大家竟然這麼常聊到電視節目，真令人驚訝。

或許是因為祖母有次發飆砸了電視，我小時候多半沒有電視相伴，結果到現在還是不清楚該如何聊電視劇或演員，也不懂實境節目的笑點。我先生認為這樣很迷人，剛認識時他總是設法提到這些，後來我請他別再這麼做。不過我身邊每個知道的人，都以為那是因為我父母很重視教育——最近似乎很多年輕家長考慮到小孩的發展，不允許小孩在家看電視。我知道電視實境節目有可能會損害你的頭腦，畢竟他們會一再重複同樣橋段，不停使用罐頭笑聲來做哏，光聽就讓人抓狂。不過他們只要聽說我只是普通省立大學的畢業生，就會對看一眼，彷彿說著：**看吧，改革派的教育方針風險很高**。

■

或許其他人早就提過這一點，不過我認為大家之所以這麼常看電視節目，是因為不看就撐不下去。除非你出生在大財閥家族，或你的雙親是少數的幸運兒，幾十年前就在江南區買了土地，否則你就得工作、工作、再工作，賺的薪水甚至不夠買房子，也請不起保母，你會在辦公桌前駝背，而且老闆又剛好是個能力不足的工作狂，下班後必須喝一杯才能承受這一切。

但是我就這麼長大了，從沒搞清楚什麼樣的生活算是可以忍耐，而什麼又不該容忍，等我意識到這些，一切已經太遲了。

■

八歲之前，我跟祖母一起生活在首爾東北邊，那是南楊州的一棟石造小屋子。屋子四周圍著矮石牆，倉庫的屋頂會漏水，大門旁邊擺著兩個高高的甕，我祖母在甕裡養了金魚。

祖母睡她的房間，我睡客廳。客廳裡擺著聖母瑪利亞的小型白色塑像，她的臉頰上掛著血淚。到了晚上，全世界都睡著了，唯獨身邊這尊塑像彷彿發著光，目不轉睛地看著我，血淚則變成了黑色。我祖母參加教堂的祈禱團體，她有時候會趁著其他人在家中聚會時提起，我曾經想拿廚房菜瓜布刷掉瑪莉亞臉頰上的血痕，害她必須替血淚重新上色。

教會的女人咯咯笑著拍了拍我的頭。不過她沒把故事說完，那天晚上她拿院子裡的樹枝抽我，雙腳後方那些傷痕過了一個星期才淡去。我曾經非常喜愛那棵樹。

■

那間屋子冬天會變得非常寒冷，我得一次套上三、四件毛衣，躲進祖母好幾件大衣之下。那些標籤都還沒拆的大衣是送給祖母的禮物。叔叔嬸嬸每年秋天都會從美國寄來新的冬天大衣，不過就算已經是美國的最小號，對她來說還是太大件。只要有訪客，她就會拿那些大衣出來炫耀。如果客人們表現出羨慕的樣子，她會聳聳肩，然後說這些都尺寸不合，希望誰來買走。我總是很害怕真的有人上鉤，不過我猜大家都認為美國來的大衣太貴了。

■

我們這一帶不是什麼有錢人的社區，不過其他同學通常會穿著乾淨的衣服，家中有幾個兄弟姊妹，頭髮定期修剪，手上還有點零錢，可以去文具店買東西。我當初不懂這些，不過回顧童年時代少數幾張照片，我發現自己總穿得很糟，身上常套著祖母穿舊的內衣。照片中的我從沒出現屬於兒童的鮮豔色彩。我對此並不懷念，也不渴望，甚至根本沒有察覺。其他的小孩不會挑我毛病，不過他們也不想要我作伴，所以我自然會在放學之後，獨自跑到河邊玩耍，或在教會的院子種東西。有位修女給了我一小塊花圃地種東西。那些修女每個星期天都會見到我祖母，比誰都了解她。

■

我還記得美國的信寄到的那天，那是個美好春日。我們每隔幾天就會上山打井水喝，那週稍早院子外頭的櫻花開了，祖母和我於是下山回家。郵差站在我家門口。

「妳美國的兒子寄信來嘍。」他一看到我們就招手喊道。

「真的嗎？他太常寫信啦。」我祖母開心地說著。她已經好幾天沒跟我說話，不過她很擅長在別人面前隱藏自己的情緒。

因為她想吹噓，所以當場就拆了那封信。

「他打算今年夏天回來一趟。」她慢慢讀著信：「老婆和小孩也會一起回來。」

「我的天！真是件大事。這是不是他去美國之後第一次回來？」郵差就跟街上其他鄰居一樣認識我叔叔──那個婚後就拿到美國智庫工作的天才，太太還是有錢人家的掌上明珠。

我祖母抿著嘴。「沒錯。」她回答，接著轉身進門，留下滿臉困惑的郵差。

我跟著她跑進家門。我的堂妹和堂弟要來了！想到這一點讓我開心得不得了。是堂妹昭旻和堂弟炯植！我只從叔叔嬸嬸的信上看過他們的事。我八歲，他們分別是六歲和三歲，他們住在華盛頓，整條街上都住著亞洲人。昭旻跟美國小孩一起唸書，學了很多很棒的才藝，比方芭雷舞、足球和小提琴，炯植剛開始上幼兒體操課。

每次只要收到信，我祖母就會立刻陷入陰鬱的暴怒，不過我會從嬸嬸優雅的筆跡中尋找更多細節。嬸嬸通常會在包裹和信件中附上給我的小禮物，而且每年都會寄來生日卡，那些美國卡片上畫著花朵或動物。她也會分享昭旻生日派對的照片，總是可以看見穿著華麗洋裝和派對帽的小女孩，還有許多小孩圍著她吹蠟燭，其中有些皮膚白得像紙，髮色或金或橘。

「對小孩來說這也太揮霍了，真誇張！」祖母會氣沖沖地把相片丟進垃圾桶，心情特別差的話，還會先剪碎照片。

三歲半的小孩會說話嗎？我不知道，也不在意，因為不太清楚那個年紀能做些什麼，我對小堂弟炯植沒有太多期待。他大概只會拖累昭旻和我的腳步，害我們不能盡情玩耍。不過教堂院子那一小塊地上黃瓜正在開花，祖母還說，這些能做出好吃的醃黃瓜，我幻想著帶昭旻去看看。

如果一切真的很順利，我還會帶她去市場旁邊的文具店，附近的小孩都會在文具店前面的長椅那裡玩。我想像著那些小孩在旁邊竊竊私語，說那是媛奈的美國堂妹，她又漂亮又有趣。

這就是那些日子裡我做過的白日夢。

■

我父親在三兄弟中排行第二，住在美國大房子裡的是最年輕的叔叔。儘管祖母對嬸嬸總是語帶鄙視，但只要有人來訪，她總是擺出叔叔從美國寄來的禮物。閃亮的黑色相機總放在餐桌上忘了收，客廳的地板散落著一袋化妝品。

某一次客人離開之後，她翻著那袋化妝品，說一定是客人拿走了她的黃金面霜。嬸嬸上個月才寄來的一大管金蓋面霜。牌子是ㄧˋㄚ—ㄕ—ㄌㄢˊ—ㄉㄞˋ—，那是我祖母當時最寶貝的收藏品。她先翻過我的小櫃子，確定我沒拿走之後，就說一定是周太太，祖母三個兒子都拒絕了周太太的女兒，所以對方才一直懷恨在心。我祖母罵那個窮女人罵了好幾天，而且講得非常難聽。之後再也沒在家裡見過周太太，我很難過。周太太的包包裡常會放幾塊韓菓子糖，而且村子裡只有幾個女人會對我笑，周太太就是其中之一。有一次，看到我隔著馬路盯著對面的文具店，她突然抱了我一下，還塞給我五萬韓元。

■

我祖母常為錢跟人大吵。吵架的對象有時是店員，有時則是她的姊妹。她會說前者騙她，後者一言一行都跟她很像，非常惹人厭。她唯一的弟弟（四姊弟中最小的弟弟）跟窮人家的女兒結婚，婚後頭幾年幾個姊姊都欺負弟妹，最後他們逃去了中國。

相較之下，美國叔叔不只跟有錢人結了婚，而且還是唯一賺了大錢的兒子。她把其他兩個兒子當成白痴——我現在還是不知道伯伯做什麼工作，不過她最鄙視的就是我父親，明明念了好大學，卻在環境衛生公司上班。她常說，最丟臉的兒子，竟然還得替他照顧小孩。

除了爛工作，父親最大的過錯就是選錯老婆。祖母形容我母親是個「自命不凡的傲慢賤人」。她告訴我：「我應該把她和妳一起推進河裡。」

這幾年來，我漸漸明白，母親的娘家錯在嫁妝不對，沒有包含祖母在訂婚時暗示的貂皮大衣或手提包。婚後頭一年跟祖母同住，母親也總是一臉「不能忍受的傲慢」。

每次有人問我為什麼跟著她，祖母總解釋，因為我父親去南美洲工作，所以請她幫忙照顧個幾年。「畢竟他是跨國計畫的負責人嘛。」她說：「他們可不能帶著小女孩去到處是野生動物的叢林區。」

如果我的表現特別不好，她會威脅我，說要送我去隔壁鎮的孤兒院，而且根本沒人（尤其是我父母）會注意到我不見了。「反正等生出兒子之後，女兒就是鍋子裡的冷飯。」她說：「到時候就該扔掉了。」

她每次說這些話的時候，都會笑瞇了眼。

■

堂妹堂弟來訪的那週，叔叔嬸嬸這些年寄來的禮物全都被祖母藏了起來。我根本不知道那堆東西藏到了哪裡，她一定是拿去其他姊妹家裡了。

我不知道她是天生就瘋，還是祖父死得太早，才讓她變得有點不正常。

但是我多麼興奮啊！他們預計抵達的那一天，我一起床就興奮得忍不住顫抖。那天早上我在院子裡等了好幾個小時，以為自己聽見腳步聲。不過一直等到了下午，我回屋子裡之後，門口才終於傳來車聲。

我從窗戶看到他們打開大門，走過鋪著石板的小徑。年輕時髦的嬸嬸抱著炯植，彷彿他還是小嬰兒，而一身金黃色洋裝的昭旻，蹦蹦跳跳地踏過石板。就算從屋子裡面我也看得出來，我嬸嬸、炯植和昭旻，他們三個人特別明亮耀眼。快樂的人身上有些特質：他們往往眼神清澈，肩膀自然垂下。

叔叔則不是如此——他關上大門望向屋子，臉上的表情讓我明白，他是我們這種人。他在門口站了一下，我知道他不想進屋裡來。

■

我還記得堂妹那天穿的那件向日葵洋裝。我第一次看到這樣的洋裝，花朵從她的腰部綻放，頭上搭配紅黃相間的同色系髮箍，髮箍上夾著一小朵向日葵。還有她腳上那雙金色鞋子！這是我第一次被衣服的力量完全震懾，嚇到說不出話。

■

嬸嬸正忙著打開從美國帶來的行李箱，預備拿出箱內滿滿的禮物，我從祖母的臉上表情知道大事不妙。

「我可以帶昭旻去看教堂院子裡的菜園嗎？」我飛快地開口詢問。叔叔說好，並且拍拍我的頭。看得出來，他很替我難過。

「不會太遠？對吧？」嬸嬸有點擔心。「她們自己過去沒問題嗎？」

「這裡可不是美國。」祖母冷冰冰地說道：「路上沒有拿著槍的瘋子，小孩不會有事。」

「我也要去！」炯植拉著昭旻的手說。

「好，你也去吧。」叔叔看著他，眼神充滿喜愛之情，我忍不住別開視線。接著叔叔與我對看一眼，我們都知道接下來的場面不好看。他一定是希望事情發生的時候，兩個孩子都不在屋裡。

「那我們走吧。」我跳起來。

■

我繞了遠路去教堂，爬上屋子後方的山丘，經過街底的店家。目標是能在外面待愈久愈好，盡量讓多一點人看看一身貴氣的堂妹與堂弟，這種炫耀的想法或許是從祖母身上學來的。

結果令人非常失望，整段路只遇到兩、三個不認識的人，沒有半個我想碰見的人，繞了這麼遠的路，最後只是累壞了炯植。

「我的腳好痛。」他踢著路邊石頭埋怨道。「我想回去找爸爸，這裡好無聊喔。」

我看著他，胸口漲滿恨意。這次散步跟預想的完全不同。我緊張地聊到教堂的修女，特別提起瑪莉亞修女，我最喜歡她了。可是昭旻對此沒什麼反應，她比較注意炯植，想叫他乖一點。他忽左忽右地亂走，突然歪向一邊走了幾步，接著又從左邊晃到右邊。「快看，我是死掉的大象。」

他邊說邊傻笑，笑完又開始抱怨自己走得很累。

昭旻不但沒有吼他，也跟著哈哈大笑。我不懂她為什麼對炯植這麼好，還一直牽著他的手。就算被他甩開，也當成玩遊戲：「你看，我抓到你嘍！」

她的心思都在弟弟身上，所以我放棄對話，悶悶不樂地帶著他們走向教堂。終於走到教堂的庭院時，我差點掉下眼淚。那一小塊地就在最遠的角落，正好位於溪邊，整個夏天我都想辦法讓園子變得整齊漂亮，黃瓜、青椒和南瓜都排排站好。

「就在這裡。」我誇張地張開手臂。瑪莉亞修女前一個星期才溫柔地說，她從沒見過同一株結出這麼多黃瓜。

「這就是妳的園子？」昭旻挑著眉問我：「妳就是為了這種東西，要我們大老遠過來這裡？我們在華盛頓的花園比這裡大上三十倍。」她說著說著笑了起來。我的表情一定讓她覺得很抱歉，因為她沒有繼續說下去，不過炯植也開始哈哈大笑，然後甩開她，全速衝向黃瓜。

「喔咿！」他大叫一聲，伸手用力探向那條特別大的黃瓜。那是我細心呵護了好幾天的果實，而且他沒有發現黃瓜皮滿是尖刺。

過了幾秒後他才開始尖叫，因此他一定不是立刻就覺得痛，而且他竟把扎手的黃瓜握得更緊。

昭旻和我一起跑向他，不過我先趕到。我扭開他的手，從後面拉著衣服，想把他扯過來。不過尖叫聲變得更加響亮，受到驚嚇的我立刻放手，結果他腳下一絆，正面跌向黃瓜叢。

■

我能清楚回想起整個場景：天空、園子、炯植的眼睛、深而長的傷口。我常想起那一幕，還有當時的恐懼。我無法忘記。

炯植狂哭著爬起來，我們看得出來他的臉在流血。因為他正面撞上我用來支撐藤蔓的金屬線。他摸摸自己的臉，看到手上的血。雖然尖叫聲從沒停過，不過看到我又想靠近，他往後退開。

■

幾年前我念大二，父親真的帶我去看了心理醫師。那間開在二樓的小診所位於梨泰院，就在滿是大樹的美軍基地對面。梨泰院那時還有很多流鶯、小販和深夜謀殺案，不過若想找當場收現金、不問保險也不問病人姓名的精神科醫師，只有這一帶選擇比較多。

繞了一陣子之後，父親終於在飯店停車場停好車，他之前從來不會這樣。從這裡就看得出來，那天下午他已經準備花上大把鈔票。

他這陣子剛發現我沒去上學，反而泡在漫畫咖啡店，泡在成堆的漫畫書中。有個在超市工作的鄰居告了狀，跟我父親說我整天在外閒晃，看起來就像遊民。

我父母問起時，我無話可說。接著他們吼我，問我為什麼不去上學。「妳明明很清楚學費要多少！」我父親氣到結巴，「妳以為我們有錢可以這樣浪費嗎！」我繼母安靜而焦慮地來回搖晃。

我再也不想上學了，我的主修和學校都是笑話。我也沒辦法找到工作。自從知道我父親四十五歲就被迫退休之後，工作這件事也沒了「吸引力」，沒有動力怎麼找得到工作？一切到底有什麼意義？

我好想說，別管我，再說這是你欠我的。不過我沒說出口，只是一聲不吭，任他用力搧我巴掌，威脅說要把我剃成光頭。

那天晚上，我聽見他們壓低了聲音，在臥室裡討論我的狀況。大約一週之後，他說要帶我去梨泰院找人談談。

「我需要說英文嗎？」我看著建築物上的英文招牌，門口掛著一個牌子寫著**可進行心理健康諮詢**，還有出現在門口的金髮胖女士，心中警鈴大響，連忙問道。

「不用，她會說韓語。」他說道。「我會在那裡等妳。」他指著對街的速食餐廳。「付錢的時候打給我。」

我考慮過直接掉頭走掉，不過到頭來好奇心推了我一把。我以前從沒看過心理治療師，後來也沒有，很好奇是什麼魔法要價這麼高。

於是治療師和我坐了下來，接下來一個小時裡，她非常堅決而溫柔地逃避問題。她一身便宜的針織毛衣和褪色的褲子，外表和談吐都令人失望，讓人產生敬意都很難，分享心事就更別提了。

「妳想談談學校嗎？妳對於不去上學有什麼感覺？」

「我不知道。」

她翻翻自己的便條紙。「妳覺得妳能跟我聊聊嗎？小時候弄瞎了堂弟那回事？我知道那起意外很奇怪。」

「什麼？當然不行。」

我父親拿出現金付了那一個小時的費用，厚厚一疊萬元紙鈔嚇了我一跳，不過他似乎鬆了口氣。付了那麼多錢，絕對搞定了很多事吧？我想像得出他將來把這個診所介紹給朋友的樣子：立即見效！受過美國教育的心理治療師！

櫃檯詢問哪天回診，他沒有回應。後來是我開口說，這週晚點會再打來約時間。

■

如果問我為什麼跟丈夫結婚，我會說是因為他母親已經過世。

我們透過朋友介紹相親認識，我在第二次見面時知道了這件事。他提起母親的腦癌，每天的放射線治療，腫瘤轉移，最後在小孩的包圍之下，死在醫院的病床上，他沒有看見我眼中閃現的光彩。他悲傷地閉起雙眼，在自己的那盤義大利麵前垂下頭，訴說著母親的死與自己的傷痛，我聽著卻感到興奮不已。

那一天其實還有另一件事讓我下定決心：他選的餐廳離我的住處很近，對我來說很方便。有很多人替我介紹對象，但約見面的餐廳總是靠近對方工作的地點，或者鄰近對方最喜歡的酒吧，最糟的一次是餐廳選在對方家附近。我只知道照片上看起來愈體面，本人通常愈自私。

不過這個人不只個性很好，他還沒有母親。如果我們有了小孩（我想要孩子，完完全全屬於我的小生物），她不會插手干預孩子的教養。也絕對不會把小孩從我身邊帶走。簡直美好到令人難以置信。

你看，大部分女人都要被火燙過才懂，她們都要親身經歷過婚姻才能明白，但我早就明白這一點。這個國家所有女人都內建這樣的基因，婆婆天生痛恨著她們的媳婦。兒子長大，進入適婚年齡，與生俱來的一股怒氣暗自滋長，潛伏在平和的母親形象之下持續隱隱發作。那是知道自己將被忘在一旁的沮喪，也是兒子的最愛將變成別人的憤怒。不只有我的祖母，我看過這景象無數次。我在每齣韓劇都看過這類情節，就算我搞不懂其他部分，我也懂得這一段。因此我努力振作，抓住機會避免這樣的劇情在自己身上上演。

對那時候的我來說，這就是最重要的事。

美帆

我當然可以表現得很受傷或很生氣，不過我沒忘記露比在紐約跟我說過的話，因此我早就知道要將自己的情緒預設為「快樂」。「有錢人對快樂著迷。」她當時說：「他們為此瘋狂。」

雨水敲打屋頂，我在雨聲中醒來。紐約市區的學生公寓隔音效果很好，住了幾年之後，雨聲總讓我回憶起待在洛林中心的童年時光。當年睡在窗戶旁邊的我，經常聽著雨水敲打人行道的聲音入睡。現在我住頂樓，這棟四層樓的辦公住宅不大，建造成本似乎不高。雖然外牆漆成灰色，而且屋名以白色字母拼成，卻名叫多彩屋。四層樓中找不到半點色彩，房租還便宜到不行，不過只限這一層。去了美國才發現，除了亞洲人之外，沒有人會因為迷信而避諱數字四，當地人不喜歡十三，似乎是因為幾部恐怖電影，忘記是小丑還是吸血鬼。總之，樓夠高的話還可以讓電梯直接從三樓跳到五樓，可是一棟四層建築物的四樓是沒辦法藏起來的，因此我成了這層樓兩戶小房間中的一員，對於租屋地點滿懷感謝，也很高興車站就在兩個路口之外。

我竟然有一天能住在首爾最熱鬧的地段，小時候根本無法想像這種事。這裡有著閃爍的天際線與奇異的雕塑品，每棟摩天大樓外都站著保全人員。跟我差不多年紀的人手拿拋棄式咖啡杯，脖子上掛著員工識別證出入大理石大廳，看著他們如此自在，我至今仍舊十分驚豔。

我的紐約前人生，就是田野間的小餐廳、樹林中的孤兒院，然後前往山區的公立藝術學院。

秀津寫了信來，問起結束紐約交換學程之後租房子的事，我立刻答應一起住。我和秀津先後告別了洛林中心，這些年來經常保持聯絡，交換美國和首爾的消息，但是不怎麼聊起往事。

秀津提過以辦公住宅的標準來說，她住的那棟很小（通常會選擇房間十分密集，內有數百戶的大樓）。我還是請她留意是否有空房釋出，這樣一有消息就能跳上飛機。

因為比較的對象是紐約，她很擔心我會對這個地方很所望，不過老實說我很愛這棟房子。這裡專為不受拘束的人所打造。

除了住在我們樓下那對夫妻，這裡的房客大多都是女生。整天都可以看到打扮得乾淨漂亮的女生出入。我想整棟辦公住宅中，只有我沒化全妝，頭髮也沒有染燙。亞拉頭一次見到我的頭髮，嚇得倒抽一口氣，後來只要看到就忍不住摸我的頭髮。我本來一直把這個舉動當作稱讚（美國那邊的人通常會尖聲嚷嚷，說自己多麼羨慕我的頭髮），後來有一次，我看到她一邊用手指梳我的頭髮，一邊難過地對著秀津搖搖頭。她在小小的筆記本上寫：這頭髮好原始。

■

我的房間在大門旁，大門再過去就是樓梯，回音很大。每天早上我都能聽見樓下那對夫妻出門時的對話。他們年紀比較大，兩個人都三十幾歲，那位先生非常愛太太，但是太太卻似乎總是心不在焉。

「媛奈，今天我會去買東西，要順便幫妳帶點什麼嗎？」他熱切地詢問：「妳有特別想吃什麼嗎？」三秒之後，太太回答：「什麼？噢，都可以。」兩人接著喀啦喀啦地走下世界上最吵的樓梯。

有幾次我在工作室待得比較晚，回來的時候會看見太太坐在門前台階上。她從沒抬頭打聲招呼，任由我從她身邊走過。她這樣其實非常沒禮貌，不過我已經習慣了。

今天早上我聽著雨聲，發呆的時間比平時更久。我不知道自己為什麼特別焦慮，接著才想起來，今天我應該要去找韓彬吃午餐。而且是去他爸媽家。

這是個重大的場合，意義非凡。

他母親在家，父親通常忙著打高爾夫球，或者和有名的外國人碰面，不過或許他父親也會在場，只是這個可能性讓我太過焦慮，所以我不該惦念著這一點。

「石井大師的作品上個星期終於送來了，我想給妳看看。」韓彬昨天晚上來學校接我，順便約我。有人竟能在家中隨隨便便就擺上一件石井的魚塑，他們隨時隨地想碰就碰，感覺很讓人不安。我只有在紐約高古軒畫廊遠遠看過一次，還有一次因為露比想看，所以在華盛頓特區的國家藝廊，我憋著尿、痛苦地排了兩個小時的隊。

「別擔心，崔先生也在。」看到我的表情之後，他這麼說。他指的是他母親的司機，之前接送過我們好幾次，而且對我一直非常有禮貌。我惱怒地看著他，真不敢相信這帥氣又自信的無知男孩，竟然認為只要他家的司機在國寶旁邊閒晃，就能讓我放心。

我起身。「我得回去工作了。」我說道。我們在樓下空蕩蕩的咖啡店，我不准他直接進工作室。從回到韓國的那年開始，他就完全沒看過我在畫的作品。

「我不能看看嗎？」他說道。「妳禁止這種事實在是太荒謬了。」

我皺著眉搖頭。

「不，現在不行。」我說：「而且跟我共用工作室的人也在忙，要是有其他人闖進去，她會很不開心。」

我說謊，其實共用工作室的女生接到其他大學的獎助計畫，早就離開好幾個月了。就算她還在，有機會和年紀稍長的英俊男人瞎聊幾句，還可以問一堆問題，她一定非常樂意。她通常忙著新羅王朝的皇冠和腰帶的螢光複製品，製作過程顯然不需要思考，因為她非常喜歡一邊閒聊一邊做作品。我被吵得差點向管理單位投訴。後來聽說她接獲獎助計畫，比起我們現在這所大學，可以多拿到一千萬韓元。那股得意樣看得我有點不舒服，不過看在她立刻就要離開，我還是誠摯地擁抱了她，我看得出來這舉動令她坐立難安。

「明天見。」我對著韓彬斷然說道。

「我去妳的公寓接妳好嗎？」他問道。他知道我也不喜歡他過來辦公住宅。我不希望他出現在其他女生身邊，特別是我的室友。

「不，這樣太傻了。我們約在景福宮吧，你可以去那裡接我。你何必大老遠跑來南邊？太浪費時間了。」

韓彬嘆口氣，拉起我的手。

「妳真要逼瘋我。」他說：「我一定是個受虐狂，才會喜歡妳。」

我什麼都沒說，因為事實如此。在和我交往之前，他跟露比也是同樣的相處模式。

■

室友居莉正在客廳看她最喜歡的節目，我覺得她的臉假到不行。從她的妝髮看起來，應該是前一天晚上到現在都還沒睡。滿是血絲的雙眼茫然盯著電視，手還輕撫著大腿上紅色的小羊皮香奈兒包包，彷彿懷中抱了隻小狗。這很奇怪，除非是特殊狀況，她通常會把包包擺進衣櫃好好收藏。

「包包真漂亮。」我幫自己泡了杯咖啡，看了包包一眼。「又有人送妳禮物嗎？」

「對呀，是那個遊戲公司的老闆。」居莉開口，眼睛還是盯著電視。「是不是很美呀？」

居莉一絲不苟地記下她收到的禮物，還有賣掉這些禮物換來多少錢，這樣她才不會忘記誰送了她什麼。狎鷗亭洞羅德奧街角有間名牌二手店，居莉和店裡談好，他們知道她、居莉會給他們全新的包包，她則會拿到這一帶最好的價錢。有些時候，如果她必須跟客人碰面，而且對方又問起他送的禮物，她會跑去店裡借用包包一晚，店裡總是什麼款式都有，尤其是客人會拿來送人的那幾個人氣款式。她通常會盡量跟所有的客人要同款包包，這樣比較不會搞混，而且她還可以留下一個，賣掉其他的包。

只要是稍微體面一點的人，絕對不想被別人看到和她走在一起，他們會先嚇死。不過她賺了很多錢，而且也存下大部分。她的作風顯然不像其他高級俱樂部公關小姐，說起來也不像我們這個年紀的人，很難不敬佩她。畢竟居莉連星巴克都捨不得喝的。

以室友的標準來說，她和我處得挺不錯，不過主因是我們不太常見到彼此。我白天通常待在工作室，她傍晚出門，並且在俱樂部上班到深夜。等她回到家，我要不是還在工作室，就是已經睡著。

兩、三個月前我們差點吵起來，那是唯一一次不愉快。我們週末一起喝酒，她說我不用動手術就很漂亮，所以自覺高她一等。

「這幾年流行妳這樣的五官，妳該知道妳很幸運。」她說著，怒氣和過多的酒精讓她視線模糊：「不過妳用不著這麼看不起整形的人。」

我抗議說不知道她在講什麼，她立刻列舉我看電視時發表過的評論。

「那是在講貞淑！妳還附和我！」我說：「妳也說她的新鼻子看起來就像麥可傑克森！」

「不對，**我很清楚**。」她說著倒向一邊：「我知道妳在想什麼，妳是個自大的賤人。」

接下來她就倒在桌上睡著了，我氣到甚至沒費工夫扶她上床。隔天早上她完全不記得吵架的事，還走到我房間問我有沒有冰敷袋。那天晚上她從椅子上跌下來，撞傷了昂貴的臉蛋。

■

不過每次有人問我是否曾整形，能回答自己沒有，我得承認確實有點驕傲。我們系主任非常誇張，甚至要我保證不會剪頭髮，結果現在整理這頭長到腰的頭髮根本就是折磨。只要我說起想把頭髮剪掉，才不管系主任去死，韓彬就會捧起我的頭髮，彷彿對著受到驚嚇的小孩，溫柔地開口：「別擔心，我不會讓她這麼做的。」他柔聲哄著。居莉甚至還沒讀過那些關於我作品的文章和評論，裡面對我的描述永遠是「渾身自然美的藝術家」。

「我今天預計要去韓彬家，跟他母親一起吃午餐。」我明知道不該講，卻還是告訴居莉。「我不知道該穿什麼。」

居莉坐直身體，她布滿血絲的眼睛忽然閃閃發光。

「真的嗎？我以為她很討厭妳！」她說道。

我扮了個鬼臉。

「或許不會共進午餐，不過反正計畫是這樣。妳覺得我的黑色長袖洋裝會太……黑嗎？」我小口喝著咖啡。

她搖搖頭。「重點不是黑色，那件是在梨泰院的市場買的？妳必須穿點真的很貴的衣服。重點在於穿衣的態度，妳必須很有自信，而昂貴的衣服就能給妳這樣的信心。」

居莉站起來，將香奈兒包包掛上肩膀，一副正打算外出的樣子。

「妳可以跟我借啊！我看看現在手上有什麼。」

工作上需要的衣服，居莉都是去服裝店裡租的。那間店專作高檔俱樂部公關的生意，換句話說，會是一大堆短裙和緊身洋裝，我非常懷疑她衣櫃裡會有什麼我能穿的衣服。不過我跟她進了房間，發現她從衣櫃裡面拉出三件意外端莊的洋裝，喬伊百貨公司的標籤還沒拆。

我讚嘆地輕輕撫過鈷藍色的洋裝，高領素面合身剪裁。這肯定不是居莉挑的衣服，但會是誰呢？她沒解釋，我也沒問。

「我認為這件非常完美。」她說著拿起一件橄欖綠絲質洋裝，搭配公主袖與雪紡腰帶。「既有色彩又有袖子。」

我從她手上接過洋裝，在鏡子前比對，我必須承認這件洋裝看起來美極了。我看了標價，嚇得發抖。「不行，萬一我不小心沾到東西怎麼辦？」

她皺起上翹的完美鼻子。「那也沒關係，這場飯局很重要！我希望妳能嫁給尹嘉允的兒子，之後就能替我引薦名流。」

她遞給我掛在衣架上的洋裝，沒看見我臉上的驚恐。

「趁我去洗臉，妳試穿一下吧。我預約了皮膚科，得準備出門了。」她說著走向她的浴室。

我知道她會先化好全妝，再讓皮膚科診所的護理師幫她卸妝，以便進行臉部護理，這讓我忍不住笑了。同樣的，我臉上長了雀斑、不怎麼保養皮膚，還拒絕每天實行兩次她的十步驟保養法，這種作風也令她非常驚訝。居莉的梳妝台上似乎擺著數百支瓶瓶罐罐，秀津很愛跟她一起比較最新的面膜和精華液，我睡覺前卻連洗臉都常常忘記。

我脫下睡衣試穿，正忙著扣上背後的釦子，居莉也回到房間，她幫我扣好釦子，臉龐溼潤而發亮。「妳不喜歡這件嗎？」問完，她在梳妝台前坐下。「妳穿這件看起來超棒。」她語帶讚賞，透過鏡子裡面一大堆大小尺寸的瓶罐與面霜看著我。她用蓬鬆的髮帶往後收起頭髮，接著開始進行她的儀式，首先以指尖沾取美容精華液拍在臉上。接著她拿出一小支注射器，在臉上擠了些蜂蜜色的液體。

「那是什麼呀？」我問道。想到她花了那麼多時間進行肌膚保養，我總是目眩神迷。

「幹細胞萃取物。」她平淡地回答。「我昨天喝太多，今天早上皮膚很乾燥。這東西只是暫時應急，幫忙撐一下，到診所就能進行整套療程。其實，妳今天早上應該跟我去，這樣才能在他母親面前展現出最好的一面。診所很喜歡我這個顧客，我大概能幫妳擠出空檔。」

我很心動，居莉的皮膚此刻正如無雜質的玻璃般微微發光，但是一想到要在水療床上直挺挺地躺著，就讓我焦慮不已。看到我搖頭，她嘆了口氣，然後開始用無名指點上眼霜。

「所以說，妳就是因為這件事坐立不安啊。」她說道。「我本來打算這週末帶妳去喝一杯，提振一下心情。妳知道的吧？妳一緊張，周遭氣氛就會很壓抑。好啦，拿這個寶緹嘉搭配那件洋裝如何？」她從衣櫃裡取出複雜的編織包，塞進我手裡。

■

韓彬的母親，尹嘉允，她是一九七〇年代韓國演藝圈三巨頭之一。她們是三位韓國小姐轉行演戲，那十年間大部分的電影、電視劇和廣告都看得到她們的演出。她在三人中年紀最長，作品也最多。最經典的角色出自熱門電視劇《我的名字是星星》，她在戲中從修女變成了蛇蠍美人。《我的名字是星星》非常受歡迎，大家常說播出的時段全國路上看不到半台車。她和共同主演的年輕明星短暫傳出緋聞，殺傷力很大。後來就從大眾的眼前消失了兩、三年，原來她已經祕密嫁給KS集團的小兒子。KS集團是當時第二大的集團，主要生產水箱與熱水器。十年之後，她在景福宮附近開了畫廊，搖身變為首位聯繫韓國名人圈和藝術圈的經銷商。名人蜂擁而至，想買點東西裝飾房子，根據推測，她賺的錢比她公公還多。

我之所以知道這些，都是從網路上還有婦女雜誌看來的。八卦專欄和小道消息常會寫到韓彬的家族，文章標題從〈尹嘉允與丈夫搶購濟州島上的土地〉到〈尹嘉允的畫廊高價削名流嗎？〉還有〈KS集團吹哨人指控：尹嘉允的大伯是否會坐牢？〉這些文章通常會附上狗仔隊偷拍尹嘉允的照片，穿著雪白毛料大衣的她戴著太陽眼鏡，正跨出停在畫廊外的車子。

我已經見過她幾次。第一次是在紐約，韓彬的哥倫比亞大學畢業典禮。回到韓國之後，韓彬又安排了兩回，一次是藝廊在香港進行拍賣，他帶我去接機，歡迎母親回國，第二次是慶祝他的生日，我們三個在瑞華飯店他最愛的餐廳共進午餐。第一次她只跟我說了「噢，嗨」還有「再見」，她在車裡用單音節回答韓彬的問題。第二次吃午餐時，她慈祥地問起我的家人，那些問題顯示她對我瞭若指掌，我不該試圖自抬身價。「妳最後一次見到父母是在幾歲？」「還有妳叔叔，他經營一間……計程車餐廳？」（我渾身一抖）以及最後一擊：「近年來，你們這種人擁有愈來愈多機會，真是太好了。我們成了這麼鼓舞人心的國家。」

我當然可以表現得很受傷或很生氣，不過我沒忘記露比在紐約跟我說過的話，因此我早就知道要將自己的情緒預設為「快樂」。

「有錢人對快樂著迷。」她當時說：「他們為此瘋狂。」

■

我在喬伊百貨一樓的花店買了迷你蘭花。雖然比起公寓附近的花市貴上十倍，不過花盆上有喬伊的標誌和名字。我搭到離韓彬家最近的地鐵站，跟他約在站外碰面，他看了我手中的購物袋之後說沒必要帶伴手禮，不過我看得出來他很滿意。

韓彬家的房子座落在城北洞的山丘頂，四周圍著高聳的磚牆，以灰色頁岩及玻璃構成，搭配傾斜的屋頂，看起來既現代又神奇。大門敞開，我的心跳驟然大亂，喘不過氣。他只跟我說過生活有哪些不便，冬天來時有多冷，觀光客和記者在附近亂繞，想盡辦法往大門內偷瞄一眼。房子由知名的德國設計師打造，而設計師的朋友一時興起就打電話過來，說要檢查他在亞洲的首件委託。這棟建築物讓我想起念書時讀到的一間日本博物館，靜謐而美麗。

不過要等到我站在草地上的此刻，我才明白我其實是看不起韓彬，也看不起他的母親。什麼樣的房子能在首爾擁有**真正的草地**？更別說這裡是最多人想購入的美術館區。

屋裡盛放的白色花朵似乎比花園裡更多。隨處都能看到成堆的蘭花與牡丹，擺放得很別緻，我悲傷地看著手上的小盆栽。

「我去稟告您母親，您們已經到了。」替我們打開大門的男子說道。他一鞠躬，接過我的大衣，遞給我大理石鞋櫃中拿出的皮質拖鞋。儘管他對韓彬說話畢恭畢敬，他的穿著卻很隨意，一件長袖襯衫（條紋！）和發皺的卡其褲，我還以為會看見西裝或制服。

「沒關係，我自己上樓去找她。」韓彬說。他請我在門廳左側的起居室稍等，接著蹦蹦跳跳地跑向右邊走廊。

起居室深而寬敞，挑高和空間大約是一座籃球場，每個角落都擺放著沙發與茶几。起居室的中間是石井魚塑，大小和顏色猶如一頭小象，近看之下，這個美麗的物品閃爍著微光。牆壁上的作品也都出自近代日本藝術家之手，包含角田夕貴、太平龍一和櫻井理惠子。我挑了角落坐下，另外一座石井的迷你作品就在身邊，呈現烏雲般的色澤。

開門的男子用托盤端來茶水。杯子裝著一朵淡紫色的花，落下時緩緩綻放。他默默地在茶几上調整花瓣，此時我才明白韓彬說得沒錯，如果司機崔先生在的話，對我來說確實會是種安慰，可惜他不在。

「母親的身體實在不舒服，所以今天只會有我們兩個。」韓彬走過來：「她頭痛得很厲害，正躺著休息。」

他看著我的眼神有點過於誠摯，彷彿強迫自己不要別開視線。要不是他在說謊，就是他認為她在說謊，我的心臟因此猛力狂跳，疲憊感漸漸滲入全身。他並沒有提到她因此致歉。

「那真是太糟了，希望她早日好轉。」說真的，還有什麼好說？我們盯著眼前涼掉的茶，然後他清清喉嚨。

「他們正在準備午餐，我帶妳逛逛花園。妳肚子會餓嗎？還是想先吃點蛋糕？」

我搖頭，韓彬便牽著我往外走。兩名穿著制服的女子在門邊偷瞄，我不想看，所以把頭用力一抬。我們走到門口，剛剛幫忙開門的僕人拿著兩件大衣現身。

庭院圍繞著房屋向外延伸，各個方向都帶出一系列迷你盆景。我最愛後方的松樹林，經過仔細設計修建出一座松木迷宮。松木的香氣鎮靜了我焦慮的神經。

透過樹林，景色在我們眼前浮現。我可以看見山丘上零星散落的豪宅，餘下的城市在下方蔓延。

韓彬走在前面，俯身躲開低矮的樹枝，我只覺得心口灼燙。這棟房子、他的母親、那些藝術品，這一切太超過了。他怎麼會想帶我來？

「那是我祖母家。」韓彬指著遠方兩層樓的白色建築。那是棟西式建築，周圍環繞玫瑰花叢和松樹。他的祖母失智症愈來愈嚴重了，這陣子才指控僕人偷她的錢。

「那邊是露比父親的房子。」他才說完，我立刻扭頭看著那個方向，祖母家的右手邊。就算隔著這麼遠的距離，看起來還是陰森得像幢城堡，陰鬱且黑暗，圍繞著屋子的花園看起來也很凶險。不過或許是因為我一邊看著，腦中一邊響起露比的耳語，所以才這麼想。

我們就靜靜地站了一會兒，後來他才掉頭走回屋裡。

午餐氣氛非常詭異，餐廳的陽光十分充足，為我們服務的兩名男子更顯沉默。吃過午飯，我知道韓彬想看電影，但還是請他載我回工作室。他沒有抗議，只是一整路都非常安靜。

「我能進去嗎？」他停在校園中的工作室前，又問了一次。

「當然不行。」我很快地吻過他的臉頰，下了車。「真不知道你為什麼一直問。」

他氣沖沖地開走了。

■

踏進工作室的門口，我就鬆一口氣。我綁起頭髮，走進浴室換上工作服，小心掛好居莉的洋裝。

我拾起小鑿子，在工作檯前坐下，那一瞬間，胸口狂跳的心臟才終於平息。我試圖呈現的情景在腦中無比清晰：夜晚的海面，船上的女孩穿著睡袍，左手無名指上的紅寶石戒指紅如血色。她好像在水中看到了什麼動靜，於是俯身往海面張望，長髮遮住了臉龐。

上個星期，我開始從石膏中雕出她的形體。臉蛋的部分最容易，頭髮最花時間。我應該會用駝鳥羽毛製作海洋，搭配木頭製作的真船，船身則是褪了色的紅漆。

幾個小時後，我不得不放下鑿刀，趕快用水彩畫下整個場景。儘管難以想像其中已經有多少細節從手中溜走，但我還是想趁忘記之前提煉出腦中的畫面。這是我最新露比系列的第六件作品。其他五件畫作和雕塑作品都放在工作室後方，籠罩在暗影中。它們當然只不過是我腦海中畫面的可悲呈現，不過目前已經盡可能完成它們了。

■

我床底下放了個鞋盒，盒子中收藏著一疊黑白照片。從某個角度來看，應該可以算是第一組露比系列。我最喜歡的照片裡面，露比穿著白色貂毛大衣和米色內襯，搭配同色系的帽子。大衣下露出及膝的黑色洋裝和緊身褲，踩著不穩的高跟鞋。她站在我們學校圖書館的台階上（我好懷念紐約的冬天！），身邊堆滿白雪，窗戶透出亮光。她看起來很開心，難得彎起嘴角笑皺了眼。

那天晚上我們正準備參加藝廊開幕活動，不過得先繞去圖書館，看看是否有那位主打藝術家的書，那位德國畫家專畫霓虹色調的樺樹。「我們只要讀一下簡介。」我們在歐洲區找到一本，她的手指劃過那本書的書背，語氣十分肯定。「這樣就夠了。」她說著。她找到那本書之後，迅速瞄了兩遍介紹，然後要我背下畫家三幅最著名作品的名稱。

那天晚上韓彬在圖書館前接我們上車，還是我們跟他約在畫廊碰面呢？反正大部分的晚上都是他來接我們，而且那場展覽他一定有到場。那時距離露比的生日還有一個月，他買了一幅畫，準備之後送給露比當作生日禮物。在她的生日派對上，他小聲告訴我，那幅畫是現場最便宜的一幅。她好喜歡那幅畫：螢光色調的樺樹森林，夾雜著嚇人的粉紅與黃色條紋。厚實的金框上刻著她的名字：露比，李秀媛。

我很好奇那幅畫現在在哪裡，或許掛在她父親屋子裡面，或者擺在某個擠滿骸骨的櫃子中。

■

前幾天，美國那邊有篇簡短的新聞報導提到露比的弟弟，不是韓國這裡的消息。她弟弟在美國創立租車公司，才剛得到舊金山第二大創投公司挹注的資金。我覺得這個新聞令人非常困惑，比方戊天怎麼會需要資金？他為什麼想做這行？畢竟汽車出租公司不是什麼大生意，就算在美國經營也一樣。而且他不是念法學院嗎？

不過面對我的疑問，韓彬只是聳聳肩說：「為什麼不行？」這句話非常有效地阻止我繼續追問與猜測。韓彬的確提過他對資金的看法，認為不一定真有需求，比較類似公關操作。矽谷的投資人大概更需要戊天替他們牽線。私生子依然擁有繼承權，這是一份得花上很長時間努力爭取的獎賞，他必須很有能力並且保持警惕。

■

每次想起露比，就會想起那間翠貝卡[3]的公寓。屋子的一切都美得不可思議，印象最深刻的畫面就是露比窩在白色沙發中，撫摸著當天買下的珠寶首飾。她天生就是眼光不凡的收藏家，而且對於自己擁有的無數商品也懂得如何完美搭配。她會看似一時興起，帶走古董店中風格不一致的奢華商品。比方擁有百年歷史的黑檀木珠寶盒，外盒裝飾著未經雕刻的原石，來自俄羅斯的金

3 Tribeca：翠貝卡，又譯三角地，位於紐約市曼哈頓下城區，房價極高。

邊茶杯，頂著灰金色鬈髮、一臉愁苦的十九世紀洋娃娃，附帶一整櫃的可愛小洋裝。不過這些東西進到公寓之後卻彷彿脫胎換骨，看起來天生就屬於此處。她的公寓滋養了我，我甚至不知道自己心中有這樣的渴求，希望能夠碰觸、看見並且享受事物的美好之處。

重點是，我對露比擁有的一切十分著迷，她很清楚但並不介意。我在露比的心中有了固定的形象，就是個藝術家、創作者，熱愛美麗的事物。我崇拜她的品味，這件事也滋養了身為收藏家的她的虛榮心。

「並不是買下一堆昂貴的東西，就代表擁有**收藏品**。」《時代雜誌》某期的主題是近日中國新富階級的消費習慣，露比一邊讀著雜誌一邊不屑地說道。

不過我聽得懂。她的眼光不太算是天賦，比較類似直覺，對她來說，就像憂鬱症和不信任一樣自然。

■

露比、韓彬，還有他們那群朋友，都是我在紐約認識的。對我來說，前往紐約念視覺藝術學院的學位是件十分不可思議的事。我頭一次搭飛機，頭一次出國，頭一次離開洛林中心的保護，也是頭一次追夢。我碰上了許多令人吃驚的事，其中最搞不懂的就是，紐約的街頭、咖啡館與店家，還有藝術學院的走廊上與教室中，竟然有這麼多自在的韓國人。對於在國外念書，獨自往返韓國的人來說，他們從小就是這樣，早就已經習慣。

我拿敘林視覺藝術獎學金出國。後來我去應徵露比的畫廊，她面試時發現了這件事，似乎覺得很有趣。我不懂她為什麼哈哈大笑，好幾個月之後，另外一個同樣拿這筆獎學金的女生告訴我，露比的父親就是敘林集團的執行長，那個韓國知名的企業大亨李俊旻。露比和她弟弟戊天比其他的孩子小了二十歲以上，因此有謠言說李太太不是他們的母親，他們兩個是李先生和敘林辦公大樓總機的私生子。

我們那棟系所的大樓有個公布欄，我是看到公布欄上的廣告消息才去應徵。那塊空蕩淒涼的方形區塊偶爾會釘上徵保母的廣告，刊登者是我們系上幾位手頭很緊的教授。雖然獎學金可以用來付學費、食宿，還有機票錢，不過付完之後就沒剩多少，我亟需工作，而那張韓文廣告傳單就像生命線。我撕下那張紙，帶回房間研究了一番。

橄欖綠色的厚紙，還有金箔壓印的花體字。這廣告不只內容，連外觀都很出色，看起來比較像婚禮邀請卡，而不是學生隨手做的傳單。

標題寫著：「新畫廊開幕，徵求藝術行政助理」，下方稍小的草寫字則是：「了解近代藝術及其影響，並且英韓語流利者為佳。」

我認為這個職缺沒什麼競爭對手，不過我還是很開心她錄取了我，另外還有四名女孩，來自紐約市各所大學。我負責設計畫廊的目錄、傳單以及明信片。光印刷成本就讓我嚇壞了，一張令我那麼緊張的請款單，她卻連帳單都沒瞄一眼就付了錢。

將近三週的時間，我們這一小群人工作到深夜，通常露比和我熬到最晚，只要她有需要，不管什麼事我都會幫忙，甚至包括出門買咖啡和可頌麵包，當然用露比的信用卡買單。其他女孩子試著跟她交朋友，不過如果與工作無關，她的回應都很簡短冷淡，這種做法引發了員工的不滿。我後來才發現這些女孩都來自有錢人家，不像我一樣需要賺錢，她們來工作只是為了見到露比。

露比如果在忙，我有時會就這麼盯著看，露比的臉、露比的衣服，還有露比的聲音，她無論做什麼都很引人注目。她臉上只塗口紅，我懷疑也有紋眉。身上衣服的設計、剪裁和用色都很特別，總是令人驚嘆。聲音低沉，罕見的笑意偶如彗星般掃過臉龐。

「院長那麼喜歡她，還不就是為了她爸爸捐的那些錢。」露比請我們週日上午也來上班，其中一位來自帕森設計學院的女孩開口說：「而他之所以捐款，還不是因為她沒能按照家族傳統進入史丹佛。」

「我聽說這件事丟臉到不行，畢竟只要跟敘林家有點往來的人都念史丹佛，遠房親戚的鄰居也不例外。」另一位就讀蒂施藝術學院的女孩說：「耶魯顯然是她第二順位的選擇，不過她男友的前女友也有同樣的打算，結果她一氣之下就選了這裡。」

「不對不對，起因是艾斯比那次大規模毒品搜查。」最先開口的女孩撥撥頭髮：「她本來該被踢出校門，不過她爸捐錢蓋了棟新體育館，所以校方還是讓她畢業。我表妹就是念艾斯比，她說體育館要價兩千萬，安裝了敘林科技的最新產品。」

露比走了進來，視線掃過整個房間後落在我身上：「美帆，妳可以來處理這些傳單嗎？」接著沒對其他人說半句話，就大步踏出門外，我看得出來其他女孩滿臉失望。這讓我頗為高興，畢竟我只是公費留學，又沒上過美國的住宿學校，而她們發現這點之後就再也沒理過我。

「我從來沒聽過這間學校。」聽我說完在韓國念的公立國中校名，另一個視覺藝術學院的女孩說：「妳再講一次，那是在哪一區？」我告訴她學校在清州市，她的眉毛挑得老高，接著立刻埋首手機螢幕。

不過我不在意，反正我又不是假報學歷什麼的。有上千萬人口的韓國不過是個玻璃魚缸，總有人自覺高人一等。這個國家就是如此，於是別人一碰到你，就會丟出一連串的問題：住在哪個地區？你上哪間學校？任職哪間公司？你認識某某人嗎？他們先準確錨定你屬於韓國的哪個階層，接著不假思索地厭棄你。

■

露比的問題在於，不是只有我或其他韓國人對她深深著迷。不管是跟她一起去咖啡廳，甚至只是待在圖書館，都不難發現總是有人偷偷看她。我搞不太清楚原因何在，或許是她肌膚的光采，或許是獨樹一格的華貴穿搭，或許因為她面無表情，我真的沒搞懂。不過只有對周遭環境毫無所覺的男人會試圖搭話。我們有一次在她住處附近吃晚餐，新開幕的沙拉店裡有個男人接近我們。他的外表像外國人（或許是義大利人？），看起來很年輕，而且身上的西裝剪裁良好，應該是金融業的員工出來外帶餐點回辦公室。他排隊的時候就一直看向我們，拎起自己那袋食物之後，他走到我們桌子旁邊。

「不好意思，很抱歉打擾了。」他聽起來帶點口音，既可愛又有自信，「我一定得告訴妳，妳真的非常美麗。」

露比的視線沒有離開食物，緩緩進食，一語不發。

「我能問問嗎？妳是不是住在這一帶？我住附近，在那邊上班。」他指著窗外一棟建築物，似乎認為我們應該知道那是什麼地方。

我們兩個都沒回應，他的微笑愈來愈掛不住。

「好吧，那就祝兩位晚餐愉快。」他近乎鬱悶地走向門口。他推開門的同時，我清楚聽見他低喃「婊子」。

「太荒謬了吧！」我隨口對露比說。

「或許我可以幹掉他。」她瞇起眼睛。

我哈哈大笑，結果被她瞪了，於是我閉上嘴。

「下一次再發生這種事，拍下那些人的照片。」她說：「他竟然就這樣走過來對我說話，他怎麼敢？」她氣憤地咬緊下巴，繼續用餐，眼神閃著狂亂的光芒。

我點點頭，喃喃地贊同。我還不確定在她身邊的時候，什麼話該說，什麼反應該做。

■

過了幾個月之後，畫廊開張，其他女孩離職，我們得找些韓國人以外的員工，那時候露比終於說我通過考驗。

我們在韓國城的酒吧喝酒，等著韓彬和他朋友。當晚稍早，露比默默遞給我一張假的身分證件，證件用了畫廊員工證的照片，看起來非常逼真，終於能夠在紐約的酒吧真正喝上一杯，我還是非常興奮。這裡跟韓國完全不同，韓國未成年人都能自由接觸酒精，只有對酒精真的完全沒興趣的人才會搬出禁令。

「妳知道嗎？我喜歡不用花什麼力氣研究妳。」她突然開口，撇嘴而笑。

我問她：「這是什麼意思？」

她朝著我一身衣著擺擺手。我穿著黑色喀什米爾毛衣和緊身黑色皮裙，來自布魯克林的舊貨店。我聽說設計師把過季後沒賣掉的打樣捐給那間店，我在衣架間耗了好幾個小時，尋找還掛著標籤的設計師服飾。

「還記得妳會穿粉紅色的仿麂皮嗎？」她笑了笑。

我漲紅了臉，假裝抽打她的手臂。「一堆設計師每季都用粉紅色！別當這麼無聊的紐約客。」

「妳實在太好逗了！」她似乎更樂了，差點連話都說不下去。此時韓彬帶著他在哥倫比亞的哥兒們走進酒吧，我們很幸運，能用穿著講究的帥氣男孩轉移話題。不過之後她還是會回過頭來笑我，而我則會夜半突然想起這事，羞紅了臉。

■

那時候，韓彬是我們三人組的第三名成員，露比和我會走在他前面，他則跟著我們。對露比來說，他是個安靜而認真傾聽的男友，總是四處接送我們，把我們弄進大排長龍的酒吧，任何露比想看的舞台劇、展覽會和時裝秀，他都會安排好前排座位。我覺得他們很奇怪，兩個人從來沒有在公開場合展露愛意，而且從來不合照。我只有一次看過他們擁抱，那天我們三個在露比的公寓看電影。時間很晚了，我正準備離開。門板關上前我回過頭，看見露比的頭倚在韓彬胸口，韓彬則環抱著她。他們身邊的氛圍如此寧靜完整，無比滿足，我愣在原地看著門板緩緩關上。之後我再也沒看過他倆碰觸彼此。

我申請的獎學金規定必須盡量展出作品，而我每次展出，露比和韓彬不但都會來，還會待上滿久的一段時間，對我來說意義非常重大。他們甚至來看了新生展覽，那場我只展出兩件作品。露比不會多說什麼，只會針對其他學生的作品提問，韓彬意外地對我的製作流程很有興趣。他總是會問起「這個作品花了妳多少時間？」還有「這件作品的靈感是什麼？」那種不確定該問什麼問題的樣子非常討喜，我得壓抑自己的衝動，不伸手去碰觸對方額頭上淺淺的皺紋。

露比有些時候會遲到，有時候則直接傳訊息取消，但是韓彬和我早就到了——這就是我生活中的亮點。每次露比放韓彬鴿子（雖然經常發生），他總會失望地皺起眉頭，輕輕嘆氣，不過接著就會轉頭看我，聳聳肩膀問道：「妳還想去吃點什麼嗎？」我會滿心歡喜，答應得有點太過熱情，稍後我會自我反省，懊悔不已。

韓彬曾經這麼對我說：「我們整個家族沒有半點藝術細胞，包括我開畫廊的母親。」當時我正在準備期末計畫，他和露比過來工作室看示意圖。

我給他看了幾張素描，是我打算發展成系列作的構想。

「我真的很喜歡妳呈現這個作品的方式。」他語帶敬畏與讚賞。手上拿起一張十分概略的素描，有個女孩站在井中伸長了雙手，往上看。那張素描壓在一疊紙下，他每一張都翻開來看過。

「這很不可思議。」

「這些都很有病。」我很不好意思，說得含糊。我忘記自己把那張素描擺在紙堆裡，而且那個女孩的眼睛跟我在腦中描繪的樣子大不相同。那是課堂作業，主題是家庭，但我一直沒交出去。

「就是這樣我們才喜歡妳。」露比站在角落，正在研究我的盲眼兒童雕塑。「就是這樣**我**才喜歡妳。」她強調。「我認為妳看事物非常透澈，其他人太容易分心，所以沒辦法像樣妳一樣。」

我完全不知道她在說什麼，不過我只是露出微笑，以免破壞他們對我的高評價。

■

儘管有錢的韓國小孩都住很棒的公寓，到了冬天，他們還是流行訂間飯店套房，徹夜喝酒開趴。我們曾經為了露比驅車前往波士頓。露比說：「這裡讓我覺得好無聊。」她弟弟戊天住在市中心，跟韓彬一樣就讀哥倫比亞大學，我們順路接了她弟弟，還有幾個住宿學校的朋友。接著前往波士頓博伊爾斯頓街上的科里西亞飯店，打算逛個街、喝喝酒。

露比堅持親自開她那台紅色的瑪莎拉蒂，韓彬坐副駕駛座，戊天和我則坐在後座。前一天晚上的宿醉讓他不省人事，我靜靜坐著，盯著窗外白雪覆蓋的樹木颼颼掠過。

我努力不去回想一週前看見的那一幕。我走出圖書館時正好想著露比，不知道她為什麼一整週都沒聯絡我，接著就看到她和與我們同校的珍妮拿著超大購物袋踏下計程車。她們手上的購物袋卡在一起，司機只好幫忙，她們因此樂得哈哈大笑。袋子上的商標告訴我那是第五大道日。而且露比幾週前在家辦了場晚餐，她沒問過我，只邀請一起留學的朋友。我偶然聽到兩個女孩子對那位私廚讚不絕口，才發現這件事。

露比直接開到波士頓韓國城的小餐廳，途中只停下來兩次。我們在那裡吃晚餐，並且直接開喝，老闆認識韓彬，所以根本不需要費事準備假證件。這裡塞滿喝醉的學生，現場愈來愈吵鬧。一開始只有六個人，後來大家不是忙著打電話叫人，就是接起波士頓朋友打來的電話，沒一會兒人就變得愈來愈多。

凌晨一點左右，加點燒酒外帶之後，我們提著幾個塑膠桶離開。露比開得很慢，走走停停。我們回到飯店繼續喝，有人播起音樂。房號在晚餐間傳了出去，於是陸續有人帶著酒出現。

有些人也訂了這層樓的房間，於是我們拎著酒到處跑，在走廊上低聲談笑。我不認識這些新來的人，不過所有人都醉得頭昏眼花。聽著他們說說笑笑，我也跟著微笑，喝下更多酒水。房間的角落，戊天偎著某個威斯利學院的女生。

我走進某個間房躺下來，不確定那是幾點，大概凌晨三、四點吧！我彷彿身處海浪之上，隨著頭痛浮起而後沉落。門外傳來低聲交談與音樂，不過能閉上眼睛真是鬆了口氣。

門板開了又關，有個人伸手撫過我的額頭。那是韓彬，他俯身看著我。「我頭痛。」我說：「你有沒有止痛藥？」

他搖頭。

「那你能不能像這樣幫我揉揉太陽穴？」我的手指撫上突突跳動的太陽穴。

他的手很大，試圖笨拙地聽從我方才的指示，但很快就只是輕撫我的頭髮。

我翻過身讓自己靠得更近，不知怎的，他忽然俯下身吻了我。

這個吻結束得很快，但我好愛他貼過來的厚實身體。肩膀寬而有力，嘴唇非常溫暖。接著他猛地起身，低頭看了地板一會兒之後就離開房間。我們後來再也沒聊起這件事，不過我始終記得一清二楚。

■

兩個月後露比自殺了。我無法與任何人交談。我不去上課，不離開房間，也不知道該怎麼活下去。

我希望露比可以多聊聊自己的家族，談談父親每天帶給她多少悲慟，說說那些流淌在李家血液中的詛咒。我辜負了她，沒有接收到暗示，沒有追問更多細節，也沒來得及一再強調，相比之下她的人生如此美好。我以為她都明白，我以為她知道自己很幸運，以為我們因此才成為朋友。我真該多聊聊自己的悲慘故事。

後來我甚至愛上韓彬，接納了他。以這麼糟的方式背叛露比，我知道下輩子一定得為此付出代價。不過此刻我無力自拔，就算知道這段感情的結局會是心碎，我仍無法阻止自己，也無法停下腳步。韓彬、我的工作，與我狂亂的創造力，這一切都不會長久。我只能保證永遠不會忘記她，每天都會想起她。

亞拉

有個泰仁粉絲的言論讓我感到天旋地轉，她說自己會有好幾年的時間想念見得到他的時光。他們至少要巡迴一年，接著需要至少再一年準備新專輯。好幾年嗎？我怎麼能等上那麼久？我該靠什麼過活？我非得見他一面不可。真的。

我每晚睡前都會打去SwitchBox娛樂經紀公司，希望能聽見泰仁錄製的每日訊息。既然王冠有五位成員，理論上有五分之一的機率會由泰仁錄音，而且SwitchBox在記者午餐招待會上的確也保證過這一點，他們說每天都是不同的成員負責錄音。（那場招待會上，泰仁穿著LV限定版的高筒球鞋，潑灑著銅漆的花色立刻席捲全球，二十四小時內賣到缺貨）。實際上，泰仁卻大概每十天才出現一次。這很合理，畢竟他最受歡迎，所以也最忙，手上已有兩檔電視實境秀的合約，還拍攝那麼多代言商品。

算一算，結果卻是貝斯堤錄了最多訊息。整團之中就屬他最煩人，不只最不受歡迎，而且還沒有自知之明，講起話來總像全國上下所有女孩都忙著討好他。老實說，貝斯堤不過是用來墊檔，她們想要的是泰仁，或許還有在範吧！我實在不懂貝斯堤怎麼搞不清楚這一點，總是占用寶貴的時間，在訪談或脫口秀中滔滔不絕。我忍不住在泰仁的粉絲論壇發文抱怨貝斯堤，沒想到立刻被留言轟炸，要我別在泰仁這裡說到貝斯堤的事。貝斯堤愛模仿別人又喜歡揩油，論壇裡的大家都很討厭他。這是真的，貝斯堤最近三次走紅毯都戴著黑色刺青頸鏈和金色鍊條手環，泰仁最近參加X戰警電影首映也戴了同款飾品。他和休傑克曼在首映會上比腕力，休傑克曼還讓他贏了。

聊到Switchbox的每日訊息，有一則是泰仁聊到巡迴演唱會，過程中如果感到寂寞，他會做些什麼。這則是我目前的最愛。

「我不認為大家明白這一點。畢竟就其他人看來，明星的生活非常光鮮亮麗，不過我們卻通常直接在演唱會場地待上一整天，結束之後回到飯店，接著各自回房，最後一個人看著電視直到睡著。」他用低沉又充滿磁性的嗓音說道：「說起來有點不好意思，不過我在飯店房間裡看了很多歷史連續劇，結果作夢一直夢到。有天還被貝斯提發現我用歷史劇的腔調自言自語！」

我喜歡在手機上聽他的聲音，而且就算我無法回話也無所謂，我也喜歡這一點。

■

店裡請了幾位助理，這些助理小妹負責協助準備、洗頭和打掃，工作也包括在設計師忙著服務其他客人時幫忙吹頭髮，但我和她們之間有點狀況。她們本該像背景音樂那樣不引人注意，所以店裡才讓她們穿得一模一樣，類似學校制服的白襯衫和紅格子裙。

問題是從新來的助理開始的。店裡總有新人來了又走，這些女孩總是很粗魯，每次有人呼喚，她們總是低頭咕噥。翠蕊從一開始就態度很差，而且還是店裡指定給我的助理。

早在遇到翠蕊之前，我就已經比其他設計師包辦更多雜務。因為喊不出指示，我得親自站在助理身邊，拍拍對方肩膀，比手劃腳地說明。所以要是當下找不到人，我只好乾脆自己動手。大多數的狀況下都沒問題，不過總會碰上好幾位客人連續進店的時候，要是我沒有立刻接待招呼，他們就氣得跳腳。翠蕊也總偏偏在這種時候不見蹤影，留我一個人束手無策，只好暫時拉別的助理過來幫忙。無論這些助理表面有多麼親切，後來都會跟權主任抱怨。

週一特別難捱。我有幾個重要客戶，KBC電視台的製作人就是其中之一。製作人週一來吹頭髮，同時間跟我最久的客人吳太太想染頭髮，也想順便燙一下。吳太太每次給小費都是三萬韓元起跳，算是本店少見的客人。我一直盼望透過KBC製作人去一趟歌唱節目Music Pop的錄影現場，甚至還幻想過進入年度音樂大獎的後台。我在椅子間橫衝直撞，一邊吹整頭髮一邊調配染劑，結果冰涼的染劑不小心滴上製作人的脖子，雖然我很快就擦掉，但她還是皺起了臉。整個過程翠蕊不見人影。

■

用寫字的方式很難罵人，紙上的文字無法表達我心中的憤怒。

妳剛剛上哪去了？晚班快要結束了，我攔住掃地的翠蕊，在記事本寫著。

「妳是什麼意思？」翠蕊一副無辜的樣子：「我在工作啊。」她對其他女孩使使眼色，其實在翻白眼。

我找妳找了二十分鐘！我在「二十分鐘」下劃了三條底線。

「我大概在幫妳跑腿吧。」她說：「我這段時間一直都在店裡呀，妳可以問問其他的助理。」她又看了她們一眼，其他助理猛力點頭。這個小妖精，其他人被她收服得服服貼貼的。

■

我是可以讓店裡開除她，不過三個月前權主任才幫我換過助理。那個助理不是壞人，只是笨笨的，很容易出狀況。她第三次把熱咖啡灑到客人身上之後，我才要求換人。權主任很通情達理，不過要是我現在又想換助理，他應該會不高興。再加上翠蕊總是很機靈，也十分尊重他。我幾乎不可能再找到其他類似的工作，可不能讓店裡認為我很難搞。畢竟是秀津纏著店長好幾個月，對方才願意讓我試一試。接下來我無償工作了三個月，而且滿心感激他們給我這樣的機會。要是早知道事情會變成這樣，我寧可繼續留著原本那個冒失的助理。

而且我沒忘記自己以前的樣子，那時我還年輕，擁有聲音也有自信，我的行為甚至比翠蕊還糟糕。我和朋友一起在街上恐嚇別人，不怕沒錢，也不在乎未來。所以我很清楚她在想什麼，不過這就是問題所在。只有時間能改變她，不然就是無法避免的不幸遭遇。我只能說，之前一起在街上混的那些女孩，現在都過得很糟。我只希望無論她注定要面臨什麼樣的大禍，別拖得太久，早點發生反而比較好。

■

這週還傳出泰仁與薔蜜女團團長坎蒂正在交往，這個傳聞對我的心情也沒什麼幫助。關於泰仁的約會對象，每個月的確都有誇張的謠言，不過過去兩年來，狗仔隊的照片中都是某個沒沒無名的日本模特兒。粉絲容忍這個對象，因為肢體語言很明顯看得出來，是她追著他跑，不是他比較喜歡她。再說她長得很怪，眼睛分得太開，嘴唇比河豚還厚。

不過坎蒂就完全是另一回事。她的長相是那種野蠻且具有侵略性的美，大家都知道她會欺負團裡的新成員。在傳出這個緋聞之前，大家就很討厭她，王冠的粉絲論壇瀰漫著懷疑與不安的情緒。「泰仁不可能喜歡坎蒂。他都說自己不會跟其他偶像交往！」「我曾經在梨泰院的餐廳見過她，她對經紀人超壞的。」「今晚還有誰也要去ＩＮＵ娛樂的總部等她出來？薔蜜應該要先彩排，接著前往星采電台，她們是晚上十點節目的來賓。」

泰仁和坎蒂的合照還沒有浮上檯面，不過「最新快報」的首頁這幾週頻頻暗示，他們挖到有史以來最有爆點的緋聞。這麼久還沒有照片釋出，各大入口網站都認為他們正在跟雙方經紀公司協商，確認哪些照片可以刊出。那些照片愈丟臉，他們就能從經紀公司敲詐到更多錢。通常只會釋出最溫和的照片，不過是牽牽手，或者共乘一台車。

泰仁和坎蒂兩邊的經紀公司都還沒發表聲明，不過已經公告王冠本週將結束專輯宣傳，開始準備世界巡迴演唱會。「我們這次會從洛杉磯開始，超興奮的！」貝斯堤在社群上發文，結果導致各家論壇大亂。這週就是近期最後一次演出，粉絲俱樂部討論著該做些什麼才好。俱樂部會長決定一起喊口號「王冠，改天見！」，並且選好印在花圈緞帶上的訊息。最終場演出之後，花圈會送到後台給團員。後援會將設立五個不同的捐款活動，以成員名義將款項捐給成員最喜歡的慈善機構。討論該捐出多少時引發了小小的衝突（因為粉絲數量最多，泰仁的粉絲希望他們這部分的金額能超過其他四筆捐款），不過很快就達成結論（每位成員都捐出一樣的金額），討論與回應在晚上漸漸平息。

有個泰仁粉絲的言論讓我感到天旋地轉，她說自己會有好幾年的時間想念見得到他的時光。他們至少要巡迴一年，接著需要至少再一年準備新專輯。好幾年嗎？我怎麼能等上那麼久？我該靠什麼過活？我非得見他一面不可。真的。

■

每次權主任說我有客人，我都會嚇一跳，KBC製作人直到週五早上才出現。那天我笑得特別燦爛，輕輕捏捏她的肩膀。翠蕊看到我的舉動，狐疑地看著我。

「亞拉小姐，有人今天心情很好哦。」製作人開心地對我微笑。我甩甩頭，疑惑地碰碰她的頭髮。我幫她做頭髮的這三年，一直維持深髮色，而且只會稍微改變髮型。固定找我做頭髮的客人，通常不會有太多要求，他們相信我，把自己的頭髮交給我。不過今天她似乎有點焦躁，樂福鞋重重踩著地板，不悅地看著鏡子。

「這次我想染淺一點。」她不自在地繞著自己的頭髮。「我已經厭倦黑髮了。」

我點頭微笑，遞給她一本頭髮色樣，她從中挑了稍淺的栗色，黃銅色挑染。對她來說是大膽的選擇，我寫在記事本上告訴她。

「我也知道，不過這週末有個相親，我有點想改變形象。」她說著甩甩頭。我很多客人會在相親前這麼做，成功和失敗的結果都有。有時候新髮色令人滿意，有時候則讓人坐立不安，有的客人會在此時請我將頭髮換回原本的造型，我只好手忙腳亂地跟接下來的客戶改時間。

我再一次點頭微笑，退回染劑櫃。我在腦海中把想問她的事寫了又寫，右手因為焦慮而不住顫抖。今天是唯一的機會。

我拿著刷子在碗中混合染劑，又聽見權主任的呼喚。衝出去一看，原來是吳太太的朋友想染黑髮根。翠蕊當然再次不見人影，我只好自己安排新來的客戶在製作人旁邊坐下，準備回頭去取來染劑。還沒拿到東西，就看到另一位常客金太太，她帶著女兒走進店裡。權主任請她們稍坐片刻等我一下，然後朝著這邊揮手。我狂亂地轉來轉去想找人幫忙，助理卻紛紛別開視線，匆匆跑開。

我的頭陣陣抽痛。雖然試著大口吸氣保持鎮定，不過聞到染劑和髮品的煙霧令我更加難以思考。這些年來，我早已學會忍耐這類煙霧，不過今天卻覺得快要窒息。

我不能毀了這個機會。這週之後，泰仁就要離開了，或許會是好幾年，在美國和亞洲各國開演唱會，唱歌跳舞給那些有錢出國的歌迷看。

我抖著手拿出記事本，開始組織文字寫下請求，不過權主任出現在眼前。

「妳在做什麼？」他抓住我的手肘，壓低了聲音生氣地說：「妳讓三組客人傻坐著等，然後我看見妳居然只是站在原地寫東西，客人都已經開始抱怨了！立刻過去服務！」

我鞠躬致歉，快步上前引導金太太和她女兒坐到空的座位上。等到金太太講完女兒需要的服務（不要太沉悶的淺色調，從顴骨開始分層修剪），吳太太的朋友高聲呼喚我，抱怨道：「我要繼續等多久？這實在太誇張了！」等到我帶她看完髮色樣品，我從鏡子裡看見KBC製作人生氣地站了起來。

「亞拉小姐。」我走到她身邊，聽著她冷冰冰的嗓音說道：「這樣不會太過分了嗎？之前我都能等，我體諒妳，所以從來沒有抱怨過，不過現在真的是受夠了。我說過這次預約很重要。因為明天中午的相親，今天才特地排開工作過來，結果卻看著妳先招呼後面進來的客人，甚至還沒開始上染劑！我等不下去，我要走了。」她脫掉黑色袍子，收拾自己放在邊桌上的東西。

「這些是妳的嗎？」身後有個聲音說道。我轉過身看見翠蕊，手上拿著混合染劑的碗和記事本。她大大的微笑看起來很狡詐，眼神閃著嘲笑與愚弄。而且還刻意舉著記事本，讓我們兩個人都能清楚看見我寫了什麼。

妳這週末能不能讓我去KBC偶像音樂秀的錄影現場呢？我是王冠的鐵粉，真的非常非常想在他們巡迴之前見他們最後一面。我細長的字跡因為期望而顫抖。

「我告訴妳的客戶，妳向來需要多一點時間。」翠蕊盯著我說：「我也努力安撫權主任，不過他偏偏要找妳，而且看起來很生氣。這染劑不需要了對嗎？我拿去洗掉。」她拿著碗走進染劑櫃，那微微跳躍的腳步，搭配紅色格子裙以及彈跳的馬尾，看起來就像個快樂的高中少女。

■

幾個小時之後的晚餐時段，各大入口網站都能看到新聞快訊。泰仁和坎蒂一直是每個網站最熱搜的前十大關鍵字。

「泰仁和坎蒂的照片」、「泰仁和坎蒂的車」、「泰仁和坎蒂約會」，一個小時之後則變成「泰仁的經紀公司承認與坎蒂的情侶關係，希望粉絲多多體諒」、「泰仁正式聲明」。

照片沒有太多訊息，他們兩個人都重重變裝，戴著帽子和口罩，不過依然看得出泰仁瘦長的身形，還有運動衫的帽兜下面岔出坎蒂招牌的漂髮。有張照片是他們一起走向泰仁的車，兩人沒有緊緊相貼，不過顯然走在一起，然後還有一張照片，應該是坎蒂離開泰仁公寓的停車場，泰仁幾分鐘後也跟著離開。還有傳說他們一起入住日本的飯店，不過坎蒂的經紀公司付了天價禁止公開照片。

我在娛樂室吃外帶的水餃晚餐，一邊讀一邊重新整理最新消息的首頁，照片還是同樣那幾張，但不停出現新文章。

我眼角瞄到翠蕊和其他助理擠在一起咯咯偷笑，不過我只顧著看新聞報導，沒理會她們。這件事還沒平息之前，薔蜜整團也得停止宣傳活動。泰仁的粉絲已經湧入今晚薔蜜在ＫＢＣ和ＢＣＮ電視台的演出。至少可以說，粉絲不太能接受這件事。她可能必須出國幾天，等到媒體上出現下一個名人緋聞為止。

我吃完水餃，丟掉塑膠盒，接著去找權主任。*我今天會負責清掃和鎖門*，我笑著在記事本上寫道。*叫其他助理先走，留翠蕊下來。*

權主任看著我嘆了口氣。

「好吧，亞拉。我知道妳很努力，我也沒那麼狠心。」

我鞠躬致謝，轉身去洗手間刷牙，邊走邊看見主任跟助理們說話，他指示的時候翠蕊轉頭看著我。

■

最後一位客戶在晚上十點離開，幾位造型師也沒待多久，他們滿心期待週五晚上的狂歡，早就開始整理頭髮還有補妝。「亞拉，謝嘍！」有幾個人快步離開時喊著，助理們下班時間一到，也很快就跟著走人。她們什麼都沒說，只是不太情願地鞠躬，嘴裡念念有詞不知道在講什麼，看起來巴不得立刻離開店裡。她們喊著：「翠蕊明天見！」不過翠蕊正忙著擦櫃子門，所以沒聽見。她今天晚上一定有什麼安排，大概半個小時前就開始瘋狂清掃。

我確定地板都拖過，鏡子和櫃檯沒有髒污，才去取大衣和鑰匙。翠蕊手上拿著抹布跑過來時，我正在關後側的燈。

「我掃好廁所、娛樂室和櫥櫃區了。」她喘著氣說：「妳要檢查一下嗎？」

我搖頭，示意她去拿東西。等她走出來之後，才站在門邊熄掉最後一盞燈，並且仔細地關上兩扇大門。

「哇，還滿快的。」翠蕊很開心，笑盈盈地走向樓梯。此時我伸手用力扯住她的馬尾，讓她背朝下摔倒在地。

「搞什麼鬼？」她嚇得放聲尖叫。我稍早換過鞋，抬起金屬鞋頭的靴子用力踹她的肚子。看著她不停尖叫，倒在地上痛苦地扭動，我又扯著馬尾拉她起身，拖進走廊上的廁所。她看起來沒那麼重，不過無所謂。我掀開馬桶座，將她的臉壓進馬桶。我很高興馬桶看起來挺髒的。現在她猛烈反擊，不過剛剛摔那一下又被我踢，身體應該還很痛，所以不是我的對手。看著她在馬桶裡嗆出泡泡，似乎也吞了好幾口水，我才終於滿意。我和朋友在中學時代，很常用這個馬桶把戲。

最後，我扯著她的馬尾，把她推到廁所的地上。我彎下腰，從口袋裡撈出她的手機扔進馬桶，濺起的馬桶水潑到她的頭髮。接著拿走她的鞋子甩門離開。幾個路口之後，我把鞋子分別扔進小巷，能丟多遠就丟多遠。

■

秀津在家裡等我，她準備了我最喜歡的抹茶蛋糕。秀津在那間麵包店附近上班。她還是不理會我的抗議，深咖啡色圍巾仍遮著臉的下半部。我告訴過她在家跟我一起的話可以不用遮，不過她發誓在消腫之前都要遮好自己的臉。

「親愛的，泰仁的事我真的覺得很難過。」裹著圍巾讓她的聲音不太清楚，她緊緊地擁抱我，接著退開來看著我的臉。

「等等，妳怎麼看起來這麼亢奮？」她狐疑地說道，我聳聳肩，打開廚房抽屜拿出兩支叉子。我命令自己的身體停止顫抖。

「我本來打算把這當成生日禮物，但我想妳會需要一點振奮的消息所以……」她打開包包，拿出小小的白色信封。信封裡面是王冠世界巡迴演場會首爾最終場的門票。

「我透過客人拿到的，她在售票公司上班！真的很難搶到票，但她已經是我好幾年的熟客，所以只加價百分之十，她人真的很好。不過……爆了這個緋聞，妳覺得觀眾會開始退票嗎？」秀津打開冰箱拿出兩罐啤酒，嘴巴沒停。

我一直盯著那張票，無法移開視線，畢竟這實在太不可思議。我不敢置信地撫過厚實的綠色紙張，開始掉眼淚。

秀津身體一歪，啤酒灑了出來，她下意識伸手揉著我的肩膀。「亞拉，怎麼啦？怎麼啦？」她慌張地問著，我坐在原地，眼淚沾溼了雙手，落在珍貴的門票上。她像小時候那樣哄著我：

「發生什麼事了？妳可以跟我說。」

居莉

說起來，這個國家的女人還是天真到令我驚訝。特別是那些太太。平常上班日每天晚上八點到半夜之間，她們到底認為自己的男人在外面做什麼？她們認為是誰讓上千間高檔俱樂部現金滿滿？就算有些明白人，她們也假裝不知道自己的丈夫每個星期都和不同的女生上床。她們裝得那麼用力，裝到自己都忘記了。

我和南怡又在喝酒。秀津快到家了，而且馬上又會來敲我房門，我想避開她，所以和南怡一起來喝酒。

這家熱炒攤車是我的最愛。魚糕嚼勁和湯頭風味搭配得恰到好處，而且店長很喜歡我，總會招待免費小菜配燒酒。上個週末他坐下來一起喝一杯，聽到我說想吃辣醬雞翅，就跑去點了其他店家的炸雞外送過來。他個性畏縮笨拙，知道我們兩個之間永遠都不可能，這也是我喜歡這個攤子的唯一理由。

我和南怡每個月至少聚個兩次，喝上一杯。我們自己喝到醉和工作時喝到醉，兩種狀況完全不同。如果只有我們兩個在喝，遊戲從一開始就已經結束，其他人都跟不上我們。雖然偶爾會有幾個男人想加入，不過看到我們不理他們，只顧著一口接一口乾掉烈酒，他們就放棄了。南怡和我上班時已經受夠了，這些男人週末得放過我們。我們穿著寬鬆的長袖運動上衣，拉低了棒球帽，臉上只畫了眼線沒擦口紅，但他們還是過來搭訕。「妳們這麼漂亮，不該自己喝酒。」他們說道：「我們可以加入嗎？」要是發現我們不理人，他們就變得很討厭，「搞屁啊。」講完就閃人，還一副很有男子氣概的樣子，低聲抱怨：「自以為是的臭屄。」

我在彌阿里紅燈區時期認識的那些人，只剩下南怡還有聯絡。埃阿斯的其他人都不知道我待過彌阿里。要是她們知道這段過去，很多人可能再也不會理我。就算埃阿斯被歸類為「最漂亮的前百分之十俱樂部」，也不需要真的跟客戶上床，但我們還是作著同樣的工作，只是細節稍有差異。不過這些女孩依然會對我說三道四。人性就是如此，必須靠著瞧不起別人，才能自我感覺良好。沒有必要為此感到沮喪。

我希望可以多跟秀津分享這樣的心得，不過目前我還是想暫時避著她。她這陣子看起來很慌亂，因為原本的美甲沙龍生意不穩定，老闆已經通知過，可能過沒多久就得請她走人。她兩個月前才動完手術，臉上還有些浮腫沒消，而且嘴巴張不太開，講起話來怪怪的。不過她已經死纏著我，想知道接下來該怎麼進高檔俱樂部工作。是我要她先去找間美甲沙龍，因為美甲工作時可以戴口罩，而且沒人會盯著美甲師的臉看。

最大問題在於秀津覺得自己有義務照顧亞拉。沒錯，亞拉是殘障人士，不過就算亞拉工作的那間美髮沙龍沒付多少薪水，她至少還是有份工作。秀津聽到我告訴她，擔心別人之前應該先照顧自己，便淚汪汪地說，亞拉適應不了真實世界，必須有人保護她。為了她們兩個人，秀津得盡量多賺點錢。

她不懂，我是想救她。踏入我們的世界之後，一旦牽涉到金錢，情況會惡化得非常快。為了動幾個調整臉部的小手術，妳前一刻還在向媽媽桑、皮條客，和那些吸血錢莊借錢，下一秒，債務就會膨脹成還不起的驚人數字。妳工作、工作再工作，做到身體壞掉為止，也沒有其他出路，只能繼續做下去。就算妳看起來賺到一大堆錢，可是得還利息，永遠也存不到錢。妳一輩子都無法徹底擺脫這個世界。妳會搬到其他城市，換另一間店，碰到另一個媽媽桑，遵守另一套規矩、時間表和髮妝，同樣無處可逃。

要不是靠著那位老客戶，我不可能離開彌阿里。這位挺不直腰的禿頭老先生愛上了我，真的拿出現金五千萬韓元，足夠還清我的欠款。我那間店長拿了錢，但他還想騙我繼續做下去，不過老先生是退休律師，他逼他們簽了所有該簽的文件，確保我身上沒有任何負債。因為現金到手，加上對法律的恐懼，他們才甘心放我離開。

老先生現在每隔兩、三個月還是會來找我，不過我會注意不要挑室友美帆在家的時段。他只要我稍微表演脫衣舞，並且裸著身體陪他一會兒，這樣他就能盯著我看，也可以摸摸我。他甚至不想上床或口交。他說自己年紀太大了，沒辦法承受那麼強烈的刺激，然後補上一句，他不想死在我身上。我不知道他是體貼，還是為家人留點面子。不過我什麼都不用作，只需要接受他深情的注視，聽他說我是件「藝術品」，這種感覺很好。

不過他不知道，我最近動了幾個手術修飾自己，於是又漸漸欠債。就只是動點小手術，費用累積起來還是很可觀。我已經決定不告訴他。他以為我想去念書當老師，非常驕傲自己改變了我的人生，他常常熱淚盈眶地看著我，看來他很喜歡拯救了我這個故事。

我在彌阿里認識了南怡。那時她剛進來店裡，我曾經試著要她別向皮條客拿錢。那些錢貌似隨手送出的禮物，但實情絕非如此單純。不過來不及了，就像我們其他人一樣，她無法停手。

當年的她不過是個孩子，是店裡頭最年輕的小姐之一，圓潤的臉蛋和暴牙讓她看起來年紀更小。她剛來的時候，我認為不過十三、四歲，只是個沒有胸部的胖小孩，完全沒有吸引力。不過撇開其他的不談，男人光為了她的年紀就會再三光顧。

我不知道自己為什麼喜歡她。我通常不喜歡一起工作的女生，不過南怡那麼樸實，年紀又那麼小，很難不同情她。她會坐在那裡直直盯著我們這些小姐和尋芳客，臉上沒有笑容，那模樣令我十分在意。而且我深深明白，挑中她的男人，就是那種想要因此狠狠懲罰她的人。

■

南怡和我，我們兩個現在看起來非常不同。她有時會說，希望自己有張當年的照片。「妳認真的嗎？妳怎麼會想要留下任何證據？」我覺得毛骨悚然。與其讓人看到我手術前的樣子，我寧可殺了那個人之後爛死在牢裡。

我已經在江南區工作了幾年，這地方的一切如此時髦內斂，每項手術的目標都是看起來愈自然愈好，所以我不太喜歡她最近的某些選擇。比方說，她的身形其實比較男孩子氣，就只有胸部誇張得像卡通人物，身上彷彿突兀地掛著兩顆葡萄柚。再加上她會微微張著嘴，掛著「羞愧狗狗」一般的表情盯著身邊的人。結果路人要不是色瞇瞇地看著她，就是尷尬地別開視線。

「我要他們都覺得我是笨蛋。」她曾經這麼跟我說過：「最好對我沒有任何期待，這樣我就會有很多思考的時間。」

我想告訴她，每個人一定都這麼想。

我的室友美帆在晚上十點左右加入我們。我們兩個的房間本來是比較大的辦公住宅，其中一邊是辦公空間，隔著門板的另一側則是居住區。房東鎖上了那扇門，隔成兩個獨立小公寓出租。美帆搬進來之前，前一位房客是個三十幾歲的詭異男子，我晚上會聽見他打手槍的悶哼聲。後來他搬走，幾個星期之後美帆搬了進來，我覺得鬆了口氣。我邀過她幾次，我們會一起喝一杯，她則帶我去看手邊正在進行的畫作。我個人不太欣賞她的風格，畢竟這個世界本身已經夠令人沮喪，沒必要再增添詭異的事物。而在美帆看來，我的生活習慣浪費時間也浪費錢。不過我們都太寂寞，還是很希望身邊有個人可以說話。花了幾個月的時間認識彼此之後，我們請房東打開中間鎖上的門。

南怡非常喜歡美帆，因為美帆最近才從美國回來，再加上她身為藝術家卻能在大學擁有正職工作。竟然有人付錢讓她整天胡搞顏料、木頭和黏土。雖然她大部分的時間似乎只是盯著牆壁發呆。

美帆一來就嘆了口氣窩進椅子，手指敲起桌面。她的手指真的很惱人，充滿水泡、乾掉的顏料痕跡與舊傷口。還有她的指甲！我想她這輩子沒做過美甲，真是把我嚇傻了，南怡也目瞪口呆。

「我好餓。」美帆說：「妳們還有點其他菜嗎？」她的馬尾像繩子那樣纏在手腕上。

「妳上次吃東西是什麼時候的事？」我詢問。美帆工作起來會忘記吃東西。我好嫉妒她這一點，節食對我來說是如此困難，而她完全沒把體重放在心上，卻還能維持著不可思議的纖瘦體型。

「我想我今天早上有吃。接下來大概……每個小時一壺咖啡吧。」

我把盤子上剩下的魚糕推給她，並且對著攤車老闆揮手，老闆從角落衝過來。

「嘿，我們能點份泡菜煎餅嗎？妳還要加點什麼？」我問道。

「什麼都可以，只要是菜單上最好吃的東西就行。」老闆聽完美帆點單之後煩惱地抓抓頭。

不過她的注意力已經回到我身上，於是他快步走向廚房。

「韓彬在路上了，不過依照現在的路況至少還要一個小時。別提到任何關於他母親的話題好嗎？」美帆語帶警告。只要跟男友有關，她就非常敏感。

「我當然不會嘍。」我故意語帶諷刺，「妳覺得我瘋了嗎？」

「南怡，妳最近好嗎？」美帆轉頭看著南怡，親切地打著招呼。她們見過兩、三次面，每次碰面之後美帆都會跟我說，以南怡的年紀，她動過太多手術了。「等她年紀再大一點，她不會後悔嗎？」

以孤兒院長大的人來說，美帆相當天真。講得好像南怡有空考慮未來似的！她十二歲逃家，後來就再也沒見過爸媽。每一天只能想辦法活過今晚。只要有點實際生活經驗，任何人都能立刻看出這一點。不過美帆也認為我之所以在高檔俱樂部上班，是因為想賺很多錢。她永遠想像不到南怡和我從什麼地方開始入行。就算南怡也已經離開彌阿里，進了三線的俱樂部，她也會繼續做這一行，結局要不是她自殺，就是他們像用過的抹布那樣把她扔出去。

說起來，這個國家的女人還是天真到令我驚訝。特別是那些太太。平常上班日每天晚上八點到半夜之間，她們到底認為自己的男人在外面做什麼？她們認為是誰讓上千間高檔俱樂部現金滿滿？就算有些明白人，她們也假裝不知道自己的丈夫每個星期都和不同的女生上床。她們裝得那麼用力，裝到自己都忘記了。

美帆看起來好像非常擔心南怡，我瞪著她心想。她要是結了婚，絕對也是那種搞不清楚狀況的瞎眼太太。

「美帆的男朋友真的是財閥喔。」我告訴南怡。

她警戒地微微瞪大眼睛，接著又變回呆滯的眼神。甚至沒問起他的家族擁有哪間企業。

「妳覺得他為什麼會喜歡妳呀？」我問美帆。我是真的很好奇。畢竟美帆漂亮歸漂亮，但不是那種手術可以達到的完美境界，而且她家還沒權沒勢。這個男孩出身自全國最有錢的家族之一，卻跟她約會。這件事真神祕。

「為什麼？妳說這話是什麼意思？」她說。她面露微笑，我知道她其實不覺得被冒犯。

「我也不知道，有時候我以為自己了解男人，但後來才發現自己完全不懂他們。」我說。

「噢對了，我告訴他，妳是我中學時代的朋友，現在在當空服員。」美帆看起來十分抱歉。

「妳可以直接說自己不想聊工作嗎？我希望妳不用說太多謊話。」

「為什麼是空服員這個職業？」不過當然也不可能直接介紹我是高檔俱樂部的女公關。除了跟我一起工作的女生，和那些付錢買我的男人，這件事就只有美帆知道。

「嗯，妳上班的時間不正常，而且妳那麼漂亮……」她愈說愈小聲。「我真的想不到其他符合的職業。不過現在想想，我覺得這個謊話太複雜了。」美帆似乎很痛苦。「我是說，要是他問起妳飛哪裡，最愛哪個國家呢？」她愈說情緒愈激動。「他那麼常到處跑。」

我聳聳肩。「我覺得空服員沒問題。」我說：「如果他問了我回答不了的事，我會換個話題。」我在離開彌阿里，進入埃阿斯之前，曾經短暫地考慮去當空服員。我甚至報名了江南車站的空服員學校，上了兩個星期的課，學習「該怎麼彎曲膝蓋而不動到屁股」之類的鬼東西。不過我後來發現她們的薪水數字，還有那些薪水比本國航空高上兩倍的中東航空公司，於是我立刻放棄。接下來我就進了埃阿斯，畢竟我真的只會這招：一臉崇拜地看著男人，並且喝下他們點的酒。

「妳怎麼不說自己剛辭職，正在準備成為女演員？」南怡說完立刻閉上嘴巴，彷彿做錯了什麼。

美帆雙手一拍。「太完美了！我怎麼沒想到？」她看著南怡，笑得燦爛。

「南怡妳呢？說說妳是做什麼的？」她問。

「喔，那就是我的打算。」南怡說著開始傻笑，一拍不落。「我們都拚命想成為女演員！」我看著她。她真的比自己的外表還機靈。

「美帆，妳想要我們做什麼都可以。」我說著翻了白眼。

「妳知道的，我不希望讓妳們不自在。所以就這樣吧！妳們都想當演員。」

「好啦。」我說：「我不在乎。」

■

韓彬終於到了，時間已經接近半夜，整間店客滿。大家還沒醉，但快樂地對著彼此大喊。他長得不錯，比我想像中高很多，而且身材很壯，頂著曬得黝黑的臉和乾淨的髮型。他的穿著昂貴且有型，不過不算過度時髦，Paul Smith藍色印花襯衫、深色牛仔褲，和駝色休閒鞋。我特別喜歡他精實的體格。美帆看到他立刻跳起來，雖然那幾口烈酒讓南怡更顯癱軟，我仍掛著冷酷疏離的微笑。

「你好。」我說道。

「嗨。」他說：「我真的很興奮。我這麼多年來頭一次見到美帆的朋友。」店長搬來塑膠椅，韓彬坐下之前先輕輕踢了下椅子。「這個地方不錯。」他看著四周。他的活力與高昂的態度似乎和酒吧其他客人不太搭尬。其他人看起來這星期都過得不怎樣，彷彿才剛被人生狠狠教訓一頓。

我們簡短地自我介紹，只說名字，其他都不提。接著他又點了一輪燒酒。

「妳今天做了什麼？」他問美帆。她告訴他自己是怎麼花了一整天彩繪玻璃，他聽得全神貫注。

我喜歡他聽她說話聽得這麼認真。上一回有男人問我過得如何，我還真記不得是什麼時候的事，結果我忘了要找樂子，反而很認真聽她回答。南怡也用眼角餘光瞄著他們兩個人，我看得出來她聽得非常熱衷，不是對於說話的內容，而是他們一邊交談，身體一邊互相靠近的樣子。

「妳知道嗎？我媽有個很好朋友也是藝術家，在坡州市有個玻璃工作室。」他告訴美帆：「我之前去過，妳一定會很喜歡。我們下週就去一趟怎樣？妳可以見見他，看看他的作品。他一直很焦慮，很想讓我媽印象深刻，所以他一定很高興能帶妳到處看看。」

「但你媽會怎麼說？」她看起來很氣餒：「我不想讓她覺得自己是在利用你的家庭，不是以這種方式。」

「沒事，我會請她助理安排。這事算我的。她知道我上次去過，而且真的非常喜歡那裡。」

「或許吧。」美帆聽起來很憂慮。她打著呵欠，眼下的黑眼圈愈揉愈黑。

「嘿，妳肚子餓了。」韓彬說道：「妳什麼都還沒吃齁？我看得出來。」他轉身對著店長招手，店長跑了過來。「請快點上菜。」他大聲說著。店長鞠躬，跑回廚房，沒多久就帶著泡菜煎餅回來，韓彬用筷子替美帆切開煎餅。南怡看得非常忘我，一邊盯著他們一邊吸著暗紅色的棒棒糖。

「妳做事情都不知節制。妳要是像這樣沒吃東西，就會直接關機。妳身體關機就沒辦法做作品了呀。」他溫柔地斥責她，夾了更多食物放進她的盤子。他顯然喜歡在她身邊扮演這樣的角色。

他轉頭看著我說：「妳不覺得嗎？她就像士力架廣告那樣。」

「我只覺得很嫉妒，她節食的時候根本不會注意自己餓了。」雖然我其實非常認真，聽起來卻像隨口說笑。他笑著拿起手機，傳起簡訊。

「阿尚和佑鎮想去唱卡拉ＯＫ。」他對美帆說。「我跟他們約在冠軍卡拉ＯＫ。」

美帆點著頭，邊小口吃著東西。

「妳們也會一起來吧？」韓彬對南怡和我說，我們點點頭。這代表免費暢飲。我在想，他根本不知道到底會花多少錢，不過他是那種帳單看都不看就遞出信用卡的人。美帆根本喝不了那麼多，真是浪費。

■

韓彬的朋友跟我們一起唱歌，氣氛很快就愈炒愈熱。他們都是「留學生」[4]，就是到美國唸高中和大學的有錢小孩。我喜歡留學生，他們看過一大堆美國Ａ片，對於性行為的姿勢比較通常有概念。那類Ａ片看起來非常荒唐，而且十分激烈，不過經常強調女性也要獲得樂趣，還以女生的呻吟音量作為衡量標準。

南怡一副傻呼呼的樣子。她已經脫了毛衣，白色短袖襯衫露出胸部上緣，只要一笑，胸部就會蹦跳著擠在一起。那幾個男生當然看得非常開心，他們故意挑快拍舞曲，想讓她站起來跳舞。還不停追加酒水。

美帆在角落睡著了，兩杯酒讓她臉頰透著粉嫩紅暈。我認為南怡可能因此才有辦法放鬆。她抓著卡拉ＯＫ的麥克風，輸入今年最熱門的女團歌曲，她當然背下了整首歌，邊唱邊跳。她跳上跳下，眼神閃耀而明亮，看著她流露這樣的神采非常有趣。我很確定，她上班時唱起歌來絕對不像這樣。

凌晨三點左右，我想回家睡覺。韓彬也在椅子上睡著了，所以我揮揮手向南怡道別，那些男孩把美帆拖上計程車。我隔天睡到中午，醒來時頭還在痛。

■

一個星期的工作日在朦朧之間過去。不知道為什麼我最近一直嚴重宿醉，之前從來沒有這樣的問題。布魯斯這個星期還沒來過。或許是因為他就快訂婚了，也或許是他已經厭倦了我。

別誤會我的意思。我不是對他特別有什麼妄想。我之前也跟客人約會過，那些人比他更有錢，人也好，我不是白痴。

---

4 Yoohaksaeng，韓文：유학생，前往美國念高中和大學的有錢人家小孩。

沒錯，他每次來到店裡都會點我的檯。有些時候，他一時興起會給我一大筆現金，叫我「去買點漂亮的東西」。

不過他給我錢不是因為他特別喜歡我。他不是隔著晚餐的燭光對我微笑。而且等我們終於抵達飯店房間，通常都喝得太醉，只能躺在床上看電視看到睡著。他一手掛在我身上，我還能覺得自在，可以放心睡著，我想我最喜歡他這一點。

■

我通常希望每週能有幾個晚上輕鬆一點，不過我運氣不怎麼好，這週連續碰上瘋狂喝酒的客人，而且不是讓我們負責倒酒，自己狂喝，這些客人還會要我們公關一起喝。有天晚上特別辛苦，十點之前不只我，還有其他公關小姐也吐了。那個客人一直灌大家喝酒，而且他甚至不負責付錢，也不會帶人出場，這種狀況總是讓我很不爽。如果你不付錢，也不是眾人奉承的對象，你就閉上嘴當個背景。這個瘦巴巴的醜傢伙顯然就是個跟班，他一直想灌我酒，讓我差點忍不住說難聽話。

「為什麼要在我身上浪費這麼貴的東西呢？」我說著試圖露出微笑。他不理我，眼神興奮地說：「喝！喝！喝！喝！」

我調整自己的嘴角露出笑容，為自己給他的福利嘆了一大口氣，接著吞下一口杯中的烈酒。

■

南怡傳訊息約我接下來的週六喝一杯，我回覆自己頭太痛了不想出門，不過她想的話可以來找我。

「美帆姊姊在嗎？」她傳訊。

「不在。」

「她會很快就回家嗎？」

「她今早很晚才出門，所以大概不會吧。」我有點不耐地回覆。

儘管我說了不喝，南怡還是帶了好幾瓶燒酒，外加一盒炸雞翅。她說我不用喝，燒酒是她的。她很緊張，眼睛一直到處亂瞄，後來我終於忍不住爆發，要她別讓我心煩。

我們在電視前面啃著炸雞，看著流行歌曲特別節目。每週都有這麼多新團體出道，想想實在不合理。那些穿著迷你裙和過膝襪的女孩子扭著腰，在舞台上狂舞。南怡站起來跟著跳，用雞翅當麥克風，跟著螢幕裡的人一起唱歌。她用力甩頭，眼神晶亮閃爍有如大理石，她這天看起來特別瘋狂。

「雞油滴到地板上了。」我說。今天我的宿醉不算是這週最糟的一次，但頭還是不停陣陣抽痛，

某個過氣男歌手登台之後，南怡才回來坐下，那個人年紀好大（三十好幾了！），他唱起了

情歌。

「我不該待太久。」她說著喝下一小杯烈酒，眼睛瞄向門口。

「什麼？妳才剛到欸。妳今天到底怎麼回事？」

她坐立不安，又猶豫不決了好一會兒，我逼她吐實。她好像在跟韓彬上床。我聽她告訴我整件事，驚訝到只能不停眨眼睛。

那天晚上我和美帆一起先走，後來韓彬醒了，大家又多了喝幾杯。南怡說她很早就醉到斷片，只記得包廂剩下她和韓彬，她跪著幫他口交。他射不出來，不過堅持要去隔壁的飯店，她在那裡繼續替他吹，他們狠狠打了一炮之後就睡著了。那天早上她離開前他們又做了一次，他很堅持，問到了她的電話號碼。整個星期他不停傳簡訊，想跟她再見一面，她昨天下午和他碰面，結果又進了飯店。

我默默聽著她告訴我這一切。

「他有給妳錢嗎？」過了好一會兒之後，我開口問她。她搖搖頭，看起來很慘。我伸手抓起燒酒，直接就著瓶子喝了一大口。「我想我今天要喝一杯。」

南怡把雞骨頭丟進垃圾桶，在我對面坐下，伸手打開另一瓶酒。「妳知道嗎？這是我第一次不是跟客人睡。」她吞下一大口燒酒，猶猶豫豫地開口。「不過一切好像一場夢，我好像在看電視或什麼的。我是說，我知道自己在做夢，但無法真正醒過來。」

我搖晃手上的酒杯，希望喝醉能解決頭痛。「你們兩個人會聊天之類的嗎？」我問她：「還是只有做愛?」我很好奇那個財閥男孩在床上是什麼樣子，美帆從來不聊這些。

「有呀，稍微聊聊。」她說：「他完事之後真的很貼心。他會帶我去吃真的很高級的餐廳，看我吃一堆，他笑得很開心。」她皺起額頭。「他有很多事要擔心。」

「比方什麼事?」我很懷疑：「該怎麼多跟幾個女生上床而不用付錢嗎?」

「昨天他告訴我，他父親在他身體裡放了個惡魔。」她說。

「惡魔?那是什麼意思?」

「我不知道，韓彬哥一直重複那句話，說他希望找靈媒來驅魔。說他母親被趕到屋裡面的地下室。」南怡低頭看著地板。

「他不過剛認識妳，就跟妳說這些事?這樣太奇怪了吧。」尤其我想到美帆說過，韓彬從不聊起他父親。不過話又說回來，每個有錢人家的小孩都各有怪異之處。我還在彌阿里的時候有個熟客，那個人很愛炫耀他的錢，還有一次把錢攤在床上，然後要我把臉埋進鈔票中，讓他從後面幹我。他在電影裡面看過這招。這個癖好讓我覺得他應該沒那麼有錢，不過他一週會來個兩三次，所以應該也不是窮人。

「妳最好別要我給妳什麼建議。」我最後嘆著氣說。

「我不會要妳給我建議。我只是不想背著妳偷偷來。」南怡繼續打開燒酒，自己倒了一小杯，甚至沒說要替我倒一杯。

「妳這樣就沒有背著我偷偷來嗎?」我眨眨眼睛。「現在我擔心的事又多一件了。」

南怡看起來很受傷，我們兩個都沒說話。不過我接著就把她拉過來，抱住了她，她聞起來像杏仁洗髮精加上便宜香水。「他有提過美帆嗎？」我問。

「沒有。」她拉起我一綹頭髮，繞在手指上。「他一次都沒有提到她。」

■

她離開的時候用小塑膠袋包走所有垃圾，那是她裝炸雞帶過來的袋子，我覺得焦慮又疲憊。虛弱的感受彷彿一件沉重的斗篷落在肩頭，我發現自己心不在焉，已經沒在看電視上播著什麼劇或是實境秀。我竟然浪費好好的假日讓自己心情不好，真令人抓狂。

我試圖弄清楚自己為什麼會有這樣的感受。不可能是驚訝韓彬的所作所為——畢竟我本來就預設他是個混蛋，就像其他的有錢小孩，開著媽媽名下的瑪莎拉蒂，刷爸爸的信用卡。不是嗎？美帆和我也算不上朋友。我們從來沒聊過比較私密的話題。我不認為我哪天會和她講起我父親或我姊姊。而且韓彬又不是真的打算娶她。

真要說起來，我之所以心情不好大概是出於對南怡的保護欲。我不記得她跟我聊過男生的事，當然是說工作之外的男生。無論那個客人有多好都一樣，工作上碰到的都不算數。就算南怡再怎麼幼稚，她現在也早就懂了。

聽見美帆打開她那邊的公寓大門，我靜靜地待在自己這頭，希望她不會跑來，不過她來了。

她晃到我這邊，把頭探進我房間裡，而我假裝專心滑手機。

「妳在做什麼？吃過了沒？」她說道。

她的髮辮緊緊繞在頭上，脖子和手上灑滿了藍綠色的顏料。她的臉龐樸實而快樂，這令我很沮喪。

「妳又整天沒吃飯了？」我有點惱火。

「妳知道嗎？我今天真的打算吃東西，還在德黑蘭路轉角新開的麵包店買了優格和早餐麵包卷，但我一定是把袋子忘在哪裡，結果下午想起這件事，卻到處都找不到。」她說。「真神祕啊。」

她沒有察覺到我的情緒，還是進了房間。她坐在床上，摸著我昨晚穿的洋裝。「我喜歡這個顏色。」她心不在焉，手指撫著裙襬。這件洋裝便宜又緊身，不過我也喜歡這個顏色，深沉的石板灰。沒有其他公關小姐喜歡穿這個顏色，這讓我感覺自己彷彿有點深度。

「想跟我去水族館嗎？」美帆突然開口。

「水族館？為什麼？」

「我得去看看魚。」

「妳應該又是為了作品吧？」我說。上次，她想看看烤鴨掛在北京烤鴨餐廳的樣子。

她點頭。「我開始做玻璃的項目，玻璃讓我想到魚。韓彬家裡有點事，不能陪我去。」

我聽了氣得要死，翻了個白眼，不過她沒看見。

「週末的水族館到處都是尖叫的小孩。」我很高興竟然能想出這麼完美的藉口拒絕她。「上百個小孩被關在黑黑的地方。」我身體一顫：「聽起來就像恐怖電影。」

美帆看起來很氣惱。

「不過妳該去一趟。」我匆促補上。「填填妳的腦袋。或許那些小孩也會給妳靈感。我聽過有些小孩偶爾會產生這類效果。」

她看著我。「妳知道沒人要生小孩嗎？那些婦產科、接生診所和月子中心都快沒生意可做了。我今天在廣播上才聽到這個新聞。」

「慢走不送。」我說：「妳為什麼想讓更多小孩來到這個世界呢？他們會受苦，而且可能一輩子都生活在壓力之下。他們還會讓妳失望，讓妳想一死了之。而且妳還會很窮。」

「我想要四個小孩。」她露齒而笑。

我想告訴她，那是因為妳跟有錢的男生約會。不過說真的，妳該知道他永遠不會和妳結婚。

「生四個的話，之後應該沒有任何手術能處理妳的陰道。」我只說：「妳真的想要每次打噴嚏就漏尿嗎？」

■

不過那倒是真的。除了美帆，我不認識任何想要小孩的人。尤其是我。光是想到懷孕就讓我的血壓飆升。

我母親在我這個年紀的時候，我姊姊海娜已經六歲，我三歲——我母親每次見面都會提醒我們。

「妳們不需要準備好才能生小孩，妳只需要生下他們，他們自然會想辦法長大。」她懇求我們，特別是海娜，因為她還不知道海娜已經離婚。「等妳們老了之後誰來照顧妳們？看看我，要是沒有妳們，我的人生會變成什麼樣子？」

她不明白，光讓自己活下去都這麼艱難而混亂，我永遠都沒有能耐擔起另一條生命。這就是為什麼，我每次都在藥局一口氣買十盒避孕藥。美帆提過美國藥局不賣避孕藥，拿著醫生診斷證明才能買。而且還不能就這麼走進去看醫生，得要提前好幾天，甚至好幾週預約看診。她嘴巴裡的美國，有很多地方令我困惑，和我想像中有很大的不同。我懷疑那是因為她那時可能有許多誤解。其他人說的話，她大概懂得不多。我聽她說過英文，聽起來不是很流利。

美帆沒在吃避孕藥，她說藥效對情緒和作品影響太大，也怕避孕藥會讓自己將來懷不了孕。我告訴她，希望真是如此——我的意思，希望能在我身上產生這樣的效果。

不過幸運的是我目前還沒墮胎過，我乖乖按時吃藥。無論前一天晚上我喝得多醉。我的手機上設好了每天響起的鬧鐘，就算手機沒電，我的身體也記得。我才剛從沉沉的睡眠中醒來，就馬上知道該吞顆藥。

我認識一個年長幾歲的女孩，她在埃阿斯工作，後來金主想要她辭職。她辭職後得到昂貴的公寓，生了兩個孩子。我最後一次聽說她的消息，就是發了瘋被送去精神病院。

我想著她，然後想想美帆、南怡和海娜，我走到冰箱拿出葡萄果醋，接著是櫃子裡的燒酒。調好之後，我坐在窗戶前的地板上喝起酒來，看著外面的街道。

我也不知道，我有在考慮搬去香港或紐約。之前跟一起工作過的幾個年長公關小姐提過這回事，她們在那裡找到高檔俱樂部的工作。那些城市裡對美的標準大概非常低，路人掛著各式各樣的醜臉四處晃。「妳也該來！」她們說話的樣子彷彿那是場冒險，而不是被迫退休。她們給了我聯絡方式，不過等到我寫信問起新生活如何，卻都沒有收到回信。

誰知道呢？如果我搬到那裡，或許有人會娶我吧。某個分辨不出其中差異的外國人，他可能以為我是「天生」就這麼漂亮。

媛奈

問題不在受孕，而在於這些寶寶不斷死去。我曾經看過這樣的說法，據說流產是寶寶自行決定終止生命，因為他們知道就這樣出生一定會有問題。他們寧可自殺也不願意被我生下來，這個想法讓我心中破了個大洞。

這是今年第四次懷孕，而我已經知道，這次也撐不過去。

我先生如果知道了，一定只會說「意念是厄運之源！」之類的蠢話。我不想聽他忙著轉移話題，所以還沒提起。

也不是說夢到不祥預兆什麼的，但我就是知道。真要說起來，應該可以說是母親的直覺。

候診室中還有三名孕婦，她們挺著肚子，坐得不太舒服。每個人看起來都很臃腫且疲憊，沒有半點「母性的光輝」。其中兩個拖著丈夫一起來，真不懂為什麼強迫男人來這裡浪費時間。雖然我先生總說想來，但是我從不讓他跟。「請專心多賺點錢就可以了。」我說得非常客氣，於是他緊緊關上嘴巴。他是領普通薪水的中階員工，光這樣已經很不容易，更別說要請假陪太太產檢。「我不懂你為什麼想要我懷個孩子，我們付不起托嬰費用啊。」在我開始拚命努力懷孕之前，曾經這麼說過：「我沒辦法工作，也沒辦法不工作。」

面對這麼實際的問題，我開朗的丈夫總會頑固地重複：「生下孩子之後，就會船到橋頭自然直！家人也會幫忙呀！」

我看著那無憂無慮的微笑，有時會感覺到一陣揪心的厭惡。我甚至得垂下視線，免得臉上的表情露餡。他再怎麼說都還是個好男人，而且我總得在心裡提醒自己那是我自己選的結婚對象。成年之後，還有在婚姻生活中，我都努力不要顯得太過苛刻。畢竟身上流著祖母惡毒的血統，早晚會顯露出來。

「姜媛奈小姐。」護理師喊道。她領著我踏進醫生的診間，粉色小空間裡貼滿嬰兒的黑白照片以及子宮構造圖。桌子後方的醫生是個圓胖嬌小的中年女子，戴著圓眼鏡，燙了鬈髮。

「妳一次來我們這裡看診嗎？表格上寫說妳懷孕四週了？」她推推眼鏡，閱讀我填寫的表格。「妳感覺如何？」

我思考了一下。

「我感覺不太好。」我只說了這句。

「妳的意思是說妳現在會痛嗎？」她看起來相當關切。

「還沒有。」我說：「不過我知道就快了。」

看到她疑惑地挑起眉毛，我試著解釋。

「我感覺得出來，寶寶身上會出差錯。就只是一種感覺，不祥的預感吧。我之前的醫生聽不進去，所以我才來這裡。」最後一部分是用來提醒她，警告她小心說話，不過我不確定她有沒有聽懂。

她又低下頭看表格。

「上面注明妳之前懷孕了三次。」

「是的。」

「全都流產了嗎？」

「是的。」

醫生敲敲手上的表格。

「我了解妳這陣子為什麼擔心。」她慢慢開口：「不過流產非常常見，我希望妳知道這一點，也不要覺得這種事只會發生在自己身上。許多女人都會流產，這不是誰的錯。當然了，妳希望的話，可以做些檢測，確定一切都沒問題，不過在此之前，我想先問妳幾個問題。」

她接著開始無趣的問答，問起我的身體和心理狀況，以及前幾次流產的情形，我機械化地回答了所有的問題。

「經過最近這些事，妳會想跟心理師談談嗎？」她問道。現在換我挑眉。

「那樣的話，我不就會失去保險給付嗎？」我說道：「我聽說要是接受心理治療，保險公司就不會理我了，之後也不會有保險公司願意接手受理。」

「哦，我不認為現在還有這種規定。」她說得遲疑，「不過老實說我不確定，妳大概得打給保險公司問問。」

「對呀，先不了。」我說。就算有錢可以亂花，但我又不是有自殺的念頭之類的。我早就知道不該提起可能會流產的這個預感，也不知道自己為什麼會對這個醫生有所期待。

她看看時鐘：「做超音波吧。」她轉頭示意護理師，後者帶我躺上產檢檯。我迅速脫下內褲，雙腳抬上踩腳鐙。醫生用潤滑過的保險套包住超音波探頭，輕柔地推進我體內。我們一起看向螢幕。

「請關燈。」護理師調暗燈光，醫生一邊尋找位置，一邊要我放輕鬆。經過整整五分鐘的探測後，她抽出超音波探頭，慢慢脫下手套。

「我想現在太早了，什麼都看不到，下週再過來一趟，看看胚胎還有心跳的狀況。今天會抽點血，進行一些檢測。現在先別擔心。無論如何，妳都會沒事的。」

「是的，我明白。」我說著盡速穿上衣服，沒有再多說什麼，大步走出診間，眼睛努力避開候診室中那些大著肚子的女人。

■

我知道這樣很誇張，不過為了看醫生，我今天請了整天的假。上週向部門主管李經理請假時，他用最苛刻的聲音說：「天啊，現在又怎麼了？」他不停追問確切的原因，不過我很堅持，什麼都沒說：「就是私人因素。」我低下頭盯著他閃亮的棕色皮鞋，他趁此時捲起手上的紙，敲了我的頭。「大家都知道，女人就是這樣才沒有長進。」他說得很大聲，好讓整個部門聽清楚，接著要我滾開。

我考慮過請個半天假就好，不過想到通勤要花上一個半小時，我就放棄了。現在我獨自一人愉快地坐在新沙洞的咖啡廳，啃著杏仁奶油可頌，順手拍掉圍巾上的麵包屑。我們非常缺錢，我不知道自己著了什麼魔，竟然在街角的精品店買下這條圍巾。不過我已經很久沒有買東西了，而且這條圍在櫥窗裡的假人身上看起來非常別緻。正如同我生命中的每件事，衝動的決定都是錯誤的決定。

我終於想起要看一下手機，發現收到三條丈夫傳來的訊息。「一切都還好嗎？」「妳有段時間沒回覆了，發生什麼事了嗎？」「妳還好嗎？」

我簡短回覆了：「抱歉，工作忙。晚點回電。」早該知道會這樣，每次只要我開開心心地出門晃晃，他總會找到方法打擾。

走回地鐵站的路上，我努力視而不見，卻還是一直注意到別人推車裡的嬰兒。這座城市裡面有多少嬰兒？政府和新聞不是總在抱怨我們的生育率全世界最低嗎？

最近路上看到的嬰兒車全是北歐款式，看起來都好高，很不穩的樣子。我想對路上的母親大叫：那些嬰兒看起來快掉出來了！別再一邊散步一邊傳訊息啦！

有個小嬰兒從車上抬頭看我，他媽媽正在逛路邊攤的飾品。他身上裹著雙色喀什米爾刺繡毯，我在介紹歐洲嬰兒服飾的部落格中看過那條毯子，要價應該超過我的月薪。我草草掃了那個媽媽一眼，雖然她化了全妝，看起來還是很憔悴。

我完全不希望和男孩扯上關係，一心只想要可以在我腿上蹦蹦跳跳的小女孩，我會幫她穿上可愛的洋裝，米色加上粉色和灰色。比起頭重腳輕的嬰兒推車，我會選擇構造結實而且底下有個大籃子的推車，方便我帶著她去買嬰兒食品的材料。我會準備加了肉末、蘑菇、豆子和蘿蔔的粥，全都是有機食材。兩歲之前不加鹽巴或糖。也絕對不會讓她接觸到餅乾、果汁或電視。

有些時候我會在半夜驚醒，夢到自己翻身壓到身旁的寶寶，害她無法呼吸。我喘著氣醒來，嚇得滿身是汗。

我當然沒跟丈夫提起這些夢。我誰都沒講。

■

我差點在辦公住宅前的台階上撞到人。兩個人都退後一步之後，我才發現那個狂奔的身影是樓上的女生，她也來自洛林中心，晚上叫外送沒在管時間。這個女生的臉上最近才動過大手術，下巴還包著繃帶。她鞠躬道歉。我輕聲說：「沒關係。」

她再次鞠躬，接著踩著輕快的腳步下樓，輕盈歡躍的步伐沒有受到臉的影響。這麼開心是要上哪去呢？

我轉過身，看著她蹦蹦跳跳地離開，腳步看起來多自由自在。樓上那群女生都是如此。

早知道自己會羨慕孤兒院出身的孩子，當年我就不會那麼害怕。祖母總愛講這些，說要把我丟去孤兒院。

先生和我之所以搬進這棟辦公住宅，其實就是因為那個女孩。驛三洞在他公司附近，我們結婚之前去過那一帶好幾間房屋仲介。房仲帶著我們坐下來看看附近的地圖，我聽見身後有個聲音聊到洛林中心。我聽得太過專心，甚至屏住了呼吸。

很久之前，祖母帶我去過洛林中心的分所，那地方在我們隔壁區。她要我坐在台階上好好反省，做了這些壞事的小孩有沒有資格跟她一起回家，還是應該被丟在這裡，就像那些父母不要的小孩。她指著突出牆壁外的大盒子說，只需要按下盒子上方的門鈴，就會有人出來帶我進去。

在那間房仲裡，我們身後的女生聊到她們在清州洛林中心的宿舍，還說能找個地方一起住，就像又回到了中心。那些女生真是太單純了，竟然會在房仲面前討論這些事。

不過我沒有料到，那名房仲的開價不只是合理，甚至算得上便宜，而且他還保證那棟辦公住宅又新又乾淨。等到那兩個女孩跟著他去看物件，我向招呼我們的房仲問起那棟的辦公住宅。

「我忍不住偷聽她們說話。」我說道。

「但那個物件不太適合夫妻。」他皺起眉頭。聽說我先生的工作地點之後，他就想介紹更貴的公寓。

「便宜一點比較好。」我說：「我想看看那間辦公住宅。」

我們就這樣落腳多彩屋，便宜的租金令人滿意，而且我也能看著那些女生進進出出。在某個平行宇宙中，我或許也有機會成為她們。

或許我就能像她們那樣自由自在。我希望自己一個人，有個室友一同生活。可以在凌晨兩點叫湯麵外送，舒舒服服地自己醒來，而不會有人問我那天要做什麼。

我多希望自己能開口邀請她們來家裡，不過這樣一來我就需要展現出完全不同的個性。我多希望自己能告訴她們，我們是一樣的，我都了解。我想告訴她們，我的母親也不要我。

■

或許正因為想起母親，令我更加介意自己沒辦法生個孩子。問題不在受孕，而在於這些寶寶不斷死去。我曾經看過這樣的說法，據說流產是寶寶自行決定終止生命，因為他們知道就這樣出生一定會有問題。他們寧可自殺也不願意被我生下來，這個想法讓我心中破了個大洞。

■

我每次想到母親，她的形象都是白手起家且所向披靡的有錢女子。我也喜歡想像她還是單身，並且因為拋棄親生小孩悔恨不已。如果我身處公共場所，有時候我會隨意環顧四周，看看角落是否躲著任何衣著講究的女子，帶著昂貴的墨鏡遮掩渴望的表情。

離開妳之後，我再也不知道快樂是什麼滋味。要是她能鼓起勇氣走上前來，可能會這麼對我說。

不過只要想到祖母，我就能理解母親為什麼離開。如果小時候有點骨氣，我也會逃跑。

母親就在世界上某處。只要她看見小孩，一定會想起我。

■

祖母總說母親拋棄了我，但我根本無法分辨那些惡毒的話語到底是真是假。我本來以為母親陪著父親去國外工作。後來他回日本，我才明白母親真的拋下了我們兩個。

堂弟出了意外後，父親沒過幾週就來祖母家找我。那幾個星期祖母完全不跟我說話，也不給我飯吃，白天還根本不在家，她說受不了跟我待在同一間房子。我煮飯給自己吃，配上脫水乾糧，脫水食品沒煮過真的很難吃。

值得一提的是，我父親當年一聽說那場意外，就立刻收拾行囊，拋下他在南美洲的生活，還有一起生活的女人。不過父親來找我的時候，祖母大吵大鬧，簡直令人難以置信！她尖叫、作嘔，還亂丟東西，而且狠狠抓著我，指甲刮傷我的脖子。雖然我根本和父親不熟，卻還是努力掙脫祖母的掌控，跑向父親大喊著：「爸爸、爸爸。」

他帶著我來到首爾，在新的公寓裡告訴我，我們可以重新開始。現在起可以開開心心過日子。

■

現在已經是凌晨一點多，我又在馬桶前彎著腰。

我孕吐只出現在晚上，等到先生睡著才發作。主要是喉嚨，每隔幾分鐘就感覺自己快吐了，卻從沒真的吐出來。接下來會覺得很餓，但仔細回想屋子裡有什麼可以吃，又開始想吐。

我小心摸著胃的位置，很想問問寶寶，是不是有什麼不喜歡吃的東西呢？冰淇淋嗎？還是不喜歡吃麵呀？我最近只吃得下這兩種東西，而且只吃這些讓我迅速發胖，明明才懷孕兩個月看起來卻像五個月。我只能穿上看不出體型的洋裝，掩飾鼓起的肚子，不過我的同事眼睛很利，應該瞞不了他們太久。光是想到他們會說些什麼閒話，我就憤怒地捏緊拳頭，要是我又掉了這個孩子，狀況會更糟。他們不知道我之前流產的事，光是我連續三天打電話請病假，他們就狠狠教訓了我一頓。

我最近負責新產品開發，直屬上司是三十七歲的未婚女性。每次部門聚餐，我都替她感到難受。只要開始吃晚餐，總是會聊到為什麼沒人娶她。

「我們去其他桌子繞繞，給鄭小姐一點建議吧？」周主廚一端上肉類料理，我們部門的李經理就開口：「周主廚，你覺得呢？」

幾個男人輪番分析她的身高（太高了）、她的學歷（太嚇人）、她的個性（太強勢）、她的穿著打扮（太暗沉），接著開始勸告她該怎麼吸引男人（說話的時候要加入可愛的動作）。

她整場晚餐都在傻笑，還跟著他們一起拿自己的缺點玩笑。「我知道，我得讓自己的第一印象溫和一點。」她說著露齒而笑，看起來有點淒慘。她一整晚都十分努力，讓自己看起來很有風度，開得起玩笑。

當然嘍，替這些行刑隊造成的破壞收拾殘局的人，就是身為下屬的我們。隔天她總是對著我們尖叫，說「我們的工作成果令人無法接受」，逼我們陪她一起在辦公室待到深夜。她喜歡待在辦公室，因為沒人在家等她。就算她這賤女人脾氣不差，工作上的無能也讓我們沒辦法同情。她之所以能一直晉升，唯一的理由就是經常加班超過十一點，隔天還會大聲宣傳，要我們做證，讓上頭覺得她「忠心耿耿」。

這間公司把我當成可以用鞋跟碾碎的螻蟻，我一點都不想要每天晚上在這裡加班到半夜。不過那些沒有家庭的人願意，所以他們成功升職。我想像中的母親，大概也是其中之一。

我知道現在還太早，寶寶不會踢我，我也不會感覺到胎動，不過我發誓，我真的感覺到肚臍下方輕柔的動靜。我把手放在肚皮上靜靜等待，而且我完全不知道自己在等什麼。

「拜託別走。」我輕聲說：「拜託了，請你留下來。」

美帆

在我們的城市裡，「洛林」兩個字等同於「智障」。

我常在想，如果姑姑和姑丈沒有做出那個決定，要是他們繼續收留我的話，今天的我會在哪裡。

如果慶熙表姊沒有那麼聰明，姑姑夫婦可能會繼續養我到大。慶熙大我五歲，小學五年級開始，智力方面的表現就非常引人注目。我們的學校座落於蘆葦田間，不過就連這麼偏僻荒涼的學校，老師也很快就注意到她，對她十分讚賞。慶熙有辦法心算長除法；慶熙的記性非常驚人，能夠憑記憶畫出靜物；慶熙還背得出韓國歷史上每一位國王。我也以這位天才表姊為榮。姑姑家的餐廳外頭有棵大樹，我最喜歡帶著素描本跟表姊一起坐在樹下，她寫作業我畫畫。她慢慢讀著教科書，專心地噘起嘴，有時會從作業中抬起頭，對著我說：「別把手指頭弄那麼髒。」我喜歡用手指抹開筆跡的邊緣，這個習慣那時候就有了。我不太常用鉛筆創作，不過用到鉛筆時總會想起她。

慶熙不怎麼注意我，也不太在乎自己的朋友。她的腦袋總忙著解謎，專心在那些感興趣的事物上。姑姑和姑丈通常也放我自己一個人。他們經營的「計程車餐廳」大概是這座鎮上最便宜的餐館，店裡提供計程車司機三種不同的解酒燉湯和簡單小菜。餐廳位於一小片野花田邊，我們則住在餐廳後的兩個房間。

我不知道慶熙哪來的動力。她為讚美而活，並且苦讀不懈。我還在到處閒晃，盯著開給客人看的電視，她卻一回家就坐在角落，盡快完成作業。要是遇到不懂的問題，她會提早去學校找老師或教職員，問到答案才甘願。不用說，大人全都非常喜愛她的表現。我姑姑和姑丈不知道該怎麼幫她，不過他們很感謝她這麼自給自足。

每次客人注意到她在念書，就會忍不住稱讚個兩句，姑姑和姑丈則自豪地搖搖頭說：「也不知道她是遺傳到誰。」

相較之下，我的學業表現很糟。唯一有點喜歡的就是美術課，不過就連美術課，我也很難完全遵照指示。我害怕數學、也害怕韓文，理化令我迷惘，社會科則令我感覺荒謬。「這是遺傳到她母親。」我常聽姑姑這麼告訴姑丈。她完全沒掩飾對我母親的厭惡，姑姑認為是母親讓父親成了酒鬼。我父母賭錢、喝酒、吵架，最後向姑姑夫妻借了錢，不知去向。他們可能還在一起，也可能已經分開，反正沒人知道下落。

不過姑姑和姑丈並沒有因為父母就對我不好。我想過，如果他們還有個沒那麼聰明的女兒，他們應該也會這麼對她吧。畢竟慶熙是他們世界的中心，這一切非常自然。

慶熙的老師有一天跟著慶熙和我一起回家，那時我上小學四年級，慶熙念中學三年級，老師說慶熙應該申請科學高中的加速跳級課程。

「只要有人給她一點方向，稍微推她一把，我幾乎可以肯定她能考上。」她的老師是表情嚴肅的年輕女子，有著大片的瀏海和貓頭鷹般的眼睛。「不過假如決定申請，她的確需要立刻開始準備考試。」

準備表示請家教，請家教就需要錢。餐廳已經好一陣子生意不好。我愈來愈常看不到電視，因為沒有客人的時候，姑姑和姑丈就會把電視關掉，省點電費。

■

「他們就是在那時候把妳送去孤兒院嗎？」露比不敢置信。他們聽了我的故事都很吃驚。這間小居酒屋靠近聖馬克廣場，露比、韓彬還有他們的朋友玟雨和我擠在店裡喝燒酒配烤雞串。露比和玟雨聽得入迷，韓彬則面無表情。

「妳那樣講聽起來很糟。」我說。我是頭一次跟朋友提起這個故事。當初為了申請獎學金，我寫過自傳，和委員會面談也稍微講到一點。之後就是這個委員把我送來紐約。不過兩次的感覺很不一樣。現在就像是站在房間的正中央淋浴，而且每個人都盯著我看。

「不然還能怎麼說？」露比問道。

■

接下來要待在洛林中心這回事，姑姑他們是怎麼說的呢？我不記得了。我應該沒有抗議吧，不過一開始一定覺得很難熬。這些我也不記得了。或者說得準確一點，我非常努力不去記得。而到了現在，我也真的覺得沒事了。

剛開始那幾個月，姑姑和姑丈每隔幾週就會來看我。慶熙也來過一次，她四處逛逛，沒多說什麼，後來就忙到沒空過來。姑姑常準備很多食物，裝在大保鮮盒裡帶來，有時候會買冰淇淋，有時候則開車載我去逛逛。我們最常去文具店買東西，我通常會挑支螢光色的中性筆。日本進口的牌子一支要兩千韓元，而且墨水都不會暈開。我知道姑姑和姑丈覺得很抱歉，所以我會帶他們去看看中心裡面最棒的地方。比方明亮整齊的幼兒教室，小小孩只要不哭，看起來都非常可愛，我們甚至還有色彩繽紛的小型圖書館，藏書都是洛林小姐親自收集的英文書。除了嬰兒和小小孩之外，中心只收留女孩。年紀大一點的男孩都被送去國內其他收容中心。年紀大一點的女孩就住比較大的房間，比方我們這四個差不多年紀的女生。我們有自己的玩具屋、床鋪、書桌，和一台電視，總是為了電視轉哪一台而吵架。洛林小姐發現我喜歡畫畫之後，決定佈置一間畫室。那裡本來是員工會議室，擺著長桌和塑膠椅，不過現在裡面是裝著色鉛筆的筆筒、顏料，書架上還有整疊回收紙。其他的女孩都唸附近的公立學校，不過到了上國中的年紀，洛林小姐安排我去小型的實驗型藝校。

■

露比問我：「妳想家嗎？我剛上寄宿學校的時候，好幾個星期都吃不下飯。」

「那是因為妳不喜歡那裡的食物。」玟雨一邊說，一邊啃著仔細烤好的雞翅。「我還記得妳的司機每隔幾天就得去波士頓買日本料理。」

「就連那些日本料理都很糟。」露比翻了白眼：「我恨波士頓的亞洲菜。不過隨便啦。」

■

我不認為自己有多想「家」，畢竟我沒太多東西可以拿來想念。住在司機餐廳的最後幾個月，下午通常沒有客人，姑姑在那個時段常常一個人焦慮不已。披頭散髮的她會哭著切菜，以自己的淚水替蘿蔔和南瓜添上鹹味。慶熙完全不回家，每天都待在月租自習室通宵唸書，姑丈也常不見人影，說要去找生意。屋裡的空氣因為壓力而凝滯。最近我才意識到，姑姑哭個不停也可能是身體狀況的副作用。

那年秋天，就在我被送到洛林中心的五個月後，姑姑生下了個小男嬰，取名為「煥」。我本來不知道姑姑懷孕，是後來有天姑姑到洛林中心探望我，緬緊衣服的大肚子絕對是有了小孩。小表弟出生之後，他們一家就再也沒來過中心，所以我從來沒見過小表弟。不過中心已經變成我的家，同住一間的女孩成了我的姊妹，我們彼此照料，彼此抱怨，還交換衣服穿。

待在中心，我心裡不會常常感到苦澀，不需要再看著姑姑夫妻倆為錢煩惱，也不用聽見慶熙惱怒的嘆氣聲。慶熙想在課業上幫我一把，可是我卻聽不懂她的解說。至於學校裡的其他小孩，他們都有父母，也有家可歸，只要別人流露出一絲一毫的輕蔑或憐憫，無論我們私底下吵得多凶，都會一致對外、義憤填膺。我們並不掩飾自己的團結，而且對此很有信心，老師無法預測貿然處理的後果，於是也不敢動我們。有一次，班上有個女生說秀津的母親是乞丐，結果秀津甩了對方一巴掌。洛林小姐特別趕來學校，還故意穿上長度及地的貂皮大衣，搭配成套的帽子。老師汗流浹背試著說英文應對的模樣（他還是我們的英文老師！），讓我們足足大笑了好幾天。

我少數幾次心情不好，都是在姑姑和姑丈到訪之後。我討厭眼睜睜看著他們走向客運站牌，離我而去。每次見到姑姑，她的肚子都比上次更大，腳步也更加不穩。

這裡有幾個男孩，他們住在另一棟，年紀和我差不多。其中兩個看起來還好，不過有一個只要心情不好就會打人，還有一個沒辦法一直盯著同一個位置。那個年紀既無知又殘忍，我們女生不跟他們說話，不過誰的家人會來探望、喜歡出沒的時間，還有習慣坐在哪棵樹下的長椅，這些我們都知道，所以有辦法避開他們。如果碰上身心障礙者和看護，姑姑和姑丈雖然不會多說什麼，不過我知道她對中心其他身心障礙者很有戒心，總是下意識護著突出的肚子。

姑姑最後來的那次，每隔幾分鐘就得坐下來用力喘氣。她說自己可以感覺到骨盆中的寶寶，只要一走動，寶寶的頭就會撞上骨頭。

我當時不知道這是最後一次見面，不過他們離開後，洛林小姐過來找我說話，姑姑託她代為保管一包鈔票。之前從來沒發生過這種情況。洛林小姐打開信封，我被內容物嚇了一跳，此生還沒看過（或聽說過）那麼多錢。我很清楚他們絕對沒有這麼多錢，一定是去借來的。

■

如果早知道那是最後一次見面，我一定會很開心，因為我再也不用跟他們道別了。

「我才不管妳姑姑是什麼狀況咧。」露比說：「誰會做這種事？」我們已經在居酒屋待了將近一個小時，不過大家都還沒有吃飽的跡象。桌上堆滿裝烤肉與烤蔬菜的小盤子。每桌都還在點單，服務生匆忙經過。我總會意識到帳單，這麼多肉要價多少呢？牛舌特別貴。燒酒一杯接著一杯倒，也會增加開銷。最後一定是韓彬或玟雨負責買單，通常是韓彬，我很小心不讓自己喝太多，以免心裡太過意不去。我從沒聽過露比說要買單。我剛認識他們的時候有提過要付一點，不過韓彬只是笑著拍拍我的頭，露比在旁邊開心地看著我們。

露比喝到紅了臉，她甩開身上的駝色毛皮外套，外套從椅子滑到地上。我彎下腰，小心地撿起外套掛回椅背，手指忍不住多摸了一把柔軟的毛皮。

「所以妳再也沒見過他們。」她挑起一串雞心說：「他們甚至沒打個電話給妳？妳知道他們現在住在哪裡嗎？」她舉起酒瓶搖了搖，示意瓶子空了。玟雨喊來服務生加點，點完單發現朋友在別桌，於是跑去找對方說話。

「如果美帆覺得不自在，我們或許可以聊點別的。」韓彬說著伸手拿起露比的酒杯。他喝掉剩下的半杯酒，接著把酒杯往自己旁邊擺。「還有，我覺得妳喝太快了。」他對她說。我看著他，心想他的肩膀看起來好寬。身上這件厚實的羅紋高領毛衣，讓他彷彿從某本新英格蘭服飾雜誌走出來，背景是小木屋和沾著白雪的杉樹。他通常沒什麼表情，聽我說故事的過程中，他完全沒講話。我注意到他的態度裡似乎有一絲不贊同，但不確定那是針對哪個部分，或者針對誰。

「閉嘴啦。」露比粗聲粗氣地說：「如果她覺得不自在，一開始就不會跟我們講這些。難道你不想多聽一點嗎？」她甚至沒看他的臉。

要說不自在，露比對韓彬這種蠻橫的說話方式還讓我比較不自在。我低下頭，看著自己那盤食物。我希望他們注意到我沒吃太多。我總會提前先餵飽自己，吞下好幾盒優格，或是去亞洲超市買豆腐配醬油。

「我當然想多聽一點。」韓彬看著我說道。我盯著他在燈光下閃耀的頭髮，避免對上他的視線。「但也不希望讓妳想起傷心往事。這一切我聽了都很難過，對妳來說一定很不容易。」他皺著額頭。

我覺得有點尷尬，含糊地應了聲。我後悔了，不該讓他們知道這些才對，這會改變他們對待我的方式，而我不想要他的同情。焦慮的情緒就像黑色蝙蝠在胸口顫動。

「這個故事的結果告訴我們，事實證明一切都會往最好的方向走。」露比的聲音執拗且洋洋得意：「要是她還和姑姑住在一起，就不會來到這裡。」

■

露比說得沒錯。要是沒去洛林中心，我不會有機會贏得藝術獎學金來到美國，畢竟我根本不知道世界上有那種東西。因為洛林基金會牽線，也因為洛林小姐要我們每週都練習英文，她說我們總有一天會需要這份能力。後來洛林小姐突然過世，她將全部遺產都留給中心，其中特別留下預算採購美術用品。我只需要開口要求，就能拿到錢採買石膏、顏料、紙張、鑿子和刀片。後來，財閥的獎學金鬧出大醜聞，當時據傳獎學金只給政客和檢察官的子女，方便財閥控制這些人。所以一夕之間，基金會必須想辦法找到真正需要獎學金的小孩，以證明他們的公正。來自孤兒院的孤兒正是首選。洛林中心是最老牌也最大的基金會，名列孤兒院之首。我去見了獎學金委員會成員。他們非常興奮地自我介紹，自己負責紐約視覺藝術學院的交換計畫。「我們讀了妳的生平簡歷！」他們說：「能夠讓妳這樣的人享受到這個計畫帶來的好處，我們非常興奮。」我的故事能成為計畫手冊的材料，可以寫進給捐款者的通訊，也是新聞報導的好題材。

畢業之後我回到韓國，但從未想過去清州尋找姑姑和姑丈。我有時候會想起他們，主要是淡淡的好奇，我想知道如果聯絡上他們，是不是會要我還錢。我也常想著慶熙，不知道她有沒有上大學，是不是達成目標進入三大名校[5]。她說過想成為醫生。不過應該只是因為當年我們也不知道其他賺大錢的工作。

■

玟雨和韓彬的朋友辦了派對，於是我們離開居酒屋之後，就前往蘇活區。音樂放得非常大聲，我們剛踏出走廊盡頭的電梯就聽見強烈的嘻哈節奏，什麼樣的地方會放這種音樂，我完全沒有概念。黑暗的走廊忽然接到挑高的閣樓，天花板一定超過五公尺。沙發和椅子全都套著藍綠布料，和垂掛的巨大紅色水晶燈呈現強烈對比。我還不習慣這個世界，不熟悉住在美國的有錢韓國人家裡怎麼裝潢擺設。這裡詭異且奢華的色彩令我困惑，難以招架。就連氣味也濃郁且稀奇，聞起來是燃燒的樹根混著花朵與香料。雖然從來沒聞過這樣的味道，不過我立刻就能猜到這不便宜。

穿著制服的金髮酒保正在廚房的大理石中島前調酒，這場派對中只有她不是韓國人。公寓裡大概還有十個人，有幾個年長許多，至少三十幾歲。露比、韓彬和玟雨去向朋友打招呼，我自己走去找廁所。廁所的光源來自詭異的球形燈飾和精心設計的白色短蠟燭，我盯著金框鏡子映照出的自己，邊洗手邊憂心該如何度過今晚。我不能只黏著露比，不跟別人說話，我知道那樣會很怪。我得自己探探險，這樣一來晚點就能回去找露比和韓彬，到時候大家都會更醉，不會有人注意到我。

我終於鼓起勇氣離開廁所，到廚房向酒保要了杯蔓越梅雞尾酒。

「再加一杯古典雞尾酒，謝嘍。」

我轉身看見一個高高瘦瘦的男孩。他穿著皮外套，瘦削的臉，曬黑的臉頰。我想我在學校見過他。

「妳是不是也唸視覺藝術學院？」他盯著我問。他聞起來就像美國香皂。

---

5 三大名校指韓國首爾大學、高麗大學和延世大學。

我點點頭。「你呢？」我問他。

「是喔，我大二了。」

「大一。」

酒保遞出我們的飲料，我接過兩個酒杯，再把他的飲料交給他。

「妳怎麼會認識炳俊？」他朝客廳歪歪頭問道。我們聽得見客廳傳來歡樂興奮的聲音。

「這裡我誰也不認識。」我說：「不過我認識一起來的朋友。那是住在這裡的人嗎？」

「對呀，這裡是炳俊的公寓。」他說著喝了一大口威士忌：「妳跟誰一起來？」

「露比和韓彬，還有玟雨？我不知道你認不認識他們。」

「我認識他們呀。」他說：「我跟玟雨是國中同學，和韓彬念同一間小學。他們又在一起了吧？韓彬和露比？」

「沒錯。」我說：「他們又在一起了。」我盯著自己的飲料，啜了一口。

「那兩個人總是分分合合。」他微微一笑，彷彿這是我們兩人之間的笑話。那個笑容讓他的表情看起來很溫暖，彷彿才剛喝過鮮血晚餐的優雅吸血鬼。

「那妳高中念哪裡？」他問道，我心頭一沉。在這座城市中，只要碰上出國念書的韓國小孩，這大概是最常被問起的問題。在他們的圈子裡，備選答案不多，根據答案可以立刻為彼此建立起背景與脈絡。他們多半念東岸的寄宿學校，少數幾個在韓國念外語學校。寄宿學校的小孩有錢得多，而且英文也比較好，外語學校的小孩則比較土氣。寄宿學校的孩子通常不會跟在韓國唸書的小孩混在一起。但很明顯的，我兩邊都不是。

我有兩種選擇。其一是說出高中校名，這會順帶提起出身省份，讓我立刻變成令人目瞪口呆的鄉下人。於是我選擇比較模糊的答案。

「我在韓國念一間小小的藝術學校。」我說，希望這樣回答就可以了。也不是說真的很在意他的看法，但我害怕面對嘲弄，也不想看到對方疑惑地挑眉。不過太遲了，我才想起來他念藝術學院，一定會問起藝術學校的名字。

「首爾美術嗎？」他問得理所當然。

「不是。」我頓了一下之後說：「其實是在清州。」

「清州？哇哦。」他說：「太有趣了！我從來沒遇過來自清州的人。妳知道，除了那些遠房親戚什麼的之外。」他興致勃勃地看著我。「清州。」他又說了一次。

我露出虛弱的微笑。

「妳沒有，那個那個，口音之類的耶。」他說：「老實說我根本不知道清州人有沒有口音。抱歉，這樣是不是很沒禮貌呀。」他又笑了一下，甩開外套。從脖子上的紅暈看來，他大概是喝多了。漲紅的脖子和蒼白的臉孔形成強烈對比。

「你主修什麼呢？」我問。我猜不是繪畫和雕塑。

「主修設計。不過我這學期其實也修了很多影像課程。正在考慮該不該轉系。妳怎麼跑到這裡來的？」

「嘿，阿在，好久不見。」男孩和我轉過頭，看見韓彬滑進旁邊的吧檯椅。他對阿在點點頭，阿在似乎有點訝異，接著非常開心。

「韓彬！真的好久不見。最後一次見面是在波士頓打撲克牌對吧？」

「對呀。」韓彬招來酒保，點了杯威士忌。

「我正跟你這位朋友聊天呢，原來她也念藝術學院。」那男孩說：「對了我是在孔。」

「我是美帆。」我說。

「你們是因為露比認識的嗎？」我點頭回應他的猜測。

「沒錯，美帆是我們很好的朋友。」韓彬說。這可能是我自己多想了，不過他聽起來有點不開心。「其實她是露比最好的朋友之一。」

「哇噢。」那男孩又看了我一眼，「酷喔。」

韓彬開始和我聊起日本電影，我們上個星期在露比的公寓裡面一起看的那部片。其實電影不是特別有趣，而且電影演到一半左右他就睡著了，現在提起這部電影還挺奇怪的。因為沒人理他，阿在沒過多久就看到認識的人走掉了。

「如果他打擾到妳的話，我很抱歉。」韓彬晃著手中的威士忌酒杯，突然開口。「他有點煩人。我記得露比和他在韓國是同學。」

我搖頭：「他沒有打擾到我。」

「妳知道嗎？我還沒聽說孤兒院的事之前，我就知道妳很不一樣。」他說話的時候沒有看著我。「雖然我之前不明白為什麼。經歷這一切一定非常困難，這會讓妳思考。就是說，我認識的人都很像，大家的成長過程都差不多。」他說道：「認識妳很不一樣，妳懂我意思嗎？」他心不在焉地爬梳頭髮，我又想著他長得真好看。

「妳也非常正常。」他補充道。

我不太確定地皺起眉頭：「那是什麼意思？」他講得好像這是件值得恭賀的事似的。

「我不知道，只是覺得要是換我經歷這一切，我應該會亂七八糟的——沒有冒犯的意思。」他說得很快。

我感覺到一股熱辣的窘迫感，於是很快地喝了一口手上的酒。不過他和我從來沒有這麼親密的對話，我別無選擇，只能繼續假裝這次的對話和以往沒有任何差別。

韓彬看著我，伸手碰碰我的肩膀，停留片刻之後捏了捏。他已經收回手臂，我卻還愣在原地。

「我只是想說，我很高興妳在這裡。」他說：「而不是在什麼其他的地方。」

■

事實上我不確定自己是否「夠格」來到這裡。我不過是幸運碰上財閥獎學金的醜聞，靠著生平故事開啟機會之門。我對自己的作品沒那麼有信心。

那時我剛搬到紐約，認識了露比和韓彬和他們的朋友。起初這個不熟悉的世界令我驚慌失措，所以我讓他們看見自己的不安以及心中的恐懼。他們以前沒見過這麼真實的人，因此對我大感驚奇。他們將自己掩飾得太好，充滿自信、洋洋得意、光彩耀眼。

「我大概該說聲謝謝。」我用最百無聊賴的聲音回覆韓彬。「我想露比在找你。」我看見她在角落朝我們揮手。韓彬定睛看了我一下，接著才轉身走過去，加入她身邊。她沒說話只是啜著飲料，顯然完全沒在聽人說話，不過卻永遠都是宇宙的中心。她光是帶著嘲弄的眼神站在那裡，沾染櫻桃汁的嘴唇和毛皮大衣就能讓派對充滿活力。

我拿著自己的飲料，轉身去找剛剛聊天的男孩。如果在派對上沒人可聊天，最好就是裝作在找人的樣子。我在一樓到處逛，聽得見的對話片段就仔細聽個兩句，接著步上二樓。這裡的牆壁漆成洋紅色，強調出黑檀木燈罩。在我的想象中，把牆壁漆成這種顏色一定非常令人心滿意足，或許是最適合我的工作，不知道拿到證照需要多久時間。我一定會很享受這些過程，在牆壁上塗上厚厚的深色顏料，仔細描繪精細迷人的壁畫。我知道紐約人願意為家中的壁畫花上大把鈔票。

我朝著走廊底端傳來的聲音前進，眼前出現一扇半掩的門。我沒多想就推了開來。

門後的書房看起來就像電影場景，窗戶前的桃花心木書桌，占滿整面牆壁的書架與書本。房間中央是兩張橄欖綠沙發，四、五個人面對彼此坐著。他們正在喝酒聊天，地毯上還有隻玩具貴賓狗四處聞來聞去。

「嘿！過來這邊。」

樓下聊過天的男孩坐著朝我招手。我走過去，發現每個人都在看我，所以對話中斷了一會兒。我試著不要表現得太過不安。

「來，讓我拉把椅子。」他走向書桌，拉了張椅子放在沙發邊。

「這位是住在這裡的炳俊。」阿在對著另一張沙發上的人點點頭，對方稍稍抬了下巴。「這位是——抱歉，可以再問一次妳的名字嗎？」他轉頭看著我。

「搞啥……」右邊的女生開口，問句變成了笑聲。她漂過的頭髮及肩，戴著眼尾上鉤的眼鏡。「你連她的名字都不知道？這太好笑了。」

「我剛剛在樓下跟她聊天。」他的聲音聽起來忿忿不平：「露比帶她來的，她們是好朋友。」

一聽到這句，大家變得很感興趣。

「妳怎麼認識露比的？」

「妳跟她是同學嗎？」

「妳在視覺藝術學院念幾年級？」

我露出微笑，露比說過，如果碰到不想回答的問題，她就會說：「別操心這些。」其他人聽了哈哈大笑，看起來幾乎是有點難為情的樣子，也就沒再問問題，又回到剛剛的話題。

「可以再說一次你的名字嗎？」我問那個男孩。

「阿在。」他說：「視覺藝術學院的學長，所以要對我尊重點。」

我戲謔地深深鞠躬。「當然囉，『前輩』。」我說：「我是美帆。您也念美術學院嗎？」我轉頭問著炳俊。

「誰，我嗎？」炳俊非常訝異：「不，我讀紐約大學。」

「我只是在想這棟公寓的用色很特別。」我心跳得很快。「所以才想說你是不是也跟我們一樣主修藝術。」

「不，不是。」他似乎有點鄙夷：「這裡由我的設計師一手包辦。她每樣東西都從葡萄牙進口，連油漆工也是，包含在油漆項目裡。」

炳俊的電話響起，他用英文接了電話。「好的，讓他上來。」接著他站起來宣布：「披薩到了！我點了約翰老爹的披薩！」

每個人都高聲歡呼。

「老兄，自從我回韓國一趟之後就沒吃過約翰老爹了！」「太棒了！」「我餓死了！」

我還在學習，該怎麼在這個世界裡做出恰當的反應。不該對什麼事感到震驚或愉快，什麼事又該欣喜若狂。我不該因為公寓稀奇的美麗而訝異，但厚皮披薩則值得大肆嚷嚷。

大部分的人跳起來跟著炳俊走出書房，狗狗也尖叫著跟出去，我沒站起來，眼角餘光瞄著阿在。如果他起身離開，我也會跟上。

「妳不餓嗎？」他也還坐著，我搖搖頭。「不太餓，我們剛吃過晚餐。」我說。

「我也是，不過可能一下子就餓了。」

「那你是不是該下樓去呢？」

「不急，他通常會點一大堆，吃不完的。」阿在翻了個白眼。「接下來他就會抱怨披薩影響他的低碳飲食。他把我們帶去最喜歡的壽司店，吃完生魚片之後他大概兩個小時後就餓了。」

我大笑。可以自然地跟男生聊天真不錯。真希望和韓彬聊天也能更自然。

「那你是怎麼認識炳俊的呢？」我問。

「哦，我們兩家是朋友。我們的父親一起念高中和大學。我算是跟他一起長大的。妳呢？在這邊有很多同樣來自清州的朋友嗎？」

「沒有。」我說。我大可以回他「當然沒有」，不過忍住了。

「他們都在韓國。」我說：「很多人都搬到首爾讀大學。」

「聽起來很合理。」他說：「清州很小吧？」

「對呀，」我說：「清州很小。」

■

清州很小，感覺鎮上每個人都認得我們：洛林中心的小孩。孤兒、身心障礙者、罪犯。我們被人拋棄了，而這一點很嚇人，彷彿被拋棄是種傳染病。旁人第一次見到我們，總會訝異我們的身心機能毫無問題，好像許多人並非如此似的。而且儘管知道我們與常人無異，卻還是躲著我們。在我們的城市裡，「洛林」兩個字等同於「智障」。我們會說「他是不是『洛林』啊？」或者「你看起來超『洛林』的！」這個字後來太過融入當地方言，等到了我們念高中時，許多小孩甚至不知道這不是個真正的英文單字。

「等不及離開這個荒涼的狗屁地獄了。」我朋友秀津只要跟老師鬧得不愉快，回到中心就會尖聲嚷嚷。我很幸運，藝術學校的老師喜歡我，不過秀津在學校裡被當成麻煩製造者，而且已經沒有洛林小姐替我們撐腰。她已經過世好幾年，中心幾乎每年都換主任。

我沒想到秀津真的能靠自己搞定，不過她一找到機會就離開洛林中心，在首爾一點一滴開創自己的生活。她告訴我們其他人，「洛林」這個詞對那裡的人一點意義都沒有。其他兩個女孩沒過多久也去了首爾，不過我是第一個去了美國的人。而且不是被人收養。

■

「妳想再喝一點嗎？」阿在指著我手上的酒杯，空酒杯沉沉地壓在手中。

「好呀。」我說。

「噢，酒的話這邊很多，妳不用去樓下的酒吧。」他說著站了起來，走向我身後的書架，現在我發現架上配置很像酒吧，透明的平底酒杯，還有裝滿琥珀色液體的玻璃酒瓶。

「除非妳還想再喝杯蔓越梅雞尾酒。」他停下來看著我。

「不了，喝威士忌就好。」

「來。」他給我一杯，轉身也幫自己倒一杯。「桌上的冰桶有冰塊。」

我們聊起學校的事，他喜歡哪個教授，哪個教授最好避開，哪個咖啡店的座位最適合讀書，哪裡最適合買美術材料。他的聲音很棒，只要講到喜歡的東西，就會興奮地愈說愈快。他比我認識的其他SVA學生更活潑，而且因為活潑而顯得脆弱。對我來說那份脆弱很動人，來到紐約之後就沒看過脆弱的人。

「我聽說圖書館的薪水也很好。」他說：「如果妳有在找打工的話，不是假設妳——」他講到一半就停下來，看起來很不好意思。這個樣子也很可愛。

「其實我已經有工作了。」我說：「我在學生畫廊工作。」我沒有補充那是露比的畫廊，而我們就是這麼認識的。

「讚喔！」發現自己沒有冒犯我，似乎讓他鬆了口氣。知道他擔心這一點，我對他油然生出一股喜愛。

我沒想太多，也沒阻止自己，我靠過去親了下他的臉頰。

輕輕一啄之後，我坐回椅子上，我的舉動嚇到了我們兩個。他微微一笑，輕柔而流暢地牽起我的雙手，將我拉到沙發上接吻。他的嘴唇冰涼潮溼，帶點威士忌的辛辣。

「妳真的好漂亮。」他輕聲說：「妳的頭髮好像畫出來的，好不真實。我好高興自己剛剛在樓下跟妳搭話。」

我靠著他，莫名地輕輕一笑。柔軟的沙發，身邊的書本，他毛衣下的暖意，一切都令我興奮不已。我的臉頰因為酒精而發燙，在樓下聽起來太吵的嘻哈音樂，此刻聽起來低沉舒心。我完全不知道接下來會發生什麼事，不過非常心滿意足。

門板打開，炳俊走進房間，韓彬跟在他身後。看到我們兩個交纏的樣子，他們都停下了腳步。

「哈囉，這是怎樣？」炳俊說：「我以為你根本不知道她的名字。」

我彷彿被螫了一下，忍不住臉紅，不過阿在只是哈哈大笑。

「我只是想假裝自己沒有興趣。」他立刻開口，就像是安排好的哏。炳俊也笑了，不過看來不怎麼專心，似乎已經在想別的事。我瞄了韓彬一眼，他正冷冰冰地瞪著我們。

「我們正聊到美帆在畫廊工作。」阿在說：「炳俊，你該去看看。不是說想買點東西掛在廚房裡面嗎？」

炳俊看起來很心煩。「沒錯，不過我心裡有非常具體的想法，所以應該會聽設計師的。」他說。

想到韓彬會認為我正在想辦法往上爬，就覺得很窘。

「我在露比的畫廊上班。」我說話的時候沒看韓彬。「雖然只是學生畫廊，不過她的選品很美。」

「噢，露比的畫廊是嗎？」炳俊一臉不贊同。「我是聽說她開了一間……藝廊裡面只放學生的作品嗎？」

「目前是這樣。」韓彬說道。他看著書本，手指撫過書架。「對她來說是一種練習。」

「當然當然。」炳俊說道：「那我確實該去幫朋友一把。順便看看誰會成為下一位大師！」他粗聲大笑，接著連忙修正說法，同時瞄著韓彬。「我不是說露比需要幫忙啦。」

「對露比來說，這是個有趣的小計畫。」韓彬說道：「美帆很了解，可以幫你介紹。」他還是沒看我，這一切令我頭暈目眩，心臟猛地往上衝，又立刻狠狠墜落。還有……我的臉！我又臉紅了！幸好韓彬沒看我。

「來。」阿在又在杯子裡倒了點威士忌，然後把酒杯遞還給我。「還有其他人想再喝一點嗎？」

炳俊說好，阿在也替他倒了點酒。

「妳的臉都紅了。」韓彬突然開口。我抬起頭，發現他站在書櫃旁邊跟我說話。「我是說，超紅的。」

我用手拍著臉頰，很驚訝臉摸起來這麼燙。

「如果妳不想看起來這麼瘋，最好不要再喝了。」他說道。

「妳只需要在喝酒前來點啡莫替定[6]。」阿在開口：「因為我的臉也很容易變得超級紅，所以得用上這個小技巧。來，我給妳一點。」他拿出口袋裡的錢包，挖出一些白色藥丸交給我。

6　商品名稱為Pepcid，用以抑制胃酸分泌。

「現在幫不上忙，這得在喝酒前就吃下去。」韓彬說道。

我不知道啡莫替定是什麼，藥嗎？但我沒打算問。我接過藥錠放進錢包。「我下次會試試看。」我虛弱地說：「得去趟洗手間。」我真的需要去看看自己現在是什麼樣子，是不是就跟韓彬口中一樣瘋狂。

我往外走，走過韓彬身邊時，聽見他低聲說：「美帆，妳該回家了。別讓自己出醜，這樣很尷尬。」

一關上門，我就覺得眼淚快要掉下來，連忙快步走向走廊底的洗手間。鎖上門之後我就哭了，但是自己在鏡子裡的倒影嚇得我停了下來。鏡子裡的五官可怕而且扭曲，散佈著點點紅斑。我低下頭閉上眼睛。

我只准許自己覺得懊悔。要是中心那些女孩看到我，她們一定會說：「多麼『洛林』」、「別這麼『洛林』」。我可以聽見她們嘲弄的笑聲。因為私底下，就連我們也會對彼此，或對自己用那個詞相互捉弄。

亞拉

每次我站在又吵又擠的地方，都會看著身邊正在說話的人，想到他們投注了多少生命在自己的聲音中，而那卻只占我生命的一小部分。接下來我會跟自己玩一個沒有意義的遊戲：失去聽力或失去視力，我比較希望是哪種情況呢？

我不喜歡回清州。這不是我爸媽的錯，想想他們已經三年沒見到獨生女，我很過意不去。我知道其他在大宅工作的僕人非常同情他們，因為女兒不但是個啞巴，而且還不知感恩。假日寧可自己過，也不願意跟其他人一樣回家一趟。

或許這就是我為什麼覺得和秀津還有美帆相處這麼自在。她們倆都不渴望家庭。其他人可能會責備我是個壞女兒，也會好奇為什麼明明在這急躁城市受了傷，還是不回故鄉。

爸媽年紀很大。他們應該有個孝順的女兒，不但會撥出一部分的薪水，每個月還會固定回家，順便帶來升遷或交往對象的消息。一大堆電視劇裡都有這樣的女兒，當兩者不能兼得時，她們會睜著無辜的大眼睛，用憂愁的神情選擇深愛而貧窮的父母，而不是有錢到不行的追求者。現實生活中我從未見過這種女兒，不過或許是因為她們都待在家裡，忙著當著品格端正的好人。我在想居莉很接近了，不過她也有自己的問題，要是她母親和姊姊發現她在高級俱樂部工作的實情，一定無法接受。

不過想到秀津，讓我考慮要帶她一起回家過農曆新年。她這週又在浴室的鏡子前崩潰，整個人焦慮又絕望。我不停問自己，該怎麼讓她的心思放到五官之外的地方。其實狀況已經有很大的進展，不過她就是無法接受臉上的腫脹一直不退。

「那些部落格文章裡面，每個女生都很快就消腫。而我現在已經手術超過兩個月了！這樣真的不正常對吧？應該打給沈醫生，對不對？亞拉妳不覺得嗎？而且只要走路，就會聽見下巴發出咔嗒聲。正常來說不會這樣，不然他們在醫院應該就會提醒我了吧？」

沒錯，和那些在部落格分享文章的女孩子比起來，她的下巴看起來的確是比較腫，但是臉已經不像魚那樣外突，而且嘴巴後縮了許多，我反而偷偷覺得她現在看起來好像沒有牙齒。雖然我保證過，她花了這麼多時間，所以轉變會更劇烈，到最後她會比部落格上任何一個女生都漂亮。可是只要我寫這些，她就會推開我的筆記本。

多虧了泰仁給我的靈感和勇氣，我才能好好思考這些。泰仁在最近的SwitchBox訊息中提到，「王冠」的世界巡迴演唱會開始之前，他打算先回光州老家一趟，這是他出道以來頭一次返鄉。他說，我們的根造就了今天的我們，他不想抹滅過去的辛苦遭遇，因為唯有那些經歷才有今日的歌詞和音樂，甚至舞步。泰仁和母親及四位哥哥並不親近，家人過去對他不理不睬，後來又和他對簿公堂，想分到他在「王冠」賺到的錢。如果泰仁都能想辦法讓自己回家一趟，那麼我也能回家。我得承認和泰仁同時踏上返鄉行程這個念頭，令我心頭非常溫暖。

秀津一定會先抗議。她會問我們的傳統怎麼辦。每次重大節慶，我們就會找間公共澡堂，然後一整天晃過一間又一間不同功能的浴間，躺在各式各樣的石頭浴場中，到了晚上，我們會在電視間敷著蝸牛面膜睡著，受損的頭髮則抹著濟州花髮油。

這麼多年來，我們還是很驚訝公共澡堂裡人這麼多。發現不只有我們不想回家，心裡感覺好受多了。

我跟秀津一樣喜歡這項自創的傳統，不過我也在一些地方讀到，手術後一個月最好避免進三溫暖，以免感染。雖然她是兩個多月前動的手術，我還是寧可先緩緩。再說讓陌生人盯著看，以她目前的精神狀況來說應該會是場大災難。

母親通常會試探一下，傳訊息問我農曆年假的計畫，提到有些重要的事情想討論，非常希望我回家一趟。這次我收到訊息之後，終於回了好。並且提到秀津會跟我一起回去。**她剛動完大手術，正在復原期，需要換個環境。**我寫道。我想讓母親明白，不要抱著太高的期望，因為我的返鄉不會成為常態。我想像著母親目瞪口呆地瞪著出乎意料的回覆，接著衝向大宅的車庫找我父親。

我們到家之後，為了不讓我心情低落，秀津就必然會把精力放在我身上。她得非常拚命，甚至拚命到有點過頭，才能避免我陷入悲慘的童年回憶。

正如同我為她所做的一切。

■

年假其他天的車票老早賣光，所以我們過年當天出發。美帆也跟我們一起。她聽說我們要回清州市，就說也想一起，去洛林中心探望老師的墓地。我覺得自己有義務邀請她一起住，儘管我的提議不是非常熱情，但她欣然接受。居莉幾天前就已經先回家探訪母親，我很高興自己不需要也邀請她。

妳會睡得超級不舒服。我警告美帆，在「**超級**」下面畫了好幾條底線強調。**我家沒有床墊，**

所以睡覺時地板只會鋪上薄毯。下午早早就沒有熱水，有時候連續太多人使用也會沒熱水。而且馬桶是蹲式。

「沒關係。」美帆平靜地說著，將鬈曲的長髮繞在太過纖細的手腕上。「反正我一個星期只洗兩次頭髮，而且我還聽說妳父母住在很大棟的韓屋，有上百年歷史對吧？我記得秀津很久以前提過。我真的很想看一看。」她活潑生動的臉龐充滿期待。

我搖搖頭。

「等等，妳不住在韓屋？」她問道。

我嘆口氣，我爸媽的生活十分跟不上時代，但不知道該怎麼向她說明這一切。再說了，要是我是百年韓屋的繼承人，我又怎麼會需要在美髮沙龍裡面拚命工作呢？美帆這麼無知，卻能在這個世界存活得好好的，真是個奇蹟。

我跑去找秀津，她又在浴室裡面盯著自己的臉，打了結的頭髮亂七八糟地垂在臉頰上，看起來失魂落魄。我點點她的肩膀。

「噢，別管我了。」她怒氣沖沖地說。我又用力點點她的肩膀。

我給她看自己寫了什麼。**可以請妳幫幫忙嗎？美帆似乎認為我來自有錢人家，妳得告訴她，待在我家到底是怎麼回事。**那個事件發生之前，秀津中學時代來過我家好幾次。

「她到底為什麼會那樣想？」秀津問著，不過她現在有任務在身，眼神閃著一絲光彩，準備衝去找美帆說清楚。我想補充，當初美帆會有這種誤會，肯定是因為秀津。

「看來妳有些事沒搞清楚。」我聽到她用專橫的聲音跟美帆說話，於是進了房間用力關上門。

■

就這樣，秀津、美帆和我一起坐在搖搖晃晃的「快捷」客運後方，行李疊得好高。才剛恢復活力的秀津躲在超大墨鏡後，圍巾花色誇張、舉止飄逸的美帆裹在祖母綠人造毛皮大衣裡，還有像老鼠一樣焦慮的我。就算是在清州市區遇到也不會知道該怎麼對待我們這樣的人，我家那樣的後山地區就更不用說了。我身上唯一令人興奮的地方就是頭髮。十天前我染了紫紅色，非常適合買完返鄉客運票後慌亂的情緒。髮根刻意保持原色，看起來很帥氣（我希望）。權主任喜歡我染成紅色調，還親自幫忙漂淡髮色，他一直希望我們能在自己的頭髮上試驗新髮色，顏色愈誇張愈好。他說客戶比較願意將頭髮交給有想像力的人。我知道顏色下週就會褪掉，不過我現在很開心，彷彿正在對世界釋出訊號。我已經注意到，人們往往會謹慎應對擁有紫紅髮色的人，就算那個人不會說話也一樣。

幸好巴士不算太滿，大部分孝順的子女們幾天前就返鄉了，司機預估車行時間不到三小時。秀津和美帆正在吵架，起因是秀津該不該陪美帆回洛林中心，然後去探訪洛林小姐的墓地。畢竟秀津離開之後就沒再回去過。

「我不明白，我以為妳喜歡洛林小姐。」美帆看起來很受傷。

「那是妳的錯覺。」秀津狂亂地看著我。「妳可以問問亞拉。我有喜歡過洛林中心的誰嗎?甚至是那個白人?我不敢相信妳竟然這麼以為!」

我拍拍她的背,接著在筆記本上寫下:她討厭每個人。秀津把筆記本拿給美帆。

「但洛林小姐人很好!妳沒忘記吧?她把所有的錢留給我們。我們上學的用品、美術用品和衣服,全都是她給的。妳總該對那些東西心懷感激吧?」美帆驚恐地看著秀津,後者忿忿不平地噘著嘴。

「她喜歡妳,因為妳很有才華又漂亮。」秀津說:「我從來沒用過美術室。她只喜歡特別的小孩,讓她覺得照顧我們是在做好事。比方小我們一歲的允美很漂亮又會唱歌,所以洛林小姐喜歡她,替她申請了幾個音樂獎學金。」秀津聳聳肩,修正了一下說法:「我不是說她不喜歡其他人,她只是……噢隨便啦,妳不會懂的。而且我承認自己惹了一大堆麻煩,所以不喜歡我也是很合理的事。」

「妳剛剛才說,洛林小姐也不是不喜歡妳。」美帆說。

「閉嘴啦。」秀津說。

美帆皺著眉頭,在座位上用力扭來扭去,結果擠到身旁那堆行李袋。她的行李袋放在最上面,咚一聲掉在地上。

「媽的。」美帆輕輕咒罵,惱怒地盯著行李。

我們看著她。

「裡面放著我要給妳爸媽的禮物。」她不太開心，跳下椅子，將行李拉起來放在腿上。她撈出一個黑色大盒子，細細長長的設計師字體拼出喬伊百貨公司的標誌。

「那是什麼?」秀津低聲問道。

我已經告訴她們兩個不需要準備我爸媽的禮物，那些東西只會白白浪費。但沒有用，她們兩個都沒理我。秀津跑去清涼樂天百貨公司中心開的排隊麵包店，買了一大個抹茶奶油蛋糕。我生氣地寫說我爸媽不吃西式甜點，而且他們不問世事，根本不知道這個蛋糕接近十萬韓元[7]，秀津說：「就算妳爸媽不喜歡，妳也會喜歡。」要是他們真的知道這要多少錢，他們的腦袋大概會炸開，一定會認為她的浪費不只是犯罪等級，甚至駭人聽聞。

美帆掀開蓋子邊緣之後，快樂地嘆了口氣，這個深深的方盒塞滿整齊完美的玫瑰花。在不通風的客運車廂裡聞到花朵散發的宜人香味，嚇了我們一跳。秀津和我對看一眼，我以前從來沒看過這種東西，不過顯然非常非常貴。對我們這種人來說，花朵大概是最糟的禮物！美帆該要明白這一點，別浪費錢！我又嘆起氣來，秀津用手肘戳我。

「真漂亮。」秀津說：「碰那一下完全沒傷到它們。」

「它們應該能維持至少一年，真令人不敢相信。」美帆說道：「韓彬的媽媽去年將這個技術引進韓國。」

我嘆著氣，對著她微微一笑，雖然覺得不太可能，但希望她至少有從男友那邊拿到折扣。除了轉頭看著窗外，其實真的無事可做。我們上了高速公路，雖然我們正加快速度遠離江南區，但還有那麼多房子正在蓋，實在令人難以置信。每棟房子上方都有巨大的橘色吊車，吊著柱子和板子穿過空中。這些新的公寓住宅之大，我看得讚嘆不已，我無法想像這些大樓塞滿人、傢俱和燈光的樣子。上百，不，上千棟公寓，距離首都中心那麼遠，但無論我這輩子存下多少錢，永遠也買不起任何一間。某種程度上，我很高興就快到家了，窗外的景致將漸漸變成稻田和農場，提醒我已經走了多遠，而不是那些此生永遠無法觸及的事物。

■

新年沒人想出勤上班，結果我們在清州車站排了半個小時，才等到一台計程車。我曾經看過一個說法，很多在假日工作的司機其實是有前科的，所以羞愧到不好意思回家。好險計程車候車區旁有個長椅，我們擠在一起取暖，偶爾經過的路人投來不友善的目光，秀津和美帆則對著他們咯咯傻笑。「終於到家了呢。」秀津戲劇化地說著。這是真的，在江南區，沒有人會多看我們一眼，就算我們穿著綠色大衣還有人一頭粉紅頭髮也一樣。光是我們站在這邊等待，就顯示出了我們「外地人」的身分，其他下了車的乘客都有車來接，或者有家人掛著急切的笑容站在路邊等待。

7　十萬韓元約台幣兩千五百元。

三年沒回來，真難想像這棟小小的兩層樓建築竟是這裡的主要轉運站，這種大小在首爾差不多是連鎖雜貨店。對小時候的我來說，家以外的世界都壓縮在這個客運站，路人踩著快速的腳步，背著大旅行袋，紛紛邁向令人嚮往的生活。

看到一台計程車彎過無人的街道，我們鬆了一口氣。秀津告訴司機地址，我們則如釋重負地坐進車裡。

「那附近有一棟很大的韓屋對吧？」計程車說著，又從後照鏡看了我們一眼。「我聽說他們在那裡拍了很多電視劇。幾個月前李弘基有來，我哥兒們載他過去。妳們幾位住在那區嗎？」

「不，不是。」秀津說：「我們不過是剛好要去那裡待個幾天，那裡有認識的人。」

一陣沉默之後，秀津突然又開始跟司機閒聊，對她來說很不尋常。我不知道她是不是想到同樣的事，因為等等的路上，我們會通過那道拱門。

■

要是我思考得夠仔細，或許我會得到這樣的結論，我之所以三年沒回家，是因為不想要經過當年受傷的地點。因為要去大屋只有一條路，沒辦法避開。

我很確定大部分的人甚至不會注意到那小小石拱門，就直接走過或經過，拱門已經褪色，而且離馬路有段距離，當初會蓋這座拱門本來就是件怪事。反正一定只有我如此重視它的存在。我們念中學的時候，壞孩子喜歡在天黑之後聚在這裡。拱門每道裂縫都塞滿菸屁股和口香糖，還有壞掉的打火機。出事之後那幾年，我從來沒看過有人在這附近徘徊。附近幾所學校都流傳著可怕的血腥謠言。

■

我失去聲音之前，我父母親已經存錢存了好一陣子，他們想買下市區的小房子，有人向他們保證十年之後價值就會翻倍。大宅管家當中有個人的兒子是房仲，而且在地區的劃分議會上有熟人，他可以預先掌握政府之後的發展方向。

也就是說，那一天不只是我失去了以往的生活方式，我爸媽也是。我就是因此離開家鄉的。我受不了眼睜睜看著爸媽繼續住在大宅旁的小附間，而不是搬運閃亮嶄新的公寓。多虧了新火車站，房子的價格已經翻了四倍。根據我們老同學在社群網路上所說，昔日腐朽的社區，現在迴盪著嶄新的活力與金流。結果那些錢卻付給了一個又一個專家，說一些我早就知道的事，我失去了聲音，而且不太可能再度開口說話。

我認為最艱難的部分，是看著父母替我感到如此驚恐。不知道他們原本對我未來的期待是什麼。畢竟我的學業成績一向不出色，而且也沒有什麼明確目標，母親尤為悲慟，甚至出現了緊張型精神分裂症的狀況，一度必須入院治療。

到了最近我才明白，他們擔心沒有正常的男人願意娶我。想到女兒永遠無法體會當母親的感受，令他們太過痛苦，也引發另一波罪惡感，懊悔沒有給我生下任何兄弟姊妹。「我們當時覺得自己年紀太大了。」母親扭著手說：「我們好自私，要是我們走了，妳就剩自己一個人。」

■

每次我站在又吵又擠的地方，都會看著身邊正在說話的人，想到他們投注了多少生命在自己的聲音中，而那卻只占我生命的一小部分。接下來我會跟自己玩一個沒有意義的遊戲：失去聽力或失去視力，我比較希望是哪種情況呢？每次我認真想知道其他人聊天的內容，自憐自厭的情緒就會更強烈。

■

計程車在大宅的門口靠邊停下，我請司機繼續往前開。

「這裡不是正門嗎？」他很困惑。秀津告訴他，轉彎之後有另外一個入口，美帆緊貼著車窗，想趁著匆匆經過看得更清楚一點。

我們家也不是被迫使用後門，爸媽白天工作的時候會進出正門好幾次，不過從後門進去才能最靠近我家那棟小小的附屋，而且我寧可不要立刻見到其他大宅的人。黑色的車子停在門口，那輛巨大的Equus[8]一定已經開了十五年以上，多虧我父親的照顧，車身依然如同鏡子般閃耀。

附近鄰居都叫我父親昌奇，他二十出頭退伍之後，就一直是大宅的司機。他是主人貼身男僕的么兒，我母親是女僕的女兒，他們結婚之後過了很久才有了我。父親是個很安靜的人，也沒有繼承自己的父親對於武器的興趣。大宅的小少爺阿俊和幾個同學提過一次，聊到我那位惡名昭彰的祖父。那時候他們正在他父親的冥想室，研究著裡頭陳列的巨大木棍。

「那是阿書先生做的，他是我祖父的僕人。」阿俊說道：「據說他用那木棍殺了好幾個人。」

「他能幫我們做一根嗎？他還在嗎？」他有個朋友問道。我本來忙著擦客廳的窗戶，現在靠得更近，想要看一眼他們的長相。

「嗯，我們還有昌奇，他是阿書先生的兒子，不過他只是個司機，我不覺得他知道該怎麼做武器。不過我可能會要他去學一學，替我做一把。」他說道。我才正想鼓起勇氣告訴他們，那木棍曾經用來對抗市場幫派，而且之前有外國人拿了一大筆錢想買下來。不過聽到阿俊接下來的話之後，我不爽地扔了手上的溼抹布表達不滿。我發誓再也不要踏進那棟房子，衝向附屋，結果母親卻說阿俊帶了朋友來，又吩咐我拿幾塊年糕去大宅廚房。

8 韓國現代汽車的頂級旗艦房車車款。

■

父母結婚時搬進了這間小附屋，莊園遠側這間倉促落成的小屋是他們的結婚禮物，遠離其他的佣人房。整個莊園中只有這裡不是傳統的韓屋建築，而且也是其中最小最醜的一間，方形的水泥建築，藍色的屋頂，屋內有兩個小房間和一套廚房。祖父嚴肅的畫像掛在我的房間一直俯視我。秀津和美帆現在就是跟我一起睡這間。

幾天前，我傳訊息問母親，是不是可以跟大宅多借幾塊床墊。「不可能問這種事。」她這麼回答：「妳怎麼會有這個想法？」

收到她的回覆後，我憤怒地閉上眼睛。大宅有一大堆沒人用的空房間，一定也有數十個奢華厚實的繡花床墊。小時候鄭夫人很寵我，如果開口的話，她一定會答應。現在，朋友和我只能睡在薄薄的毯子上。

■

我們溜進後門，美帆走到一半就非常戲劇化地停下腳步，仔細審視庭院。「這真是太美了。」她如夢似幻的語氣開始惹惱我了。「這裡有多久了？一定好幾百年了對不對？」

我聳聳肩。就我所知，這裡至少有百年歷史，大家族很沉迷於自己家族的歷史。

「妳從來沒問過嗎？」美帆很驚訝。她的眼睛饑渴地掃過蓮花池、涼亭、仔細修整的松樹園，遠方的大宅則是精細雕刻的木作，搭配傾斜的三角屋頂。巨大的石青蛙佇立在入口處。草地經過我父親仔細修剪，這是他負責的另一項任務。

「又不是她的家族，她為什麼要在意？」秀津罵著，我對她笑了。

「要是住在這裡的話，我永遠不會離開。」美帆還是目不轉睛。

就連我們終於來到附屋，她還是情緒高昂，或許可說是意料之中。她在光線昏暗的客廳放下包包，說能見到我長大的地方真棒，還說我很幸運，從小就有自己的房間。

我爸媽當然不在家，雖然已經在簡訊上提過會搭哪班車，雖然今天是假日，不過假日其實才是最忙的時候，有更多菜要煮、要打掃、要採購，還有傳統儀式要進行。

我試著用美帆和秀津的角度看看這裡，而一切就如我所料的難以忍受。客廳的壁紙邊緣泛黃，遠方三角形的捕蠅紙黏著昆蟲屍體，其中幾隻還在抖動。我也希望美帆沒注意到玄關裡一雙雙盜版「Adidis」室內拖鞋。

美帆笑著問我廁所在哪裡。我指著右邊，接著去廚房找秀津。她拿出冰箱裡的茶壺倒了點麥茶，吃起母親留在桌上的年糕。

「竟然完全一模一樣，其實怪可怕的。」秀津說著比比四周。「我覺得自己好像又回到中學時代。這些是妳母親做的對吧？妳以前會帶來學校。」秀津把盤子推向我，不過我搖搖頭。我小時候就知道這些做起來很費工，也不好清理，我不喜歡吃年糕。

■

我們去大宅廚房找我媽。她和榮子太太以及淑香太太在圓桌邊做餃子。榮子太太和淑香太太一看到我們，立刻興奮地大喊，揮舞沾滿麵粉的手。

「看看誰來了！亞拉！粉紅色的頭髮！天啊！妳長胖了點耶！」

「沒啦，她沒有，她瘦了點！」

榮子太太和淑香太太立刻吵了起來，母親則招手要我靠近。她什麼都沒說，只是激動地抱著我。看見她的臉上長出好多皺紋，罪惡感讓我心臟一揪。她的皮膚看起來又乾又薄，頭髮上出現銀絲。她怎麼能在短短時間裡變老這麼多？

我寫了些新年祝賀詞給她。我也寫下秀津和美帆的名字，並且示意她們兩個過來打招呼。她們靠過來，害羞地鞠躬。在年長者身邊讓她們不太自在。

「好久不見了。」我母親對著秀津說。她的聲音當中沒有任何悲傷或責備，這讓我鬆了口氣。她似乎太累了，沒力氣想起自己曾經覺得女兒被對方帶壞。

「能再回到這裡真的很棒！」秀津大聲地說著。

我等著母親評論秀津的臉，畢竟她看起來就像完全不同的人，不過母親什麼都沒說。

「妳之前來過這裡嗎？」榮子太太翻著冰箱，想找點零食給我們吃。「妳們是亞拉的同學嗎？」在員工裡面，榮子太太算是比較新來的人，她進大宅工作的時候，我已經念高中了。淑香太太比我母親大上十年，不過看起來年紀差不多，可能因為她的頭髮還是深深的黑色。

「她是亞拉的中學同學。」我母親回答。接下來的句子讓我大吃一驚：「妳知道的吧？也是那間孤兒院的孩子。」

我喉嚨一緊，猛地扭頭看向秀津還有美帆，榮子太太和淑香太太也一樣。兩個女孩已經很久沒聽過那樣的介紹，還有那樣的語調。

「我也是在那裡長大的。」美帆平靜地開口。那些女人同情地咂著嘴，這個時候，通常她們會被看成「沒有媽的可憐孩子」。不過我們都知道只要我們一離開廚房，同情就會被其他的情緒打斷。我很抱歉，我在心裡對著秀津說，她正猛眨眼睛，告訴我沒關係，別擔心這些。

「來吧，奔波了這麼遠，妳們得吃點東西。」淑香太太說道。爐子上擺著好幾個鍋子，她打開其中一個蓋子，小心翼翼地投下餃子。

「妳知道吧，她們住在江南區。」榮子太太一臉心照不宣地對著淑香太太說。假日沒塞車的話，搭客運過去不用兩個小時，不過我知道她們都沒到過我們江南的住處附近。她們的小孩全都住在清州這一帶，遠一點則是在大德區。

我母親拿了泡菜和水餃沾醬，示意我們坐下。美帆輕輕地說了聲謝謝，秀津也是。

「她變得漂亮多了。」榮子太太對我母親說道。

「這麼有型。」淑香太太說。

「江南Style。」她們一起哈哈大笑。

「妳們什麼時候要回去？」榮子太太問道。

「後天。」秀津說。

「什麼？很快耶！哇，那就沒什麼時間了。」淑香太太說道：「妳最好快點問問亞拉。」

「問她什麼事呀？」秀津說。幾個太太看向她，我知道她們在想什麼。她們一定是想：說話真是直接，這麼沒禮貌，果然是孤兒。我的皮膚陣陣刺痛，不過秀津對我眨眨眼。

我母親看起來很掙扎，不過似乎下定了決心。如果她要當著廚房這麼多人的面前跟我說，那應該不是太嚴肅的事吧。

「美髮沙龍的工作怎麼樣？」她慢慢地開口問我。

「非常順利。」秀津立刻回答：「亞拉現在閉著眼睛都能幫我剪頭髮。她有好多常客，他們得至少提前一個星期預約。很多有錢太太都想要她替她們燙頭髮。她們很愛跟她說話，說她能讓人心情平靜。」

「是這樣嗎？」我母親自豪地笑了。我正要聳肩回應，但是秀津在桌面下猛戳，所以我皺著臉點點頭。

我寫下：妳想跟我說什麼？

我母親拿起筆記本，湊近了仔細看，接著深吸了口氣。「既然妳在家了，我希望妳能撥點時間。」她說：「妳年紀漸漸大了，很多朋友也都結婚了。」

我氣沖沖地寫：妳在說什麼？沒有人要結婚。妳有看新聞嗎？這已經變成國家問題。

她等我寫完，才開始看我寫了什麼。

「但是這裡每個人都結婚了。妳認識慧化吧？麵包店那個？」

慧化是我高中同學。秀津和我都點點頭。

「她下個月要結婚了！我們每個星期去買麵包都會看到她。或許妳可以趁著還在這裡的時候過去一下，親自說聲恭喜。」

我不能說話、行事任性，而且很迷偶像，我還以為父母現在應該已經放棄了。慧化一直都是乖小孩，或許還被秀津欺負過幾次吧，我記不得了。我瞄著秀津，不過她舀著湯喝，看起來非常無辜。

「髮型師文先生正在找助理。」我母親突然開口：「妳還記得他嗎？」

我當然記得他，毛茸茸的文先生，他留著鬍子，聲音很刺耳。我高中暑假替他掃地，有時候還當保母照顧他兒子。他會給我免費的染劑，那些都給了秀津。

他如果需要助理，生意一定很好。我寫道。印象中他太太還有太太的雙胞胎姊妹都在店裡幫忙。不過母親不可能認為我會回家，然後到文先生的小店裡工作吧。

「他太太離開了。」她說道：「太太的姊妹也離開了。她們回大德區去了。」

真令人難過。我寫道。

「他兒子真的很喜歡妳。」她說。

那個眼睛亮晶晶的文家寶寶不喜歡我。每次我推他去散步，他都會放聲尖叫。

「我們之前聊到妳的事，他很熱情，還記得妳。」我母親說。另外兩個太太嚴肅地看著我。

「他常常問起妳。」

「那個文先生是個好人。」淑香太太點著頭。「他人太好了，不該被自己的太太拋棄。」

秀津和我興味盎然地對看一眼，不過美帆傾身靠近。

「他幾歲？」她問道。

「喔，正處於黃金時期呢。」淑香太太說：「我前幾天看他幫忙中藥房的醫師搬一組大藥櫃。文先生裸著肩膀扛櫃子，好像不過是幾小袋白米！」

「不過我很好奇他能不能跟她在江南的薪水相提並論。」美帆沒看我，只是嚴肅地說道。

「薪水？」淑香太太結巴了：「這跟錢無關。」她停下來擺好架勢。「重點是哪種男人會欣賞粉紅色的頭髮！」她得意地說著。

「亞拉，妳得實際點。」我母親看著我說：「他希望趁妳還在這裡的時候見見妳。」

「他當然想囉。」秀津陰鬱地說：「他太太本來就很年輕了，亞拉還比太太年輕個十歲！」

「她為什麼離開呀？」美帆問道。

「我一直都不喜歡她。」淑香太太斷然說道：「他們剛開幕那時候，她幫我剪了個可怕的髮型，文先生後來還得想辦法補救。而且我覺得她當時喝醉了。」其他人都沒說話。

「就見他一次。」我母親懇求著：「就一次。身為母親，這樣的要求太多了嗎？希望自己的女兒有個機會過正常生活很過分？江南區的人不太正常，他們不會過正常生活。這裡會有人照顧妳，妳在這裡會過得很自在。不過就是**碰一次面聊聊**——我只要求這樣。」

我閉上眼睛深呼吸。我感覺得到秀津哀傷而近乎歇斯底里的狀態，我成功讓她分心了。為了秀津，我閉上眼睛，彷彿十分掙扎。不過其實我內心覺得整件事可笑到不行。文先生！還有文家寶寶！

「別擔心，我們會跟她談談。」美帆用可靠的聲音說著：「我們會聊上一整晚。」

■

母親要我們去地下室搬幾甕醃白菜，踏出廚房時我滿心絕望。

「哇喔。」美帆在我身後低呼，我們安靜地穿過走廊，走向樓梯。我不知道她在驚嘆什麼，這不過就是棟非常古老的房子，擺著非常古老的西式傢俱，跟傳統韓國建築一點都不搭。不像那些精心佈置的韓屋民宿，傢俱崁著珠母貝，還有繡花絲質屏風。

地下室裡面好幾排甕罐。我走到醃白菜的角落，拿起最小的罐子。美帆打開其中一個最大的罐子，昏暗的空間瞬間散發出辛香嗆辣的氣味。「聞起來很棒。」她說著，秀津打了她的手，蓋回蓋子。

為什麼要跟我媽說，妳們會試著說服我？我給她看我寫的字。

「妳為什麼不打算見他？」美帆說道。

「妳這瘋女孩，妳在說什麼？」秀津說道。

「聽好，這會讓妳的老媽媽開心，而且只要花個十分鐘就能讓她閉上嘴巴，而且就算不管這一點，妳為什麼不想看看生活還可能可以怎麼過呢？」美帆又打開另外一甕，這一次她伸了根手指進去，並且舔了舔。她轉過身看著我，聳聳肩。

「如果是我，我會看看每個選項，確認哪個是最好的，這樣無論最後做出什麼選擇，妳都會更有信心。」她說。

我搖搖頭。或許這對她來說行得通，不過用不著見到文先生，我就知道在這裡的生活會是什麼樣子。甚至跟他人有多好無關，也跟他是否是個好丈夫無關。對我來說，重點在於這裡其他人的眼神。這不過就是在那個大宅僕人女兒的卑賤紀錄中又添上一筆：一位不會說話的續絃。我寧可每天聽著手機裡面泰仁的聲音，獨自一人死在市中心。

我最難過的是，母親竟然認為這樣的生活對我來說最好。

「這個嘛。」秀津說：「美帆也算有點道理。」

我瞪她。

「如果我們去見他，妳媽會非常開心，而且這件事很好笑！」

我用力搖頭。

「噢好啦。」秀津說：「反正我們在這裡也沒事可做。」

我寫：**妳應該跟美帆回去洛林中心。**

「我為什麼要回去？」她說，眼神閃閃發亮。

■

今天過年，他大概在他的蠢店裡面。走向腳踏車棚前，我先寫給秀津看。我們都沒戴手套，要是打算騎腳踏車進市區，手指會先凍僵。

「好吧，那我們可以先去麵包店買杯咖啡，順道跟慧化說聲恭喜。」秀津說道：「叫她幫我們打折。」她邪惡地說道。

我們繞過街角，秀津帶頭穿過內門，走到車棚。她的記性真的很好。我們只騎過幾次車，而且那還是好幾年前的事了。父親還是很認真保養車棚裡的腳踏車，每台都很乾淨且上過潤滑油。不過現在大宅裡所有小孩都已經離開，我懷疑可能根本沒人騎過這些腳踏車。

腳踏車棚前面，我們碰到了一個人，他穿著黑色長版大衣。那是大宅的么兒阿俊，他嚇了一跳，但又著口袋露出笑容。他去服義務兵役之後，我好幾年沒看過他。我聽母親說過，他現在是核子科學家，在政府智庫工作。他是大宅中唯一還沒結婚的小孩。

「嗨。」他說道：「妳是哪位？」他看著我們，不過注意力多半落在美帆身上，聲音和善且頗有興致。她一身祖母綠大衣和飄逸的黑髮確實相當格格不入，這時她已經紮起頭髮準備騎車。

兩個女孩還沒跟上，於是我對上他的視線，鞠躬致意。「噢，妳是亞拉！」他有點驚訝：

「那是妳的朋友嗎？」我注意到他的語氣，現在有了大家族那種歡樂慈愛的調性。我點頭。

「你好。」秀津開口：「我們趁著新年拜訪亞拉的爸媽。」

「啊，我知道。」他說著用手指梳過頭髮。「首爾來的新朋友。」

「新年快樂。」秀津沒有反駁他。他之前其實見過秀津好幾次。

「新年快樂。」他說道。

我再次鞠躬，接著舉步經過他身邊，兩個女孩跟著走進車棚。我找到自己的舊車，接著開始尋找適合秀津和美帆的車。我抬起頭，發現他還站在原地回頭望著我們。他對上我的視線之後揮手，我轉身假裝沒看到。

■

我念書的時候，曾經靠著偷瞄阿俊過活。那些年我放學後要在大宅幫忙母親，我會趁母親沒注意，跑去坐在他的椅子或者床上。如果我的人生是一齣電視劇，他就會愛上我，並且為了跟管家的女兒有個好結局而不惜反抗父母。

不過現實卻是，現在的我和朋友踩著咯吱響的生鏽腳踏車，打算去偷看某個孤單的老男人。對方感情失敗，還有個小孩，而且已經開始考慮該如何妥協。

當然只是為了看笑話。

要不是我在好幾年就失去了聲音，我可能會在意吧，但從那時起我就什麼都不在乎了。

■

美帆不太會騎腳踏車，還一直停下來盯著樹林，完全不顧秀津和我在旁邊喊冷，拜託她拍張照片晚點再看，結果我們花了將近二十分鐘才抵達市中心。她抗議著：「照片顯現不出正確的顏色。」

麵包店和文美髮沙龍在同一條街上，不過兩個女孩堅持先去美髮沙龍一趟。每個人都還在家裡，忙著吃東西或跟家人開心團聚，路上沒什麼車子。

「我們不會進去店裡什麼的。」美帆用力踩著踏板，邊喘邊說：「亞拉妳別那麼擔心！我只想知道他長什麼樣子。」

秀津聽了只是放聲大笑，接著伸出舌頭指向前方。

美帆自己就有個男友，韓彬不但帥又有錢，而且還跟我們差不多年紀又沒有小孩，她這麼堅持感覺特別殘酷。如果我不認識她，我可能會以為她之所以想見文先生，不過是為了取笑我。不過她真的對許多事情充滿了好奇心，我只能相信她沒有其他用意。她還常常在地鐵上跟陌生人搭話，結果嚇到對方，或者引發對方懷疑，接著因為對方的敵意而滿心困惑。她對我說過：「在紐約，你任何時候都能跟人聊天說話，而且會講很久，久到有點愛上對方，之後卻再也不會見到這個人。」現在她人在韓國，如果打算跟陌生人搭話，又沒人幫你引薦，對方看著你的眼神就像看著大老鼠，不過只要有一表八千里的親戚稍微引薦，他們就會把你當作失散多年的手足。

我們在沙龍的對面停下腳踏車，就跟我記憶中一樣，美髮店還是很小，隔著透明玻璃可以看到三張人造皮的升降椅，店外的招牌用英文寫著**文記造型美髮**，以及門上的**營業中**。我同意踏上腳踏車，只因為我很確定假日不會營業。到底有誰會在今天剪頭髮呀？新年這天剪頭髮不是會招來厄運嗎？

他背對著我們在店內掃地。地板上都是頭髮。我沒忘記自己以前替他清掃店面，努力加快速度，下一個客人才能趕快坐下。我在那裡工作的那個夏天，美髮沙龍才開幕沒幾個月，不過文先生替雜貨店老闆娘剪了個厲害的髮型，徹底改變她五官給人的印象，也改變了她的性格，在那之後許多人等著讓文先生剪頭髮。他從來沒費事打理自己的髮型，還是又長又亂，我現在隔著一條街都能清楚看見沒洗乾淨的灰色髮絲。

「他看起來需要整理頭髮。」秀津說道：「或許妳可以進去幫他剪個頭髮。」

美帆笑了起來。我扮了個鬼臉，拿出筆記本，但是找不到我的筆。此時聽見秀津說：「哇喔。」

我抬起頭，看見文先生站在開啟的門邊，招手要我們過去。他通常沒什麼表情，但現在看起來很熱切。

「他是在叫我們，對吧？」秀津看看四周確認著。

「妳看，他看到妳多興奮呀！」美帆輕聲說。

美帆忍住笑跳下腳踏車，推著車穿越馬路，秀津也一起。我怒氣沖沖地跟著她們兩個。

「好久不見了。」他盯著我，慢慢開口：「妳回家過節嗎？這兩個人一定是妳的朋友。」他對著秀津和美帆點頭。

「新年快樂！」秀津對他鞠躬：「亞拉之前在這裡工作過，我是她同學，你給的染髮劑她都給我了。」

「啊，那個朋友呀。」文先生想起來了。「我還記得她有一次要了紫羅蘭色的染劑。」

「沒錯！」秀津說：「那時候是暑假。」

文先生對我點點頭：「我喜歡那個粉紅色。一定要很久才能過色吧。」我虛弱地對他微微笑。

「亞拉現在上班的地點在江南區，那間美髮沙龍真的很大。」秀津說道。

「我聽她母親說過。」他說：「真的很厲害。」

「你過年都在店裡嗎？」美帆問道。我對她皺起眉頭，但美帆假裝沒看到。

「對呀。」他說：「恐怕也沒有其他事可做。今天早上還真的有幾個客人。你也知道，那些大忙人沒有其他時間可以理髮。」

我伸手點點秀津的肩膀，頭撇向麵包店那頭。

「啊，我們正要去麵包店找朋友打聲招呼，她快要結婚了。」秀津說。她看我顯然是受夠了，於是跳上腳踏車：「很高興認識你！」

我正要跳上自己那台腳踏車，卻聽到文先生說：「亞拉，我其實有東西要給妳。妳能進來一下嗎？」

「亞拉！我們在麵包店等妳。」美帆說完，她們就一起離開了。兩個叛徒！我架好腳踏車，慢吞吞地跟著他踏上台階，又回到美髮沙龍。

進到店裡之後，世界沒了雜音，我聞到髮膠、髮蠟和髮油的味道。熟悉的味道突然喚醒了我，我這才發現自己今天整天有如夢遊。先是回到家裡、看見阿俊、踩著腳踏板穿過貧脊小路，一切都感覺如此不真實。

沙龍後方，文先生打開了木頭櫥櫃的抽屜，翻著一大堆筆記本。靠近點之後，我這才發現他變老好多，看起來很累，臉也圓了點。他皮膚曬黑，也比以前粗糙，不過他每次看著我，眼神閃現的情緒都令我害怕。我假裝認真研究，拿起一罐用完的噴霧看了看，接著又放下。

「我前幾天在整理抽屜，結果發現這個。」他說著遞了個東西給我：「我想這是妳的吧？」

淺藍色的封面，那是我高中倫理與道德課上用過的筆記本。我傍晚過來打工，一定是那時候忘記帶走的。我翻過整本筆記本，驚訝於自己整齊的筆跡。「公共秩序與社會倫理」、「當代社會守則」、「道德哲學」。那堂課很簡單，我很驚訝自己的分數在整個學年排進前十名，三年高中生活，只有那堂課上得毫不費力。或許這是因為多年來都在看人臉色，我的識人能力很少出錯，不過在我看來，考卷上的複選題答案通常都很蠢。

我微笑著鞠躬致謝，捲起筆記本放進包包。我轉身要走，卻聽見文先生清清喉嚨。

「聽說妳在首爾過得不錯，我很替妳開心。」聽他說話的語調，好像另有所指。我偷偷嘆了口氣，在心裡向秀津放送困擾的訊號。

「妳需要的髮品大概都有了吧？」他說完，朝著店裡怪怪地揮手。「不然的話，我會給妳一點東西……髮油或護髮素……」

我搖搖頭。

「這樣啊。」他說著做了個深呼吸，轉身面對我。「妳知道嗎？我一直以為自己會在首爾生活。這真的很奇妙，隨著年紀漸長，愈來愈難改變生活習慣，但自己卻很難察覺。」

我等著聽他到底想說什麼。

「我自己永遠都做不到，所以很高興妳能放膽過活。聽說妳的近況，也讓我覺得很驕傲。奇怪的是，我想像著自己的兒子有天也會如此，不過大家總說別對小孩抱著太多期待，所以我真的不知道。之所以有這種感覺，可能是因為自己曾經參與妳的生活，我會想妳現在的這些經歷也因為我才有了可能。」

他不太自在地咳了咳，令我非常困惑。他用褲子抹了抹雙手，接著說道：

「我最近才明白自己是個蠢男人。家裡沒有小孩需要我趕著回去，不需要處理他的哭鬧，不需要填滿所有清醒的時刻。於是我有了許多思考時間，也想起許多應該發生卻沒發生的對話。我不希望生命留下任何遺憾。如果我明天就要死了，我想對認識的人說出該說的話。」

接下來他告訴我，我受傷那天晚上是他報的警。鄭夫人那天第一次光臨，結果忘了帶走圍巾，所以他走向大宅。一想到鄭夫人擔憂著自己昂貴的圍巾落在其他客人的手上，他就受不了。因為手邊沒有她家電話，於是送走那天晚上最後一個客人之後。他小心翼翼地把圍巾收進購物袋，出發前往大宅。

他很享受在薄暮微光中散步，可是卻聽見一旁傳來不容錯認的鬥毆聲響。他頭一個反應是害怕，轉過身迅速走開，不過幾乎同時間清醒過來，認出那個年輕女孩的尖叫聲。他想像著最糟糕的情境，認為自己必須站出來。他用手機打給警察，告訴他們事發地點，並描述自己聽見的聲音，掛掉電話之後，他悄悄接近拱門。

他說先看到我。我陪母親去過美髮沙龍，所以他認得。其實就是母親把文先生介紹給鄭夫人，而鄭夫人直到今天都還是忠實客戶。

他看到我，也看見發生了什麼事，於是衝了過來。他說，那個女生看起來好像要殺了我。她看起來很瘋狂，凶狠地將某個東西砸在我頭上，完全沒有收手的打算。他大喊著「警察！警察！」，還有其他他也不記得的內容。霎時間，包括我在內的所有學生迅速開溜，速度快到他嚇呆了。他勉強朝著我離開的方向走了幾步，但是警車汽笛聲在耳邊響起，於是決定留下來回答警察的問題，而不是讓警方看見他奔跑的身影，誤會他是壞人。警察果然懷疑他介入其中，不過幸運的是，他的衣服上沒有任何血跡，而我當天晚上流了很多血。他們問到有沒有認出什麼人，他說有個人應該是自己的小客戶，可是不知道名字，這倒是真的。他那時也不知道我住在大宅裡面。

「我常問起妳的近況，也會關心妳在首爾過得如何，但似乎造成了一些誤會，讓那些在大宅工作的太太誤會我對妳有感情方面的興趣。其實我是昨天才發現的，因為那幾位跟妳母親一起工作的太太來燙了頭髮。呃，我確定妳也知道我太太的狀況，似乎是在那之後她們誤會就更嚴重了。」他低著頭小聲說道：「想到其他人是這麼看我，讓我覺得滿慘的，不過我不知道該怎麼澄清。剛才發現妳和朋友在窗外看，我嚇了一跳，畢竟我還在考慮該怎麼修正這個誤會。」

手機鈴聲響起，他從口袋拿出手機。螢幕顯示「高律師」，他皺著臉關掉鈴聲，視線轉回我身上。他深呼吸。

「無論我過得多糟，我都能想著自己曾經救人一命，我的人生對世界是有影響的。」他的聲音有點僵硬：「或許那是我唯一的生命線了。我很感激有機會能把這些事告訴妳。妳的生命對父母而言非常重要，等到妳有了自己的孩子，就會懂了。」

■

稍晚，秀津和美帆終於提著紙袋踏出麵包店，袋子裡裝滿慧化塞給她們的免費麵包和蛋糕，而我坐在路邊，抬頭看著無雲的冬日天空。我現在比二十分鐘前多知道了一些事，但不確定自己是否比之前更快樂。

「嘿！他求婚了嗎？」秀津剝了一塊酥皮奶油派餵我。嘗到冰涼甜蜜的滋味後，我立刻伸手多要一點。

「我不敢相信一個同年的人要結婚了。」美帆回頭看著麵包店，我透過麵包店霧霧的玻璃窗看到了慧化，她正在修整蛋糕切片。「妳想進去打個招呼嗎？」聽到她的問句，我搖搖頭。

「很抱歉，但二十幾歲就結婚只能說是荒謬。」秀津以誇張的氣音說：「真傻。」

我們現在該一起去洛林中心嗎？還是秀津自己回大宅去呢？她們為了這件事又吵了起來。

「妳以為亞拉想到這裡來嗎？現在我們要去做一些妳不想做的事，妳最好忍著點。」美帆伸手戳戳秀津。秀津把裝滿麵包的袋子掛在把手上，大大嘆了口氣表示任憑指示，嘴上還念著麵包和蛋糕最好都給小孩，老師半塊都沒有。就這樣，我們三人跳上嘎吱作響的腳踏車，各自抓緊了不斷改變的記憶，往洛林中心出發。

居莉

他就在隔壁包廂，我們之間隔著完全不同的人生，完全不同的世界。

布魯斯已經快三個星期沒上俱樂部。最後那兩次，他讓我坐外國來的肥胖金主旁邊，顯然是在處罰我。他訂婚了，發現這個事實後，我還是覺得很不舒服，不過媽媽桑一直唸著他怎麼沒來，我需要她閉上臭嘴。我傳了幾次簡訊，不過他甚至沒有回覆。那個混蛋。

我不知道自己在發什麼瘋，不過等到那個月最後一個週日到來，我說要帶秀津去瑞華飯店，請她在首廚吃晚餐，慶祝一下假日。我已經為此焦慮了好幾週，盯著月曆，希望獨立運動紀念日的假期早點過去。

她浮腫的眼皮上還看得見縫線的痕跡，臉的下半部彷彿充了氣，有點像放了太久的氣球，看來令人難過。我試了幾次才成功說服她出門，我說她看起來很美，根本不會有人注意到。

「我還是不太能好好咬東西。」她慢慢地開口，搖著頭。「我的齒列沒對正。就算戴著口罩出門，我還是覺得很不自在。」

「那間店的炸醬麵超棒，麵條又煮得很軟。」我配合她的說詞：「而且還可以點湯，菜單上非常多不同種類的湯品。比方魚翅湯，妳喝過真正的魚翅湯嗎？」

「那種東西沒在賣了，而且我才不會吃掉可憐鯊魚的魚鰭。」秀津說：「首廚不是全國最貴的中國菜餐廳嗎？找我做美甲的客人提過，一碗炸醬麵將近四千韓元！居莉，妳開玩笑吧！妳用錢一向很謹慎，不是嗎？」襯著浮腫的臉蛋，她的眼睛看起來好圓。

「我就想看看是不是就跟電視上說得一樣厲害嘛？妳到底要不要一起去？」

我們將近七點才到瑞華飯店——就算有我在旁邊幫忙，也出借首飾，梳妝打扮還是花了秀津一個小時。搭電梯上二樓後發現餐廳客滿，服務生請我們在大廳稍候。於是我們窩進絲質的紅色椅子，舒服地在門邊就坐。只要電梯抵達的叮咚聲一響，我就會立刻回頭。

■

「妳有什麼毛病呀？」秀津不太高興，壓低了嗓音，不過此時我正好看見有人抵達，一定是他們。四口之家，盛裝打扮，表情緊繃。貌似十分挑剔的母親穿著檸檬綠針織套裝，領口別著閃亮的鸚鵡造型胸針，她的笑聲像母雞咯咯叫，她挑起父親西裝的線頭，結果被對方一把撥開。兒子看起來高大親切，女孩則一身洋裝，保守的桃紅色長袖款式。她很美，不過美麗得極為疲憊，而且完全沒有胸部——我沒想到她年紀看起來這麼小。布魯斯總是告訴我，他有多麼熱愛我的胸部。「我在辦公室裡幻想過妳的胸部，」他說道：「我會逗到妳的乳頭變硬，光想到這些我就好興奮。」

此時，另一扇電梯門就在他們身後開啟，布魯斯邁開腳步，他的父母和一對姊妹緊跟著他，姊妹倆纖瘦修長，一身雪紡紗。一綹頭髮遮住了他的眼睛，我很想幫他往後撥。

布魯斯的母親非常之瘦，從頭到腳都包裹著厚重的黑色絲綢，看起來有如身穿孝服。巨大的鑽石在耳垂、手腕和脖子上閃爍。

「唉呀你好你好，」兩位母親喊著。「終於見到你們，真是太好了！」

幾個男人大力握手，一時之間每個人都在彼此鞠躬，互相恭維。布魯斯手插口袋，笑得開懷，彷彿他這幾個月一點都不害怕這一刻的到來。

「好像在演戲。」秀津對我耳語：「他們就像是從哪一檔電視劇裡面直接走出來的樣子！那些珠寶好驚人喔！一定是真貨吧？」

「我們是不是該進去了？」他們低聲交談，整群人經過我們身邊，完全沒有人瞄我們一眼。布魯斯和他女朋友走在最後，正在談笑。然後他看見了我。

他有一瞬間停下了腳步。我偏著頭看他，手指捏著他買給我的頭一個香奈兒包包，Jumbo系列、酒紅色單蓋、牛皮金鍊、金色扣件。這個包包很正點，是我最珍惜的收藏品。他困惑又迷茫地眨眨眼，不過幾乎立刻就調整好臉上的表情。女友疑惑地抬頭看他，他伸手摟住她，帶著經過我們身邊，走進昏暗的餐廳。

「不好意思，妳們的位子準備好了，請跟我來。」聲音在我耳邊響起，稍稍嚇了我一跳。秀津激動地撲向態度高傲的領班，我則恍惚地跟上去。我們開始用餐之後，服務生不停推薦貴得要命的套餐菜單。我本來已經想好預計花費，但我放棄了，最後讓自己花了兩倍以上的昂貴餐費。但至少秀津吃得很愉快，她舀起我們兩個盤子上每一滴醬汁。「妳知道那一片鮑魚要多少錢嗎？妳說吃不下是什麼意思？居莉，妳太誇張了！」

飯吃到一半時，我收到一條簡訊。

「妳這個瘋女人，妳毀了。」

當然是布魯斯傳來的簡訊。他就在隔壁包廂，我們之間隔著完全不同的人生，完全不同的世界。

■

幾年前，我有個朋友在同間俱樂部工作，她訂婚後就辭掉工作。她母親的朋友替她安排相親，事情成了，而忽然間她就要結婚了。我不知道她該怎麼還清欠店裡的錢。

我們常常一起喝酒，她很期待展開新生活。她讓我看剛下訂的新婚傢俱，之後要放在他們一起生活的新公寓。我們讚嘆著臥室寢具組的美麗蕾絲，還討論著牆邊那張象牙白的小餐桌是多麼可愛。

有天我打給她，但她的手機沒通。她換了號碼，再也不想接到我或其他公關小姐的電話。我當然能理解。我只是天真地以為自己有機會參加那場婚禮，站在紅毯邊捧著她的頭紗、手握一把閃亮的米粒與玫瑰花瓣。不過我很高興她能逃離這樣的生活，我不怪她。

婚後幾個月，她用未顯示來電打給我。她聽起來很快樂，但也拒人於千里之外。「我真的很驚訝自己竟然這麼忙！」她立刻講起自己的生活作息：「採買日常用品、打掃、煮飯，還有維持一個家，耗費的時間多到誇張。我還得照料公婆。他們都退休了，所以要花很多時間照顧他們。這是他們對我的期望。」

她完全沒問起我的事。那次簡短的通話快結束時，她說很抱歉自己換了電話號碼，也祝我一切順利。接著她掛了電話，再也沒有打給我。

■

我以前就聽說過這種事，有人跑去當小老婆。這些公關小姐接著就會離開俱樂部，而且她們會非常興奮，提到一切安頓好之後，就要請我們其他人去新公寓。當然不會把愛掛在嘴邊，不過她們的眼神根本藏不住，希望的餘燼在眼底綻放光芒，我看了總是很氣。那些男人還會說些煽風點火的話。這有時能持續一年，甚至兩年，不過她們每個人都會回來。無一例外。

她們會找間不錯的公寓，住處甚至稱得上美侖美奐，她們會在屋裡過起夫妻般的生活，常常邀請我們這些公關小姐過去看電視或打發時間。她們回來的理由各式各樣；有時候是受不了附近鄰居盯得那麼緊，她們認為鄰居很清楚自己是小老婆，而且擔心這樣的住客會讓房價下跌。有時是因為她們懷孕了，跑去墮胎。有時候大老婆發現了，上門先潑一臉咖啡，再放話要摘掉她們的子宮。不過呢，大部分都是那些男人先感到厭倦。等女孩們回到店裡，不但年紀變大，通常也胖了，她們必須採取激烈的節食或吃藥之類，不然媽媽桑就會不停羞辱她們。她們因為希望綻現的閃亮光澤就此粉碎殆盡。

不過話說回布魯斯，我不知道那個星期天在瑞華飯店自己是怎麼了。我一直認為年輕人才會蠢到懷抱希望，這種念頭愈早拋下愈好。

我也說不上為什麼，而且不知道自己竟然會出這種意外。或許我比想像中更喜歡他，而我明明也該知道不能這樣。

■

媽媽桑發現之後甩了我一巴掌。隔天，星期一，我在暗而擠的休息室補妝。她穿著緊身蕾絲小洋裝和高跟鞋，快步跑進房間。「妳」，她張嘴無聲地說著，削瘦的手指比著我。「妳過來。」

我啪地蓋上粉盒，站起來跟著她走進空包廂。這裡很暗，我聽得見有人在手機的另一頭大聲喊叫，媽媽桑的手機傳來的聲音尖而細，彷彿來自另一個世界。

我會毀了妳們。妳們知道我的能耐嗎？我是什麼來頭？我認識哪些大人物？妳再也別想找到工作！我驚恐地認出了那氣急敗壞又歇斯底里的聲音。那是布魯斯。

媽媽桑一開始還試著安撫他的怒氣，不過他聽不進去，沒完沒了地尖叫。她渾身僵硬，沒拿著電話的手不停握緊又放鬆。

「她現在人就在這裡，我會親手殺了她。」她對著電話氣呼呼地說道：「讓我們來處理。拜託別急著動手，先考慮個幾天吧，求求您了。我真的非常抱歉。」

她掛了電話後狠狠甩了我一巴掌，我倒在地上，已經怕得哭出來。她氣到從桌上拎起一個威士忌酒杯砸在牆壁上，玻璃碎片彷彿煙火般在我身旁碎了一地。

「妳這該死的小賤婊。」她尖叫起來。「妳發瘋了嗎？妳幹了些什麼好事！」

一聽到酒杯摔碎的聲音，門板就被了推開來，女孩們湧進包廂，媽媽桑則嚷著要人拿個空酒瓶給她。要不是藝潭和書玄阻止，媽媽桑會用酒瓶砸我的頭。我聽說她以前砸過一個女公關，因為那個人甩了客戶耳光，而且事發當時還已經欠了店裡一屁股債。後來她的頭皮縫了五十幾針。被打的客人本來打算提告，但聽說女孩的傷勢，他氣消了大半，最後就算了。

經理跑進來，要媽媽桑放心，布魯斯只是正在氣頭上，過去就沒事了，而且居莉可是我們店裡的招牌！每天晚上都有那麼多男人點她的檯，媽媽桑也不想要失去所有的客人，對吧？

媽媽桑站在包廂中間，粗喘著氣，誰也不看。我只聽到某個人生硬又小聲地啜泣，接著才意識到那是我自己發出來的聲音。她轉過身，什麼都沒說就離開包廂，其他的女孩扶著我站起來，還抱了抱我。她們問我發生了什麼事，媽媽桑怎麼會這麼氣？我到底是做了什麼。她們絕對不想跟我犯下同樣的錯。

我只告訴她們，有個常客生我的氣，就這樣。

■

我過了一小段大氣都不敢喘的生活，每天彷彿在夢中游泳。在工作的包廂裡，我活力充沛，詼諧風趣，興高采烈到了極點。有幾個客人問我怎麼情緒這麼高漲。「發生了什麼好事了嗎？分享一下好消息啦！」他們看我坐不住，失心瘋地大喝，甚至認為我比平常更有趣。

「居莉，我為妳而來。」他們拍著大腿大力讚賞，叫來服務生加點酒水。我歌唱、我跳舞，表演劈腿的結果是扯破租來的緊身洋裝，他們一邊尖叫一邊大笑。「我可沒想過在『前百分之十』看到這個。」有些跟著常客來的新客人會這麼評論，不過他們聽起來很開心，沒有不贊成的意思。

我一直祈禱布魯斯已經冷靜下來，希望他沒那麼生氣了。經理告訴我，媽媽桑把摔碎的酒杯和清潔費計入我欠的債務中。

「先提醒妳，她為了發洩，可能再加幾條東西進去。如果是我的話，就不會跟她計較。」他緊張地扯著袖口。這位新來的經理人很好，跟其他的經理作風不同。雖然他一定至少三十好幾了，不過頂著厚厚的瀏海看起來就像青少年。他的皮膚不好，看在人這麼好的份上，我真想推薦些面膜給他。不過我也很確定，他不會好心太久。錢很快就會改變這個人。我靜靜聽著他的警告，把玩著需要重新修整的指甲。我太疏於照顧指甲，真是丟臉。

■

布魯斯的朋友在週五到店消費，那位胖胖的律師帶著客戶和同事過來。世正剛轉來我這邊的包廂，我聽到提起這件事就立刻告退，快步趕去找他。

「噢，不不不。」他看到我走進包廂，直接坐在他身邊，驚慌失措地開口，圓潤的五官漲得通紅。

「為什麼？」我說得興高采烈，一邊感受著自己加速的心跳，一邊將頭髮往後一甩。「你見到我不開心嗎？我那麼想你！」

「我聽說了。」他壓低了聲音：「我們這群朋友全都知道了。」他靠向我，輕聲說：「我也不想來這裡，可是我的客戶堅持……妳知道嗎？我大可以告訴客戶發生什麼事，他聽說之後肯定會想換個地方，不過我女友剛好住附近，我回家前想過去坐坐。」

我的眼神不悅地掃向他。我前兩檯包廂只喝了幾杯，不過我的心口已經開始有那種被揪緊的感受。

「我不知道我做的事這麼大錯特錯。」我說。我知道不該聊這個，尤其不該在這裡，也不該是這個時間點，不過我就是忍不住。

他不可置信地看著我：「就是因為這樣，所以才那麼糟糕呀！」他說道。「妳認真嗎？瘋了不成？非得有人好好解釋給妳聽才懂嗎？我甚至不知道該從哪裡說起。妳會讓他的家人丟光了臉，妳到底懂不懂？而且還選在瑞華飯店？妳是在開玩笑嗎？」

其他人注意到他的大嗓門，整個包廂陷入安靜。其他公關小姐很快就又開始聊天，不過滿頭白髮的瘦子氣呼呼地問他：「怎麼回事？」他似乎很不高興。「為什麼包廂裡面的氣氛變成這樣？」顯然就是那位堅持要來的客戶。

胖律師驚慌失措：「非常抱歉。」他吞了口口水。「呃，這女孩想偷偷倒掉她的酒，所以我才生氣。」

我嚇了一跳，不過很快就朝著客戶的方向低頭鞠躬。「我真的非常抱歉。」我說道。「我喝得太急，所以想要稍微休息一下，不過，是我不應該。」

我的胃揪得死緊，痛了起來，不過我很快就拿起酒杯，大口吞下威士忌。「今天晚上喝起來似乎特別順口！」我燦爛一笑：「您點了昂貴的好貨！」

那位客人笑了，說他喜歡我的風格。他比向我的酒杯，我立刻再次倒滿酒。匆匆吸了口氣，接著又灌掉一小杯烈酒。「我喜歡會喝的人。」他的聲音低沉。「我喜歡這裡。沒有人會在派對前怯場。申炳，我想你有點誤會。這裡的女孩呀！個個的肝是都銅牆鐵壁。」

「當然了，我也很愛這裡！」律師急忙附和。「說到店裡最漂亮的女孩，一定要算上這個居莉。我們只是在逗著玩。她非常有趣。」

「真的嗎？」客人說道：「妳也很愛開玩笑嗎？為什麼妳不坐過來這邊呢？」他拍拍身邊的位子，接著朝美延簡短地點了下頭，示意身邊的女孩轉檯。

「我的榮幸！」我說著立刻跳起來。整間包廂在我身邊猛地傾斜，但我不管。

「我警告妳，要是想在我眼皮下把酒偷偷倒掉，妳就麻煩大了。」我在他旁邊坐下時，聽見他的告誡：「我在這裡花了大把鈔票，可沒辦法忍受那樣的行為。」

「那樣當然不行。我做夢都不敢想！老實說，我還在等人幫我多倒點酒，不過我不希望男人在我身邊看起來好像很不會喝。」我真的在胡言亂語，根本不知道自己在說些什麼，不過他又幫我倒了酒，接下來我們就一直喝、一直喝，一直喝了又喝，後來我就什麼都不記得了。

隔天早上我躺在床上吐得太厲害，弄出的聲音吵醒了美帆。她跑去便利商店替我買了宿醉藥和寶礦力水得，而且整個早上都用來幫我洗床單。我眼冒金星，根本起不了身，等待著美帆把床單掛起來晾乾的同時，我緊緊抱著光溜溜的枕頭，又在房間的地板上睡著了。

我終於起床時將近晚餐時段。廚房傳來聲響，我跌跌撞撞地走出房間，看見秀津正在爐子上加熱醒酒湯。

「美帆得去工作室，所以叫我過來。」她看見我時說道：「我知道妳很喜歡那家的醒酒湯，所以去了寵物美容附近那間店。我好愛那個地方，今天那裡面的寵物都泡在檜木浴缸裡面，頭上還包著小毛巾，好像縮小版的老太太！」她笑了，塑膠湯匙攪拌著冒泡的燉湯。

因為我沒回應，她瞇起眼睛，指著餐桌旁的椅子，我窩進椅子裡。「妳昨天晚上喝了多少？」她試探性地問。

我幾乎作不了聳肩的動作，小心翼翼地把頭埋進掌心。

她將燉湯舀進碗中，連同湯匙筷子一起端給我，另外還附上一些泡菜。

我偷偷瞥了她一眼，她又舀了一碗自己要吃的，還愉快地哼著歌。

我知道秀津不是笨蛋。她看起來頭腦簡單，只是因為她就是能恢復到正面狀態。想在我們這一行生存，這個特質非常重要，不過我不認為有人真能毫髮無傷。

一般人應該會認為，沒有什麼比看到我現在的樣子更能警告世人避開這個行業。

不過我很清楚她會怎麼想。就算說明發生什麼事，她也會覺得那些糟糕的決定是我的問題。她會說：「我講過，那是個壞主意。」她不清楚這個工作會產生什麼影響，為什麼會無法堅持原本的觀點，還會不斷做出以往沒想過的事。而且錢永遠不夠用，所以沒辦法存錢。妳無法想像自己會受到這麼多影響。

我知道，因為我就是這樣。我絕對想不到自己會落得這樣的下場，沒有錢可言，身體愈來愈糟，而且退出之日很可能就在眼前。

她在餐桌旁坐下來，我安靜地開動。

■

星期二的時候警察來了一趟。我們正為了週二晚上做準備，那天晚上總是最忙碌，每間包廂都有人預定。警察出現之前，媽媽桑很開心，蟾蜍般的臉上掛著近似微笑的表情，腳步輕快地巡視各間包廂，檢查女孩們準備的如何，她不喜歡的洋裝就吩咐她們換掉，然後碰面時對我不理不睬。

來了兩位警察。我們沒有收到任何事先警告，警察沒等門口的經理招呼就直接下樓。我們只聽見樓上傳來一聲被掐住脖子般的大喊「警察！」不過來不及了，他們已經現身，所有的女孩都跑進更衣室，擔心害怕又氣喘吁吁。通常的情況下，他們會提前先讓俱樂部知道哪天要來，而「掃蕩」不過是個形式，比較類似笑話。不過沒有警告就直接突襲，那麼要是狀況嚴重，過錯將由女孩們承擔。懲罰永遠不會落到媽媽桑或著高檔俱樂部的真正老闆頭上，真正的老闆總是某個不為人知的混帳，忙著假裝來自上流社會，太太則會黏著更有錢的人，假裝自己不是賺些骯髒錢。永遠都是這麼一回事。我們這些女孩，已經接受過好幾年的訓練：「妳們要說是自己想跟客戶上床。妳只是想多賺點錢。懂嗎？」那些女公關因為賣淫而被關，必須繳罰款，社會上的人則會醜化她們，說她們只想賺快錢。在這些過程中死亡的女孩，那些被打死，或者自殺的女孩子，根本完全不會上新聞。

只有我還躲在走廊後面，因為我想知道條子說了什麼。中年的那位似乎感到厭倦而且惱怒，菜鳥則是合不攏嘴。這個年輕的條子看起來還在上國中。

「聽好了，非得來這裡也不是我自己喜歡，不過現在就是有人正式檢舉，說這棟建築物裡面有賣淫行為，所以我們還能怎樣，啊？」年紀比較大的那位警察對著媽媽桑吼著。他就著櫃檯翻開手上那疊紙。「來，這裡寫著指控：意圖賣淫及詐騙。這位先生指控妳開給他上百萬的帳單。我老大派我過來，據說是他老大的老大的意思，而我根本不知道他的老大是誰。這件事的層級就是這麼高。妳懂嗎？」

媽媽桑幾乎要抓狂。「這完全是場誤會。」她的聲音發顫，她希望對方以為是那是出於害怕的顫抖，不過我很清楚那是出於怒氣。她希望能讓對方表現出一點騎士精神，只可惜她醜得要命。

他們肯定計畫過怎麼執行，因為時間點糟到不能再糟。現在是晚上六點半，第一批客戶很快就會抵達。如果他們在這裡見到警察，整個晚上的生意就泡湯了，而且那些男人可能會永遠避開這裡。我也很確定媽媽桑會把一切都怪在我頭上。今晚還沒過，我的債務就會變成好幾千萬韓元。我覺得自己快暈倒了。

我知道媽媽桑也在想著同樣的事，因為她的頭慌張地轉向牆上的時鐘，然後又轉回警察身上。

我讓自己冷靜，深呼吸之後往前一步。

我說：「報案的是崔張燦嗎？」這是布魯斯的本名。

「沒錯。」年長的條子生氣道：「妳是什麼人？」

「我是他的女朋友。」我緊張地清清喉嚨。「我們吵架了，這是他在報復我。」

他們對看一眼，接著打量了我一番。那是一段謹慎的沉默。「真的嗎？只是情侶吵架？」終於，年長的那位說道。他臉上的表情寫著，**這些有錢的男人，全都一個樣**。他這下被激怒了。

「我知道他的名字，不是嗎？」我說：「我有簡訊，可以證明我們兩人非常親密。我不知道他對警察說了我什麼，不過他現在非常生氣，因為我不聽話跑去了某個地方。說來話長，而且講起來很不好意思。聽好了，我會上警局做筆錄，不過請不要讓我們私人的吵架影響這裡的生意。這不是店裡的問題，是我的錯。」我對媽媽桑深深一鞠躬。「弄成這樣我真的非常抱歉。」我說：「我無話可說。」我再次縮著身體鞠躬，內心明白自己必須更加堅強。

媽媽桑的嘴巴開開合合了好幾次，正在考慮該採取什麼行動。年長的警察也一樣，他厭惡地搜我的身。年輕的那個說不出話來。

「情侶吵架！」媽媽桑終於開口：「現在的有錢人太誇張了！他們生氣歸生氣，不代表他們就能指控其他人維生的工作！還有，你們很忙不是嗎？我很確定比起追著有錢人的女朋友跑，你們還有更重要的工作。不過就是因為他認識你們的上司，這樣真的不對。」

她真的很擅長激起男人的驕傲，還有自以為是，能把他們推往自己希望的方向。

「誇張。」年長的警察憤憤地低喃。我們全都看著他，想知道他接下來要說什麼。媽媽桑又瞄了下時鐘，我很清楚她已經心臟病發了好幾次。這個時間再拖下去，經理就必須開始打給預約客戶，請他們晚點過來。

「好吧，妳。」他指著我說：「妳現在就跟我們走。別以為妳還能換衣服或什麼的。我下來這裡已經浪費夠多時間了。」

門口傳來無聲的嘆息，所有人都鬆了一口氣。女孩和服務生都躲在半開的門後偷聽。

我匆匆忙忙地跟著警察走向樓梯，我們的經理趕過來，把他的西裝外套塞給我，我感激地微笑。我在警車裡穿上外套之後摸摸口袋，口袋裝著一些現金，還有一小包堅果，謝天謝地。這一定是個漫漫長夜。

回想起在彌阿里紅燈區上班時的見聞及經歷，我總假設那是人生最低點。工作與日常生活中所見到的人，要不是心腸太壞，就是過於迷失，腦中什麼都沒在想。我一開始就發誓要盡快離開，結果等到我真的要走，他們又說這賤女人無情又惡毒，不敢相信竟然有人如此不知感激，他們為我付出這麼多，我卻打算拋下他們。他們甚至列出那些真心覺得自己對我好的事：「我買了那麼貴的鞋子給妳。」「我幫妳裝飾房間。」「妳生病是我帶妳去看醫生。」

彌阿里那些高傲自大的醫師還有藥師，他們在這樣的區域開診所，說起來根本沒比社會底層的人好到哪裡去，後者會向女孩們兜售潤滑劑，以及「手工縫製」的洋裝，這些洋裝到了晚上會亮起紅光，很適合穿進玻璃展間。

他們沒比酒店經理、皮條客、政客，以及警察好到哪裡去，而大家卻只會說酒家女的不是。「這是妳們的選擇。」他們會這麼說。其實他們都一樣活在社會底層。

■

在警局裡他們讓我一直等，過了好幾個小時才開始做筆錄，這是他們給我的懲罰。他們不知道我有多感激，我寧可待在這裡而不是在店裡陪酒。等到他們准許我離開，時間已經很晚，街上也已經出現好幾個醉漢，靠著斑馬線邊的路燈柱，等待燈號變換。

我應該要覺得餓，不過頭又快要痛起來。我必須在頭痛完全發作之前做點什麼，不然幾個小時之後就會開始頭痛，而且會痛到沒辦法好好走路。我在便利商店外找了張椅子，從經理的絲質西裝外套口袋撈出手機。

我收到好幾條簡訊。其中一條是經理傳的，他告訴我不用擔心，生意完全不受影響。媽媽桑可不能亂說，因為有太多人可以作證，那天晚上非常忙碌。

他也寫道，我離開警局之後不該回店裡去。「回家休息。」他的簡訊附上眨眼的表符，還有個辛苦流汗的表符。

有幾條仰慕我的年輕公關小姐傳來的簡訊，她們問我還好嗎？

我沒剩多少力氣，只傳了笑臉給所有的人。頭痛來襲之前，也沒剩多少時間了。我必須找間藥局。

我開始寫起一條新的訊息。

「嗨，是我。」我打字。這是要發給布魯斯的。

我知道我大概沒機會當面對你說這些，因為你不想跟我說話了。

我知道自己犯了滔天大錯，不該像那樣出現在在餐廳裡面。現在我已經懂了。

我好想你。我想看看和你共度餘生的女孩。我也想見見你的家人。我只是好奇，對你真的沒有不良意圖。

我知道你一定很難相信，不過我真的沒有別的想法。只是想看看你和未婚妻共進晚餐。

我沒打算在那裡向你搭話。我只是很想跟你一起去那樣的地方，但我最接近也只能這麼近。而且我沒有讓場面很難看吧？如果想要的話，我本來可以的。你對我這麼好，聽說你要結婚傷了我的心。你甚至沒有直接告訴我，因為你不認為有需要交代。或許我應該繼續表現得像事情沒什麼不同。但你應該很清楚，我也有感覺。每個人都很生我的氣，而且鬧出這些事情，我會在店裡欠上一大堆最好去自殺的債務。我大概知道會有什麼後果，但我還是想看看你和她。因為我如此愛你。你知道的，對吧？我只想說我很抱歉。我永遠不會再見你。我希望你能原諒我。

我的頭痛彷彿復仇天使般降臨，全身上下都在痛。我打完簡訊並按下送出後，整個人都在發抖。我盡全力揉著太陽穴，但疼痛絲毫沒有減退。路人擔憂地看著我，因為我在椅子上前後晃動。我站起來，想在附近找間藥局。雖然知道吃上五、六顆止痛藥也不夠，而且醫生告誡我一次不能吃超過三顆：「那樣的劑量是給剛生完孩子的產婦。」那麼，永遠沒辦法生小孩的人呢？我好想問醫生。

我找了間藥局，搖搖晃晃地走進去，請他們給我最強效的止痛藥。我伸手想拿西裝外套裡面的現金，卻感覺到我的手機在震動，於是我拿出手機。

布魯斯傳了簡訊。

好啦好啦，簡訊寫著。現在妳可以滾了吧。

我差點因為鬆了口氣而哭出來，遞出現金之後沒拿找錢就走出藥局。身後的門關上的同時，我聽見藥劑師叫道。「小姐，妳確定妳還好嗎？」她溫柔的嗓音如陣雨般落下。我抬起頭點了點，撈著厚厚包裹裡的藥丸。

我還好，我又撐過了這天。我現在只需要這些該死的蠢藥，好讓我可以繼續去上班。

美帆

「我去拿手機。」我說。

「不用了，讓我來吧。我很快就回來。」他已經掉頭，我又補充說還有很多「女性用品」也從包包裡面掉出來。只要提到月經用品，男人就會立刻逃走。

接下來，取得物證就成了世界上最容易的事。

在室友居莉的眼裡，我談起戀愛就是個大傻瓜，不過我其實沒那麼蠢。最近她的眼神時而同情，時而輕蔑，顯然是覺得我就快要心碎了。她認為我從來不顧後果，一開始就知道自己終將心碎，浪費了最能吸引男人的黃金歲月，完全就是我自己的錯。

她的工作的確需要瞭解男人，她也自認可以快速判斷出我男友韓彬是怎樣的人，還能預知他將會為什麼樣的原因離開我。在她的觀念裡，女人應該像捕蠅草，只有面對抓得到手的獵物才敞開自己。

居莉當然會這麼想，畢竟她故意讓自己不去觸碰愛情。我問她有沒有考慮過結婚，她哼了一聲：「我不是那塊料。」她說著眨眨眼，輕輕掀動貂毛般的睫毛，接著很大聲地自言自語，說不知道怎麼會有人這麼沒禮貌，居然當面提起這件事。不過每次電視劇中有角色需要犧牲自己成全別人，我們當中就數居莉哭得最慘，連最容易入戲的秀津都沒有她誇張，而且秀津幾還乎定居在電視機前面呢！

居莉也有被害妄想症。這完全是我個人私下的看法。她以受害者自居，深受男人、高檔俱樂部、韓國社會、政府影響的受害者。她從來不曾質疑自己的決定，也沒想過自己是怎麼落入這樣的狀況不可自拔。不過那又是另外一個故事了。

等到我們不住一起，而且過許多年之後，我非常確定自己有天會動手創作居莉系列。我的露比系列現在還在進行，而且也還跟居莉住在一起，所以不會是現在。我和她之間需要時間與距離。不過也正因此我很享受現在和居莉的生活。我一點一滴地餵養腦海深處的繆思女神，聆聽居莉的故事，看著她喝到斷片，著迷於自己的臉蛋與身體，還有衣服及包包。只要有機會，我就會拍她或她的東西。我需要照片之類東西來記得她。其他兩個女生也一樣，我總是隱隱意識到她們的存在。秀津嚇人的大改造，還有以過時的方式被養大的亞拉，可愛又安靜的亞拉。不過我得耗個幾年，才有辦法將她們以紙張或其他形式表現出來。

至於韓彬，他不會是我的出路。不需要居莉或韓彬的母親提醒，我自己就很清楚這一點。

■

我偶爾覺得自己在他懷中化成一灘水，不知道此後的人生，是否再也不會有如此真實的感受。就好像我離開了地球，伸手碰觸燃燒的恆星，那麼可怕又令人無法忍受。

■

不過我也很高興，我再也不會這樣愛上另一個人。再來一次我一定活不下去。在美國有個教授曾經說過，最好的藝術來自令人無法忍受的生活，前提是能撐過去。

■

大約在露比自殺一個月之後，我去找韓彬，他說自己很害怕。他害怕入睡，因為她會出現在夢裡。他害怕跟任何人說話，不希望別人妄下評斷。他好不容易鼓起勇氣踏出家門，卻發現其他人的表情混合了恐懼、責怪、憐憫，以及渴望，他從來不知道人類的臉上有辦法同時出現這麼多情緒。

他問過有沒有留給他的遺書，或者任何遺書都可以。她父親的手下告訴韓彬，要是露比能離他這種人遠一點，就不會發生這種事。

他當時看起來如此渺小，彷彿正要冬眠的蛇，整個身體往內側縮了起來。

他看起來好痛苦，我心都碎了。我頭一次氣到失去理智，露比怎麼這麼自私，怎麼能不顧後果地傷害他，也傷害我們。我對著自己重複著其他人談論她的句子。像她這麼好命的人，沒有資格不快樂。

於是我去找韓彬，拉著他一起躺下。這張床聞起來是汗水、淚水、麝香與悲傷的味道，而我用自己的身體安慰他。我們交纏的肢體彷彿是世界上最自然的事。

之後，我彷彿從此生漫長的窒息中解脫，終於得以呼吸。

■

我在工作室中製作著另一件露比系列雕塑，系主任卻闖進來打斷我。我討厭他這麼做，都已經在門上掛了**請勿打擾**的牌子，不過他或許沒注意到英文字吧。

「還順利嗎？」他燦笑著問。從他沾沾自喜的表情看來，應該是有什麼消息要說吧，而且大概是好消息。他繞著我和作品走了好幾圈，接著大聲清清喉嚨。或許他覺得這個作品有點令人不安，不過按照我們系上的標準來看，可算是相當守規矩。大學生的作品特別讓我吃驚，很想問問他們的父母親是誰。雖然辛苦的童年生活是我自薦故事中的一部分，不過這些大學生不一樣，明明爸媽那麼有錢，甚至可以不靠獎學金就送小孩來學藝術，這些孩子卻像是完全清楚什麼是無窮的絕望與仇恨。

系主任很喜歡我最後那件作品，放了艘船的那件。他讓我在那件作品前面拍了非常多照片，拍到我忍不住開玩笑，說我該在小船上挪個地方給自己，結果他竟然說那會是個很棒的新系列，還說接下來的作品都應該把我自己擺進去，真是嚇了我一大跳。「我很樂意親自拍照，這會是很棒的合作。」他欣喜若狂。

最近這件作品是我的新嘗試，木材中加入壓克力，並且納入布料織物。作品中的露比是化為人形的九尾狐。可怕的女孩提著整籃珠寶，力量之珠也藏在籃子中，肩上的狐毛斗篷融入身體，腰部以下變成狐狸後腿。九條豐厚的尾巴平鋪在地。她才剛飽餐人肉，鮮血沿著下巴淌落。我正在處理她的嘴巴，想要展現白色尖牙和滿嘴的鮮血。我偶爾會做做白日夢，渴望擁有足夠的錢，用真正的珠寶填滿她的籃子。說的實際點，要是納入珠寶的成本，大概可以更快賣掉這個雕塑作品。或許賣到中東地區，我想露比在那裡有聯絡人。當然可以賣到中國去，不過露比討厭富二代。

系主任清清喉嚨。我不甘不願地起身，在灑滿顏料的水槽洗手。我在圍裙上擦乾雙手，一邊問起即將到來的年度展覽，不知道準備得如何了。今年是大學五十週年校慶，為了慶祝活動還進行校園美化。施工的聲音快把我逼瘋了。

「猜猜怎麼著！大好消息！」他說道：「國會的楊議員要來。」他高興到不行，甚至有點抽筋。整個人看起來就像漫畫中的角色，想想漫畫裡的確有這種角色。我開始在腦中描繪起矮小的圓臉男人。我可以折磨他，讓他淹死在一缸水裡面。

「妳知道那代表什麼嗎？」他發現我沒有表現出高興或不敢置信的樣子，似乎有點受傷。

「他要在畢業典禮上致詞嗎？」我小聲詢問，回頭瞄著作品。

他看著我。

「美帆小姐，您聽好了。」長長的沉默之後，他開口說道：「我明白，妳認為這段對話與自己無關，不過我可以保證事情正好相反。」

我很抱歉自己讓他生氣了。畢竟我能有個工作空間，還有個可以領錢的職務，也得感謝他。我走向小冰箱拿出兩罐橘色纖維飲，將其中一罐遞給系主任。這台五〇年代風格的時髦冰箱是韓彬的禮物，慶祝我獲得工作室。我喜歡這些飲料的顏色。橘色是個經常遭受嘲弄的顏色。不過我喜歡這些玻璃瓶填滿日出色調的液體，放在我美麗的義大利風格冰箱中。這台有著古董字體的漂亮冰箱，絕對是我擁有的東西當中最昂貴的一件。

「我很抱歉。」我說：「得花點時間才能脫離作品。我現在任憑差遣，還請指點！」

我面對著他，坐在凳子上，試圖用居莉教過的方式那樣安撫男人，讓對方以為妳全部的注意力都擺在他身上。重點就是睜大眼睛、垂下耳朵，嘴角稍微帶笑。

他清清喉嚨。

「這些政客很重要，他們有辦法引來資金，也能讓財閥暫緩投資，妳得持續創作作品，好讓我們的學校聲名遠播。妳瞭解嗎？」

我點點頭。這件事的確很重要。

「總之我正在努力張羅午宴，打算邀請潛在金主和政客。我是來通知妳出席的，已經訂好下週一中午的位子，地點是藝術家飯店。因此請務必……」他沒說完。我等著聽他要說什麼。

「妳也知道。總之……要成為整間學校的好榜樣。」他做了個無力的結尾。他想直接講明我肩膀上沉重的責任。

「瑪琳小姐也會去嗎？」我問。她也有拿這筆獎助金。她製作電子器材，用來破譯腦波之類的。

「不會。」系主任說：「瑪琳小姐不太……我們就說她的作品比起本人更有代表性好了。」

我燦爛一笑，並表示自己覺得很榮幸。瑪琳足足大我十歲，個性有點難以捉摸。她年近四十，離過婚且體重過重，無論什麼年紀的男人都對她視而不見。我在這類義務出席的場合跟她說過幾次話，每次都很高興有她作伴。她講起話來總是語不驚人死不休，主任並不想讓她出現在未來的金主附近。

「別忘了妳是系上的吉祥物。」因為我說話十分得體，系主任眉開眼笑。：「我們的展覽海報會用妳當主角！攝影師大概下週會過來。她會先和妳討論該穿什麼，還有髮型及妝容。」我深深鞠躬，他心滿意足地走出工作室。

想讓年紀大的人開心很容易。妳只要笑開懷，然後非常誠懇地打招呼、致謝以及道別。跟我差不多年紀的人，常常不了解這一點，做藝術這一行的也是。

■

那天我跟韓彬共進晚餐，我告訴他接下來我得在一群投資者面前接受檢視。

「那太棒了！」他黝黑英俊的臉龐露出笑容，愉快地說著。幸福的感受像張溫暖的毯子落在肩上。他覺得兩個人都需要補充能量，所以我們在學校前的路邊攤吃烤鰻魚。

他真的很替我開心。過去一年來他好幾次提議，想替我引薦，介紹給一些透過母親的關係認識的畫廊，但我一次都沒有答應。我很清楚這些提議對他來說並不輕鬆，要是我接受這類好意，那麼他的家庭就會因此欠這些人一筆人情，而他母親聽說之後，至少也會氣炸了吧。我想試著只靠自己，也只有這麼做才能留住他。我系上所有研究生的作品加起來，還不到他去年的一半車錢。我五月會在大學的藝廊舉辦個展，他當然也買得起我所有的作品。

他熟練地烤著鰻魚片，不停地將烤好的肉片放進我的盤子。我一直沒能告訴他自己不喜歡吃鰻魚，他已經覺得我太挑嘴了。

比方韓式生魚片就是一個例子。我成長過程中從沒吃過韓式生魚片，而他會帶我去提供韓式生魚片的高級餐廳，只要看到服務生端上一盤擺得漂漂亮亮的薄薄生魚片，上頭還點綴著海參或海膽，他就會眼睛一亮。為了不讓人看出我覺得這道菜很噁心，我得非常努力。「我上個星期就打電話告訴餐廳，我們今天會過來，所以主廚幫我們留了最好的鯖魚肉。」他說著把半透明的銀白色魚片堆進我的盤子。「而且妳知道嗎？他也留了河豚生魚片，據說肉質非常棒，他等等會親自上菜！」

我想露比大概懷疑過這一點。她做過許多很棒的事，其中之一就是不再哄我吃下生的海鮮、鵝肝、羊肉、兔肉，或任何我在成長過程中從未吃過的食物。而且她沒有明講。

不過說也奇怪，這幾年吃了不少精緻菜式之後，我的厭惡感變得更嚴重。我隨時吃得下拉麵和辣炒年糕，還有韓式血腸。不然就什麼食物都別端上來，不吃飯我也過得很好。

要是我吃幾口就說飽，韓彬通常會生氣，不過他今天似乎不介意。如果不是情緒很高昂，應該有什麼事讓他焦躁不安，我問他怎麼了。

「沒什麼。」他搖頭：「工作忙翻了。講起來沮喪得要命，我不想聊這些。」

韓彬在家中的飯店擔任大廳服務人員。最近經營旅館的家族很流行這種做法，讓接班人在企業帝國的最底層工作。哥大畢業的那年夏天，他開始當泊車小弟，做了幾個月就調到廚房洗碗。

她母親發現丈夫讓兒子去做這麼低階的工作，還假裝嚇壞了，不過根據韓彬的說法，她其實很開心。她喜歡誇耀飯店還有自己的兒子，這件事創造了新的話題，她能指出丈夫非常有遠見，想出這麼困難的執行長培訓計畫。

其他人可能認為主管不會真的要他做事，不過最近的財閥醜聞改變了許多人的想法。還是有些愛拍馬屁的人會卑躬屈膝、阿諛奉承，不過許多人也會懷著卑劣的心態，盯得很緊。只要老闆的家族成員出差錯，他們就見獵心喜，向警察檢舉或對媒體爆料。「那些公會喔！」韓彬不時就會突然爆出一句。

「至少你不用收拾用過的保險套，也不用跪在廁所裡刷髒馬桶。」有個星期他抱怨著自己那天過得很糟，我這麼對他說。我想到秀津說過的故事，到首爾的頭幾個月，她一邊進修美容美髮課程，一邊在賓館工作。她工作的賓館按時計費，所以房間使用率非常高，因為根本沒時間吃飯，秀津兩週就瘦了六公斤。不過也是因為每個小時都在收拾保險套，還有各式各樣的污漬，搞得她根本沒胃口。她非常誠心推薦這個減肥方式。

韓彬聽到我這麼說，一語不發地看著我，我知道他嚇了一跳。我連忙說那是剛讀到的報導，有個記者潛入賓館當清潔工之後寫的報導。他的表情放鬆了點，笑著說自家的飯店不會那樣。他也真的那麼相信。

■

露比也很喜歡飯店。她有個員工的工作內容，就是將所有飯店的訊息轉給她，哪間飯店推出新的下午茶，哪間飯店來了新的行政主廚，還有哪間飯店提供新的美容療程。她會帶上我一起出發。

她有一回把我叫去飯店的總統套房，房間裡的會議桌上擺滿了文件。她點了三層式迷你蛋糕和夾心軟糖，搭配下午茶，她邊吃邊用筆電打字。

「這次是怎麼回事？」我走進房間問道。這間套房光是尺寸就令人歎為觀止。所有的表面似乎都鋪上了大理石，為了找到她，我必須通過兩道門廳。

「呃，這裡超級老舊。」她翻著白眼，指向水晶吊燈。「這根本是直接從一九四〇年代什麼的搬過來。我告訴他們，這間飯店至少需要關閉個幾年進行整修。」

我逛過套房裡面每個房間，碰觸著美麗的沙發、鍍金相框，還有真正的壁爐架。客廳可以看到整面市景，還擺了一架巨大的鮮紅色史坦威鋼琴。浴室的架子上整排迷你香水玻璃罐，一束束牡丹花在透明的球形花器中漂浮。

「妳有看到那個天鵝頭裝飾嗎？」露比對我大喊。「我們在哪兒？俄羅斯帝國嗎？」

她是在講浴缸上的水龍頭，天鵝纖細的頸子與頭部鍍了金，水從喙部吐出。我其實覺得那還挺可愛，伸手摸了摸彎曲的頸子。

我回到露比的桌邊，她正用電話點客房服務。「妳想點什麼？」她按著話筒問我。

我無助地聳聳肩，她又翻了個白眼：「你們能不能送點烤扇貝，墊一些綜合生菜。新鮮的扇貝，不要冷凍貨。旁邊擺一點巴薩米克香醋？你們知道街角那間有名的三明治店嗎？我忘記店名了。能不能派人去外帶幾個義大利三明治？」

她微笑著掛上電話。「我吃海鮮。妳吃三明治。我要寫下食物送來的時間還有溫度。妳知道的，這可是認真的任務。總統待在這個地方的時候，才沒辦法等什麼鬼東西。」

「怎麼回事呀？」我問道。就算是對她來說，這樣的花費也非比尋常。沒有特別原因就在平常日下午訂了總統套房？

「噢，我家的公司剛買下這間飯店。」露比對著四周揮揮手。「我在新聞上看到的，反正根本沒有人會告訴我任何事。我打電話回韓國，要求他們立刻安排住宿。到了這裡之後，我要了這間套房！」她笑了。「他們發現之後一定會殺了我，不過那些人也不敢跟我父親告狀。他們得想辦法解決。」

我瞪大了眼睛看著她。「但是要是他們真的告訴妳父親，結果他生氣了怎麼辦？這裡不是要大概上萬美金之類的嗎？還是幾十萬美金？」我真的沒概念。

「我有點希望他們告訴他。」露比說：「至少他會知道我有在關心公司的新聞。」她繼續用湯匙挖著草莓蛋糕。

不知道人們有沒有這樣的懷疑呢？我是不是只能畫露比這個主題？我到現在還是可以看見總統套房的那一幕，清楚的彷彿此刻就在眼前。我兩個月前才畫出來，那是在湖面睡蓮浮葉上的午茶派對，天鵝朝著她的茶杯噴出茶水，髮間纏繞著牡丹花與紅寶石。上百顆魚頭冒出湖面，全都看向她的方向。

她告訴我韓彬下課之後會過來，我藉口要去處理畢業作品先行離開。他會看著露比發號施令，對露比印象深刻，我不想看見這些。我也不想去思考他們會一起睡在雲朵般的床鋪上。

不過現在我在想，或許他就是因此才喜歡我。如果是跟我在一起，就是由他來提供一切，他歡迎這樣的改變。韓國的男人願意接受女人給的錢，但是有其限度，特別是自己也來自有錢人家。

■

吃完鰻魚之後，我以為韓彬會提議看場電影，或去飯店開個房間，不過他說自己很累，要先載我回家。那天的工作一定非常辛苦，或許又有客人吼他，說他行李搬得太慢。

他在辦公住宅前面放我下車，我對著離去的保時捷揮手道別，可憐兮兮地走上公寓。通常是我先撤退，說今天太累了不能做愛，還有不行，你不能看我的作品，也不能看我的房間。

我在屋裡還是悶悶不樂地晃來晃去，摸摸早該看完的那幾本書，翻遍廚房的櫃子，想找碗剩下的拉麵，跑去盯著浴室鏡子中蒼白的自己。

最後，我還是在房間裡面開工，拿出信紙大小的紙張畫起素描。整片海無數鰻魚翻騰，海面上方飄著一張四柱大床，我正從床上往下看。這次主角不是露比而是我，裸著身體的我。我輕輕擦拭，將其中一條鰻魚畫成細長的樹枝，並在枝條添上星星般的小花。

這不過是張愚蠢的小素描，真不該用鉛筆畫出這麼多細節，不過我忍不住。我以前很常用鉛筆畫下完整的概念，接著再重新製成比較大張的畫作或雕塑作品，不過我通常不再這麼做了。以鉛筆處理作品細節，同時思考著油彩的效果，我既覺得苦惱，但也感到釋然。花朵用什麼顏色效果比較好呢？該是灰粉色，還是珊瑚紅？應該要加上一、兩隻蝴蝶嗎？牠們該不該變回鰻魚跳到床上呢？

我不知道過了多久，不過抬起頭時發現居莉已經到家了，而且還站房門口盯著我。從她的頭垂向一側的樣子看起來，今天喝的酒剛好夠她說出最粗暴的句子，但還沒多到很快就會上床睡覺。我嘆口氣。這大概也表示我沒辦法繼續畫下去了，不過這樣也好。

「妳知道我看著妳的時候在想什麼嗎？」居莉說道，頭往旁邊用力一撇。我差不多能看見從她身上飄出來的酒氣。

「什麼？」我說。「還有，嗨妳回來啦。」

「我希望自己也有才能，能替我決定該做什麼工作。」她聽起來憤憤不平：「這樣就永遠無須抉擇。不用做其他的事。」她的意思是我跟她不同，我很幸運。

「藝術無法餵飽妳。」我生氣地說：「世界上有那麼多人，他們比我更有才華百萬倍，但是卻找不到工作，或者賣不掉自己的畫作。這個獎助金專案結束之後，誰知道我要做什麼呢？」

藝術家的事業是場幻影，從一個角度看上去閃閃發光，但換個角度就無影無蹤。在紐約就一直聽到其他人說，我得成為藝術圈的一份子，不只為了互相鼓勵、激發靈感，除了這些好處之外，更是為了非常實際的工作提點。比方最適合擔任服務生的餐廳是哪幾間。露比自殺之前幾個月，她要我申請現在這個獎助金。

儘管我的事業才剛起步，但我也明白居莉對此幾乎可說是又妒又羨。通常的情況下，我們之間的對話早晚會講到這些。就像我早先說過的，她堅持認為自己是受害者，而且他人都是彷彿在幸運的星辰照顧之下降生於世。

「那妳真是太聰明了，可以有現在的成就。」她說得欣羨：「妳知道嗎？妳實在有夠狡猾，竟然有辦法偷偷拿到最棒的一切。」

我聽了非常生氣，甚至感覺到血液衝上臉頰。她對我說過更難聽的話，但我通常可以置之不理。或許是因為我肚子很餓，或者因為韓彬老早就離開。

「妳為什麼非得那樣講？」我說：「妳是想找我吵架嗎？妳不認為我工作很努力嗎？妳以為隨時可能失去一切，我一點都不害怕嗎？」

「妳為什麼這麼不開心？」她問我，似乎真的很驚訝：「我只說我嫉妒妳！那是在奉承妳！妳該覺得幸運！」

因為她那麼吃驚的樣子，我冷靜了下來。

「我很抱歉。」我說：「我猜我今天大概是心情不好。這跟妳沒有關係。」

「為什麼，工作的事嗎？」她問我：「不，韓彬的事對吧！」她說得很有把握。

我搖搖頭，低頭看著自己的素描，希望她能離開。不過在我又看向居莉之後，發現她的表情如此擔憂，忍不住有點感動。無論她誤以為發生了什麼事，至少還是個會在乎的朋友，我很清楚這一切有多麼難得。這正是為什麼我現在畫不出居莉系列。

不過等到開始動工，我會把這系列作成朝鮮半島的傳統藝妓「妓生」。或許我會畫出弓著背的紅眼鬼魂，她穿著妓生韓服，臉上和手腕都扎著注射器。我得研究一下妓生韓服，研究一下幾百年前她們都穿什麼顏色來誘惑男人。鬼怪妓生系列。我盯著她，看見這一切，以及更多的作品，她卻退縮了。

「怎麼了？」她說：「妳為什麼那樣看著我？怎麼回事？真的跟韓彬有關嗎？他做了什麼？」

我甩甩頭清除腦中的思緒。儘管有股強烈的衝動，想要立刻開始素描，免得失去這些想法，不過她的聲音中有個語調惹到了我。

「我真的希望妳不要一直抱怨他。」我說：「是不是因為妳看到他跟我約會，而妳認為我怎麼配得上這種男人，所以妳才覺得他很糟？我忍不住這麼想，這種感覺真的讓我很不自在。」

好了我說出來了。我講得好像她令人很惱怒，事實上沒有這麼嚴重，不過今天的我渾身是刺。

「真不敢相信妳完全搞錯了。」她的聲音在顫抖，語調十分冰冷：「妳都不知道，我每天過得多麼左右為難。只要看到妳，我就得試圖搞清楚，到底該保護哪一樣東西？妳的未來、妳的理想主義？還是妳錯誤的信任？」

「妳在說什麼？」我問。

「我在說韓彬。」居莉一字一句地說：「我很矛盾，不知道該不該告訴妳。」

我開始疑惑自己是否漏聽了某段對話。在腦中畫畫的時候，很容易發生這種事。「什麼東西？」

她瞪著我，深呼吸之後爆出一句：「算了！」接著衝進她的房間。不過我沒打算放過這件事。

「居莉，快告訴我。妳在說什麼？」我跟進房間，抓住她的手臂。如果只是不懷好意的情緒失控，我不要一直掛念這件事。

她推開我開始換衣服，過程中完全沒看我。她穿著睡衣在梳妝檯前坐下，按了兩下昂貴的酵素卸妝油，卸起臉上的妝。眼前的畫面非常吸引人，她穿著蕾絲睡衣坐在橢圓形的鏡子前，氣沖沖地緩緩擦掉臉上的色彩。我有股強烈的衝動，想跑回房間拿起相機捕捉這一幕，好讓自己晚點可以好好處理這個素材。

「妳確定妳想知道嗎？」她轉向我問道，打斷了我的發呆。她臉上沒有任何眼線、腮紅和口紅的痕跡，油分讓肌膚閃閃發光。

我們彼此對看了很久。

她在我眼前晃著的真相，其實只有一種可能，如果是那種方面的事，我早就知道了。

「直接告訴我吧。」我輕聲說。

她的頭側向另外一邊，接著開口：「他至少還跟另一個女生上床。」她說：「我很抱歉，我真的很抱歉。」她無法直視我的眼睛。「我是說，想想這難道不是種解脫嗎？妳就不必苦等他提分手，可以直接把對方當作標準的混蛋，結束這一切。既然不用妄想自己會跟他結婚，也就不用繼續跟他耗，妳沒有多少年可以浪費了。」

她匆匆忙忙吐出這些字句，聽起來彷彿傳教士，正對著一個即將信教的人說個不停。

「噢。」我小聲說。我有那麼多想說的話，但到了嘴邊又一時想不起來「妳怎麼知道的？」「那是誰？」或者毫無意義的「那不是真的。」不過從她的表情就看得出來，這些都是實話。我彷彿快要跪倒在地，得抓住某個東西。我轉過身，像個老太太那樣搖搖晃晃地回到房間。我彷彿飄浮在身體上方看著自己，想辦法回到畫作身邊。痛苦的是，我無法處理這個訊息。

我不想知道。我不想知道。

「美帆。」居莉站在我身後，此刻的聲音聽起來柔軟而同情。她後悔告訴我這件事。

我沒回頭，只是揮揮手要她走開。

我拿起房間裡那張小小的畫，悲痛地意識到，自己從今以後看到這張畫都會很痛苦。真是太可惜了，畢竟我已經愛上這幅作品。不過這不代表這張作品沒辦法進行下去，我能投入更多情緒與怒氣，反而可能對作品反而更好。

彷彿夢遊一般，我晃進浴室開啟蓮蓬頭。突然想到從此之後我會有非常多的時間，謝天謝地我還能做作品。

我脫下衣服和飾品。金項鍊上掛著調色盤造型的墜飾，當然是韓彬送我的，小小黑鑽組成的永恆戒也一樣。

蒸氣與霧氣不一會兒就吞沒了玻璃和鏡子。我閉上雙眼，忍受著打在頭上和身體上的熱水。

我現在該怎麼辦？這個問題淒涼地啃噬著我。儘管我自以為有好好守護著自己的心，知道這總有一天會發生，我還是沒準備好。

我希望自己已經死了，這樣就不需要感受這種疼痛。

■

我還記得姑姑說過奶奶是氣死的，那時我和慶熙都還小。奶奶的父母親死在她眼前，自己則為婆婆做牛做馬，以至於未老先衰。雖然生下我父親這個兒子，到頭來卻成了軟弱的蠢蛋，還因為我母親這狡猾的媳婦誤入歧途。她承受各式各樣的強取豪奪，壓抑一輩子的盛怒與恨意，最後終於嗆死了她。

姑姑說我們都繼承了奶奶狂躁的怒氣，如此強烈的恨意不會只因為死了個老太太就平息。我們應該小心控制自己，避免可能導致爭吵的情況。

妳們不清楚自己有何能耐。聽著她的嘆息，我們害怕地點點頭。姑姑說，她自己就很後悔生命中某些事。她希望我們永遠不必有這樣的感覺。

居莉最近追的劇給了我靈感，我想到可以看一下韓彬行車記錄器的記憶卡。因為她不願意透露怎麼發現韓彬劈腿，而且我和她也沒什麼好說的，所以過去幾天我們一直開著電視，兩個人進入相敬如賓的狀態。

我端著煮好的拉麵坐在迷你餐桌前，電視上正好演到給我絕妙靈感的那一幕。劇中的富二代愛上了一個女生，其他人都以為他把女孩當妹妹。父親懷疑兩人關係不單純，於是趁著晚上溜進兒子的車子，拿到了行車記錄器的記憶卡。行車記錄器的內容證實了他的直覺。

記憶卡那幕吸引了我的注意，我轉頭看著居莉，想知道她有沒有發現我從劇中得到的靈感。她坐在地上，根本沒理我。她的坐姿非常僵硬，我懷疑她又上了什麼課程，大概是她很沉迷的整骨療程吧。那裡會按摩按上兩個小時，按到妳叫不敢。因為居莉的推薦推薦，所以我去過一次，結果臉部療程是非常用力推下巴，結果我大叫著喊停。按摩店後來拒絕退錢，於是我將剩下的療程都送給居莉。他們接受這個方案。

不過行車記錄器真的是大工程。韓彬的筆電被泊車小弟偷走之後，他就裝了台可以錄車內影像的記錄器。

重點在於把韓彬弄下車，時間還要夠我拿出記憶卡。看過線上教學影片之後，我很確定自己手腳很快，不過要是我很怕被逮到，就會笨手笨腳的。

■

去梨泰院找他幾個朋友喝酒那天，我終於動手。他來工作室接我，接著在距離餐廳一個路口的地方找到路邊停車位，簡直就是奇蹟。走向餐廳的路上，我深呼吸之後說，剛剛發現自己把手機忘在他車上。

「我去拿手機。」我說。

「不用了，讓我來吧。我很快就回來。」他已經掉頭，我又補充說還有很多「女性用品」也從包包裡面掉出來。只要提到月經用品，男人就會立刻逃走。

接下來，取得物證就成了世界上最容易的事。

■

喝完酒回到家，我打開電腦上瀏覽這些影片。滑鼠往下滑了又滑之後，我找到了：他和女生在車上做愛。車裡很暗，而且畫面非常模糊，所以很難看清楚，不過那個節奏和聲響絕對錯不了。我停下影片，閉上雙眼，接著爬到桌子下面。我縮著身體，希望此刻感受到的尖銳疼痛能夠消失。

它們當然不會消失，我的雙腿抖得像小狗。

我不確定自己有沒有辦法撐過去，還是就這麼焚燒殆盡。不過我想看看那個女生的臉，想看看她是什麼地方吸引他。我爬回椅子上，將影片往回放，在他們移動到後座之前，一定會先清楚拍到她的樣子。有了，我找到了，車門打開，有個女孩上了車。那是南怡，居莉的朋友。那個還不到青春期的巨乳蠢蛋。我還滿確定她也是某種妓女。

我看著他們靜靜地開車，韓彬停好車後，兩個人都離開前座到後面去，接著剛剛看到的那一幕再次上演。他們完全沒有對話，顯然之前就這麼做過，大概還做了很多次。這一定是我叫他來跟我們一起喝酒之後開始的，我和居莉一起回家，沒有注意到他們在外頭待了那麼久。

我在床上躺了好久，一片漆黑中什麼都看不見，接著又回到電腦前面繼續看，看一看再躺回床上。

接下來那幾天，我看完了記憶卡上每支影片。每次聽見他說話的聲音，心又碎了一次。從他接的那幾通電話，我知道他接受安排，預計和日順集團的小姐結婚，婚禮的日期也已經定好了。下個月她將結束巴黎的廚藝課程，回國之後他們就會相親。

■

我在想自己這輩子頭一次體驗到真正的自由。我是這麼想的：我得到了報應，也獲得了寬恕。

■

我一直緩緩地陷溺於罪惡感中。因為韓彬本來是露比的人，但我卻渴望他，而且我竟敢找上門去向他告白。我這段時間一直占據著不屬於自己的世界。

■

他一直想給，但我不斷逃避、不願接受。我以為這麼做就能讓他知道，我不是只愛他能給的物質生活，還有他所代表的世界與人脈。那些人只要一眨眼，就能開始一段事業。

我不希望造成他任何的負擔，光想到我的每個決定會讓他的家人做何感想，就令我痛苦不已。我在獎助金之間猶豫，不知道哪個會看起來比較體面。

我這陣子的創作都是源自露比，所以我從不允許他看我的作品。

■

我喜歡想像他來看我的展，結果發現露比無所不在，她的臉、她的身體、她的恨與欲望，還有她的冷淡與鄙視，她最珍惜的寶貝。

■

不過在他見到我作品中的露比之前，我會盡可能從他身上吸取一切。我不會有所收斂，也不會克制。從現在起，我能拿就拿。這段時間我也不是白白聽了居莉的求生哲學。

■

我會要他買珠寶給我。

我會要他直接買斷我的展品，這樣一來，光靠媒體報導這件事就能再辦一場。

至於那些充滿狗仔隊跟拍有錢人和名人照片的厚厚女性雜誌，我會特別為這些雜誌爆料，告訴他們韓彬是我男朋友。

■

我會用最短的時間建立自己的名聲，等到他離開我，我會成為風暴、成為核災。

我不會一無所獲。

媛奈

妳會擁有我成長時所沒有的事物，比方珍藏的照片、生日蛋糕還有在海邊玩耍的時光。

寶寶又在踢我了。只要她一動，我心頭就一緊，立刻將雙手擺在肚皮上感受她的存在，根本不管當下自己在做什麼。

這個星期才開始這樣，我不知道這是怎麼了。我沒辦法分辨這是大家說的「胎動」，還是寶寶在打嗝。

無論是什麼我都無比感激，內心深處湧出一股希望，我只能努力不要在大庭廣眾之下崩潰。我希望跟某個人分享這件事，什麼人都好。我想要抓住地鐵上坐在隔壁的小姐，我想告訴她，希望對方知道這具身體裡長出了一個小世界。寶寶在試著跟我說話，她試著活下去。

■

過去三個月，我一直跟自己玩這個小遊戲。雖然稱之為遊戲，不過比較類似一連串的「協商」。我也不知道自己是在找誰商量，畢竟我不信神。

遊戲是這麼進行的：如果我的寶寶能再多活一週，我就會做這件事，或者我就會放棄那件事。上個星期，我保證就算生完孩子也不會再抽菸。雖然我害怕會因此遭受懲罰，不願意想到太遠之後的事。我其實不常抽菸，不過已經沒什麼可以放棄的東西了。之前那週，我保證無論鏡子裡的自己看起來多噁心，都不會再吃減肥藥。再前一週，我發誓絕對不會再喝到斷片。

我差點就要把這個遊戲告訴先生，不過我及時阻止了自己。我認為這麼做好像能夠掌控命運，是母愛的表現，也很值得學習，但他不會這麼想。

上次產檢時，醫生說已經進入第二孕期，流產的機率只有百分之二或三，所以我不該再這麼擔心。我告訴她，對那百分之二的人來說，發生率就是百分之百，而且我還是知道有點不對勁，只是不知道會在何時發生。她用奇怪的眼神看著我，我立刻後悔說這麼多。她面無表情。

■

我先生這個星期又去中國出差。這代表著我晚上有一整張床可以躺，床單感覺起來也比平常舒服兩倍。我可以從這頭滾到那頭，在床上翻到心滿意足為止。

如果存在婚姻使用說明書，第一章的標題應該是「買一張特大雙人床」。我們睡的是加大雙人床，我先生總是先睡著，而我只能狠狠地瞪著他超過中線。他的手腳都會放在我身上，害我睡不著，結果只能恨恨地瞪著天花板。如果我戳他的背，他會躺好，不過一陣子之後還是回我身上。懷孕之後不能吃安眠藥，而且在跟不知名的神明進行第一輪的協商時，我也放棄了幫助睡眠的褪黑激素。應該慢慢討價還價的，或許每週減少一毫克的劑量。我本來每晚吃十毫克，這樣可以給睡眠多十週的輔助。不過我第二週就完全放棄了這些，目前只要能在三、四點左右睡著，我就覺得這晚有睡到。

剛懷孕那陣子，如果因為他睡不著，我會勃然大怒，狠狠搖晃他的肩膀說：「是你害我一直睡不著。」他會道歉，接著直挺挺地躺好，退到床的邊緣，幾乎要掉下床，不過他終究會睡著，接下來又會翻過來，開啟我另一輪的怒氣循環。

後來我看了一些部落格文章，裡面提到懷孕之後必然會失眠，而且反正再也睡不好了。就連寶寶在睡覺，妳也沒辦法睡，接著就會失去理智。

於是我決定試著改變想法，不把這當成先生的錯。結婚之後只買加大雙人床，這件事我從一開始就錯了。父親對於我竟然決定結婚十分驚喜，而且對象還是個有工作的普通人，所以他一定是賣掉了些什麼，買了這張床給我。如果他花的錢本來就不是自己的存款，我應該要他直接買特大雙人床。不過床墊的售貨員根本沒想要推銷更貴的產品，還說這張床是新婚夫妻最明智的投資。他們真該吊死說這種謊話的售貨員。

■

先生出差之前，我們吵架了。他說：「這週末在首爾貿易展覽中心有嬰兒用品展。」我剛下班正在煮刀削麵當晚餐，他負責整理餐桌擺好餐具。「妳不想去逛逛嗎？買點衣服、奶瓶還有推車什麼的。我知道要多逛個幾次，才能測試裝備還有弄清楚需要什麼。我父親說會給我們一點錢。他下個月會收到退休金。」

我轉過身，不敢置信地瞪著他。「你會招來厄運。」我說：「不要聊到她！可以的話根本不要想到她！」

他微微皺起眉頭。

「媛奈，這樣太荒謬了。」他說：「我們已經度過一半孕期。妳真的需要早點跟老闆談談。而且妳預設太多，妳不該現在就認定這會是個女孩。我擔心要是結果是個男孩，妳會很失望。我希望如果這是個男孩妳也會愛他。」

「閉嘴啦。」我惡狠狠地說：「我敢說你希望是個男孩子！」

這是我頭一次這樣跟他說話。摻雜了祖母對我說話那種惡毒的語氣。我知道傷了他，因為接下來一直到隔天早上，他都沒跟我說話，這很少見。他應該在等我道歉，整個晚上帶著受傷的表情看過來，不過他低估我了。我沒有接受暗示，於是他端著自己的刀削麵進了房間，坐在梳妝檯前邊看手機邊吃。他去睡覺之後，我還得擦掉潑出來的湯汁。

■

同事有時會忍不住罵老公，我只有此時感覺得到些許對他的喜愛之情。之前不常這樣，而且通常只有女生在場，比方吃午餐、喝咖啡，或等著開會，不過最近漸漸連日常工作閒聊都會聽到，有時甚至還有其他男人在場。

「真的是最後一根稻草。」寶拉前輩會說：「他凌晨三點才到家，把昇延都吵醒了。今天早上要我準備醒酒湯，我說自己得上班，他說下次要他媽燉好湯，這樣就能冷凍起來，隨時喝得到。真不敢相信欸！我婆婆早就覺得我是個馬馬虎虎的太太，也是個隨便的母親。」

珠恩前輩接著說：「這沒什麼。你們知道我婆婆有多誇張嗎？趁著我們不在跑來，都不知道幾次了。就因為他們替我們買了房子，婆婆就覺得那是**她家**。只要知道我們不在，她就會跑來，在我們的冰箱裡面放一些兒子喜歡的食物，當然也會到處看看！她那天還罵我，說我吃避孕藥，絕對是在**我的浴室**裡面看見的。我還不能換鎖，因為那肯定會引發家庭風暴，到時候，我的結局大概就是被丟到街上吧！」

我只能坐在那裡，心中又是驚訝又是同情，我丈夫的母親已經死了，真是方便，想到就很開心。

不過要是早知道我們往後只能住什麼樣房子，我願意用死掉的母親換個還活著的有錢人。結婚之前，我大致上覺得放心，這個人有個穩定的工作，還隸屬前十大財團，我們的收入不成問題。沒過幾年我們就能存夠錢買房子，大家不都是這樣嗎？

當時我還不知道他的薪水只有三百萬韓元。其實應該說，我不知道三百萬韓元不算什麼。我們結婚愈久，每次從抽屜拿出來的存摺看起來就愈可憐。

我知道買間房子是個遙不可及的夢。不過每個月我都省吃儉用，想辦法找人請我們吃飯。除了廁所衛生紙，我還從公司茶水間拿了海綿和洗碗精。我希望自己能有辦法賣掉辦公室裡的日用品。櫃子裡面備了一小堆品質不錯的筆。

儘管我很不願意承認，不過有件事他說得沒錯。我必須盡快向公司報備，這樣才能請產假。我希望可以請超過一年的育嬰假，不過我聽說要是超過一年，就會不給薪。這些都是謠傳，我必須親自確認。不過公司的人資部門口風非常不緊，要是頂頭上司發現我跳過她先找人資談……想到這些我就腿軟。

打從我覺得這個寶寶可能有機會撐下去，就一直擔心該怎麼跟她開口。上司是個憤世嫉俗的工作狂，而且還是未婚女子，該怎麼開口談這些？我們都覺得她沒有機會請產假，我好怕她會說有薪產假很荒謬。「不行不行不行。妳為什麼不工作還能領薪水？其他人明明比妳加倍認真。難道只是為了讓妳在家裡跟寶寶玩嗎？就是因為有妳這樣的女人，公司才不想雇用女人。這阻礙了女人的職業發展。如果妳是男人，有了小孩之後你會請假幾天？沒錯，一天都不請。」等到我回來上班，她就會盡力讓我降級，還打著女性主義的名號，要是我膽敢在晚餐時段之前早早下班，她就能朝著我噴發怒氣。我知道她的伎倆。我知道她心裡憤憤不平，非常苛刻。如果她不是這麼怒火沖天的賤人，我應該會替她感到遺憾。但是我滿心的憤恨就像壓在胸口的巨石。這顆巨石每天都一點一點朝著肚子落下。

我只能向寶拉前輩求助，問她關於懷孕的事。她最近才剛調過來，所以跟她不太熟，不過她兒子大概三、四歲左右。不知道她之前在隔壁部門的上司是不是比春課長還好，在提到自己要請產假之前，她是不是也很害怕。我決定在午餐時段問她，只有在午餐時段才能探聽其他人的私人生活。

■

上午十一點五十五分，整層樓的人一起站起來前往電梯。按了「下樓」之後，四台電梯來來回回地接送，過了二十分鐘我們終於抵達大廳。每天都這樣，我忍不住想著自己為什麼不提前二十分鐘出發，提早二十分鐘回來。我很確定其他人也都想著同樣的事。但是只有部門主管李經理這麼做。

等我們一行人來到大廳，我發現自己錯了。今天我們部門要去日鮪吃午餐。不只是生魚片，還是最不適合孕婦食用的鮪魚生魚片。我真該待在辦公室裡面吃泡麵。我在心裡踢自己一腳，不過也想起來自己六週前就已經發誓放棄便利商店的食物。我打算假裝接到緊急電話先行離開，不過周主任要請客，當作大家參加喜宴的回禮，這頓飯已經喬了三個月，才終於湊齊整課的人。要是我現在離開，看起來會很糟。可以少付一個人的飯錢，他私底下搞不好很開心，不過他會假裝氣上好幾週。這樣不太值得。

我策略性地移動位子，坐到桌尾，寶拉前輩的對面，希望沒人注意到我沒吃鮪魚。我努力表演，認真品味飯前的韓式小菜，還要求多上一點。

「婚姻生活如何？很美滿嗎？」有人禮貌地丟出問題。

周主任非常滿意。「當然囉，每天晚上回家都有親手做的熱飯。目前為止我真的非常推薦。」

「如果你們想生小孩，最好趕快開始努力。」琴先生插嘴道：「如果年紀再大一點，就很難追著孩子跑。背會很痛。」

另一頭有人聊起來，說覺得自己年紀大了，最近身上有哪些病痛，話題似乎已經脫離小孩。所以我連忙開口：「寶拉前輩，您有計劃再多生幾個小孩嗎？」

她滿嘴都是鮪魚，用力搖頭的時候差點嗆到。

「妳開什麼玩笑？」她說得很大聲，大家都看著她。「一個小孩我就不行了。」

周主任比寶拉前輩年紀還大，至少差三歲，他嘖嘖道：「年輕時一切都很辛苦，不過等到老了，他們會是你最大的資產。我自己想要三個小孩。」他笑得燦爛：「還有你們這些年輕人，最好趕快，別像我一樣。我已經後悔了。」

我看著另一頭的春課長，她正用筷子狠狠戳起鮪魚。

「小孩就像樣錢坑。」寶拉說道：「你丟了愈多錢進去，那個洞就變得愈大。」

大家都笑了。從寶拉諷刺的語調聽得出來是在開玩笑。她很有錢，所以才能像這樣聊到錢的事。她先生是個律師，父親則是韓國醫界有名的醫生，在首爾的新村區執業。

「怎麼說？」我盡量讓自己的語調聽起來和緩，只是有點好奇。「為什麼小孩需要花這麼多錢？」我知道推車比想像中貴，等到小孩上小學，還需要支付安親班和家教補習費，費用會迅速飆升，上大學也需要補習。不過三歲小孩為什麼需要很多錢？我實在想像不出來。或許她連未來的成本都加進去了？還是替孩子買了人蔘精華和銀湯匙組？國家補貼免費的幼兒園，我還聽說有了寶寶之後，每個月都能領到現金。因為政府需要增加人口。

寶拉前輩看著我笑了：「我是說，難怪最近沒人想生小孩。我不怪他們。我就算算上個月好嗎？我想想喔……他得去上學，因為當然申請不到免費的公立日托，於是決定找英語的日托學校，每個月要一百二十萬韓元。」她沒聽見我猛地吸氣，繼續說：「學校從早上九點到下午三點，所以我家歐巴桑八點就要過來，一直待到我晚上回家，所以每個月要付歐巴桑兩百萬元。接下來是衣服。我也不知道為什麼，但小孩需要的衣服多得要命，我發覺自己每個星期都得去買個幾件。而且每次帶他去買東西，都得買個玩具給他，不然他就會在店裡面大聲尖叫，讓我丟臉得要死。還有書！妳知道書要多少錢嗎？他們賣童書都是一組三十本或五十本。我還得買下那隻會大聲朗讀的狐狸機器人，因為他們班上每個人都有。」她滔滔不絕，而已經我彷彿身陷夢境。

我知道她提到的這些都無關緊要。我的小孩不會有額外的玩具、沒有會朗讀的機器人，或一整套五十本的書。不過我也沒有那麼天真，以為時間到了我不會想要買這些東西。如果沒辦法買給女兒這些東西，我一定會很心痛。

話題現在轉到假期上，寶拉前輩聊到她去濟州島的飯店時，「必須」預定親子套房，還要購買兒童活動套裝行程。我放棄問她產假的事情，畢竟她根本和我是不同世界的人，產假在那個世界應該無關緊要。她大概也不需要有薪產假。

■

我們在下午三點左右回到辦公室，春課長把我叫進會議室。她沒有說要帶哪份報告，也沒告訴我應該匯報哪個項目的進度，於是我帶齊手邊所有資料，以便應付她的需求。

她坐在桌子盡頭，嚴肅地看著一疊紙張。她喜歡把人叫來這裡，這樣就能假裝會議室是自己的辦公桌，而不是跟我們其他人用著同樣尺寸的桌子。我鞠躬，隔著兩個位子坐下，翻著手上的報告。

「等一下。」她沒看我。接下來五分鐘她都在看手上的文件，我只能盯著報告的頭一頁，思考自己為什麼寫這些，我根本不記得自己寫過這樣的東西。

「所以說，」她說：「媛奈小姐。」

「是的？」

「我就不拐彎抹角了。妳懷孕了嗎？」

我實在太過震驚，結果真的倒抽了一口氣。我的雙手按上肚皮。

「妳是怎麼知道的？」我說。

「我有長眼睛。」她怒道：「還有腦袋。而且妳的報告寫得很爛，我從沒看過這麼糟糕的，雖然妳的報告向來不怎麼好，不過這也透露了些線索。」

我低頭看著自己的報告，接著點點頭。「我很抱歉。」我輕聲說。我不知道自己是為了懷孕而道歉，還是為了報告。

「預產期是什麼時候？」她問得乾脆。我可以感覺到她瞪著我的腦袋。

「九月九日。」

「妳跟人資談過了嗎？」

「沒有……」

「很好。」

我害怕地抬起頭。她坐正之後嘆了口氣。

「我現在要跟妳講清楚。」她以疲憊的聲音說道：「我沒辦法讓妳休假，整間公司的人事異動都凍結了，接下來就要進行大裁員。老實說，要不是不能雇用新人，我早就炒了妳。現在我只能將就著用妳，因為要是連妳都沒了，也沒辦法找別的人手，我們其他人就有更多工作要做。妳聽懂了嗎？」

我靜靜點頭。

「明年第二季我們有幾個新的專案要啟動。如果我們不能推動那幾個計畫，整個部門就沒了。我的老闆告訴我，這個計畫是測試，決定是否繼續保留這個部門。要是部門裁撤，依照我的職位，我還不用走人。不過下面所有人都會被資遣。所以說，妳的同事都在拚命拯救生計，我不認為妳應該請太久的產假，對嗎？尤其我們沒辦法開缺找其他人。」

她看著我，但同時也沒在看我。我在想她怎麼沒要關上門。我的第一直覺總是想要保守祕密。她講的都是攸關我生活的大事，但語調卻那麼不帶感情，我又開始覺得喘不過氣。不過她還在等我回覆。

「沒錯。」我說。

「什麼沒錯？」

我用眼神懇求。妳想要我說什麼，直接告訴我吧。

她眨眨眼睛，而後嘆了口氣。

「我想最多只能讓妳休三個月。讓我調整一下說法。其實根本沒有讓妳休假的空間，不過如果非得休產假，那麼我會讓妳摸著良心決定。知道這些事之後，我相信妳不會請太久。或者我這麼說好了。要是我們表現得不好，整個部門都沒了，那麼妳想休多久的產假都可以。」她尖銳地諷刺道。

「妳知道，美國只休三週產假，或更短。總之，我很抱歉情況就是如此。」她陰鬱地皺起眉頭，發現我什麼都沒說，於是揮手要我離開。我站起來深深一鞠躬。

■

那天下午剩下的時間，我就只是坐在桌子前面盯著電腦螢幕，腦中轉個不停。如果三個月就要回來上班，而且女兒滿一歲才能進入公立托兒所，那麼我們會需要雇用歐巴桑幫忙顧小孩。或許我找得到比較便宜的，每個月一百五十萬韓元左右。我告訴自己，只需要九個月。寶拉前輩大概多付了點錢，請了比較好的歐巴桑，搞不好還會講英文。

如果我丟了這份工作，絕對找不到下一個。我很清楚事實如此，沒有人會雇用我。就連現在這份工作都是透過我公公的關係才拿到的，我公公那時候還沒退休。我一定找不到其他的工作。沒了工作的話，光靠我先生每個月三百萬韓元的薪水，我們根本付不起房租和食物，一個寶寶還有一間房了就更不用說了。我開始過度呼吸。

「妳還好嗎？」在洗手間補擦口紅的鄭小姐看見我走進來，倒在洗手台前。

「我想先請假回家了。」我說：「我覺得不太舒服。」

我都要放棄九個月的產假了，春課長應該不會因為今天早退幾個小時就多說什麼吧。我收拾東西回家，沒打電話給人資說要請假半天。

■

寶寶一定也感覺到我嚇了一跳，因為她又在踢我了。我慢慢踏上公寓的樓梯，笑著點點肚皮回應她。我打開家門，卻發現穿著深藍色西裝的丈夫就站在門口，他看起來那麼害怕，我雖然嚇了一跳，尖叫聲沒能喊出口。

「我以為你週六才會回來。」我喘著氣說道：「你嚇到我了！」

他沒有回話，只是站在原地。他看起來非常緊張，我很困惑。

「嗯，你還好嗎？」我說。

「我不太舒服所以提早回家了。」他說著把手插進口袋。

「哦。」我說：「你生病了嗎？」我示意他移動一下，讓我進去。

「我的胃。」他說：「就怪怪的。」

我進臥室放下包包，發現沒看到他的行李箱。通常他出差回來之後，房子會像是被颱風吹過，到處都是髒襪子和內衣。我走出臥室，客廳也沒看到行李箱，而且他還是傻站在那裡。

「你的行李箱呢？」我問道。

他站在廚房餐桌旁邊，整理剩下的半碗炒碼麵。亮橘色燉菜被他倒進水槽。

「你胃痛還吃辣的？」我說。他還背對著我站在水槽邊。「怎麼沒先說你會提早飛回來？」我其實也不真的在意。我只是不懂，這類的事情他通常會說了又說。

他緩緩別過頭擦乾雙手，我則動手抹掉濺到桌上的湯汁。

「你知道你沒帶到正式的皮鞋嗎？你這幾天是不是得要買幾雙開會穿？你不是說那邊的人都穿得超正式？」我邊問邊移動到他旁邊洗抹布。

「沒錯，我需要正式的皮鞋。」他大聲清清喉嚨：「其實我就是因此才回來。我今天下午面試需要穿皮鞋。只是沒想到妳提早回家了。」他愈說愈小聲。

「面試？」我問：「什麼樣的面試呀？」我充滿期待，想問他是不是要升遷了，但我強迫自己別這麼做。

「ＢＰＮ集團的職缺。」他說。

「你怎麼會去那裡面試？」我問他。ＢＰＮ集團還算不上第二線的集團。

他又盯著我，並且深呼吸。「我不能再這樣下去了。」他說。

「**怎樣？**」我問。

「媛奈，妳坐下來好嗎？」他帶著我在餐桌邊坐下，幫我倒了杯冰涼的飲料。他倒完自己那杯之後開始解釋。

過去兩次他都說是出差，但其實不是。他其實在兩個月前丟了工作。他假裝出差，事實上卻是待在父親家裡，這樣就能應徵和面試。考慮到我的身體狀況，他不希望讓我擔心，不過被我發現了可能也好，因為像這樣瞞著我，他覺得很糟。他希望能找到跟之前的工作一樣，提供日托服務的工作。

「但、但是你每天早上都穿上西裝去上班呀？」我非常驚訝。

他告訴我，他一直都穿得像要去上班，不過之後就會回到家裡待上一整天。

沒有錯，他幾乎每天都比我早到家。我相信他的說法，公司想要讓員工擁有多一點家庭時光，所以沒想太多。

「我不想讓妳擔心。」他的眼神和聲音如此憂傷，不過他後退了一步。他總是很怕我，但我們兩個此刻才驚訝地明白這一點。

他看著我，我也看著他，我們都聽見彼此粗重的呼吸聲。門外傳來有人爬上樓梯的聲音。

「別生氣。」他說完，彷彿等著我採取下一步行動。「這樣對寶寶不好。」

■

我腦海中有幾個鮮明的畫面，比方自己懷裡的嬰兒綁著可愛的緞帶，除此之外，我得承認自己完全無法想像嬰兒樣貌的妳會是什麼樣子。在那些想像的場景中，窗簾垂落，但室內透著光線，妳一定在睡午覺，而我試著哄妳睡覺。妳雖然扭來扭去，卻一直盯著我，我竟然也知道該怎麼哄妳。對我來說時間的感受很朦朧，彷彿一下子就過去，或許其實過了好幾個小時，妳安靜了下來，安穩地沉睡。

妳會擁有我成長時所沒有的事物，比方珍藏的照片、生日蛋糕還有在海邊玩耍的時光。最常出現在我幻想中的，是妳年紀再大一點的樣子。妳長成了一名年輕女子，或許是樓上那些女生的年紀，沒比我現在年輕多少。不過，妳不會像她們，也不會像我，快樂的童年讓妳的嘴角總是帶笑。

我幻想著妳來探望我。我們感情非常好，妳一有好消息總會當面告訴跟我。妳太想看到我的臉因為快樂而閃閃發光的樣子，所以真的是飛奔過來找我。妳按了電鈴，一腳沒什麼耐心地踩著地板。我打開大門，眼前的妳自信非凡，幸福彷彿是妳握在手中的權杖。妳忍不住開始飛快地訴說好消息，因為這件事妳努力了那麼久，很驕傲能和我分享妳終於獲得的成就。

我會將妳拉進家門，說快進來坐下，慢慢說，把全部的事都好好告訴我。我會聽到掉下眼淚，畢竟養大妳讓我變得多愁善感。看妳出落得又高又好看，美麗又閃閃發光，我會滿心讚嘆地抱著妳。我的眼前開始浮現所有關於妳的記憶，我渴望聽到妳想傾訴的一切，還有妳的笑聲。我喜歡妳握著我的雙手倒在我的肩頭，或像小時候那樣枕著我的大腿。

又到了妳該離開的時間，回歸妳自己的生活，朝著理想與抱負前進。妳不用擔心我，儘管放手讓妳走讓我有點心碎，可是我也從來沒有這麼快樂過。

而且我很清楚，妳永遠都會再回來找我。那就是我僅剩的希望。

亞拉

我每次問年輕人，未來有什麼打算？要是明天到來，你卻早就花光一切積蓄怎麼辦？他們說他們就會一死了之。韓國就是這樣才會有全世界最高的自殺率。

我驚醒之後才發現自己又坐在桌子前面睡著了。我在看泰仁之前的影片，那是他最後一檔實境節目《慢活樂活》。自從和坎蒂爆出緋聞，泰仁就非常低調，所以我無法沉浸在我最愛的日常活動中，也就是在週末一次馬拉松式觀看泰仁所有最新影片。我只好重播第八十次緋聞前這集。這全都是坎蒂的錯。我常一邊幻想著她被全國的節目封殺，一邊入睡。

睡姿不良讓我的脖子和下背部很痛。我也覺得很冷，春天終於到了，不過晚上氣溫還是會下降。我爬起來伸展，卻聽見奇怪的聲音，似乎是從很遠的地方傳來的。我停下動作仔細聽，又來了！模糊的尖叫夾雜嚇人的哭聲。我懷疑是秀津的聲音，於是打開房門走到客廳。

廚房的燈亮著，不過秀津的門沒關，房間燈沒亮，這代表她回家之後又出門了。電視上的時鐘顯示凌晨三點二十二分。

又是尖叫聲。絕對有個女人在尖叫。我把耳朵貼在大門上，可以聽見那是門外傳來的聲音。現在又沒聲音了。我看了一下門上的窺視孔，但外面什麼都沒有。

我傳了訊息到這層樓的女生群組，成員包含居莉、秀津還有美帆。

「有人醒著或在家嗎？有人聽見那個尖叫聲嗎？我不覺得是我們這層樓的，但是那個叫聲把我吵醒了。」

我盯著手機螢幕等待著。她們一定是睡著或者出門去了。居莉或許跟秀津在一起。美帆可能在工作室？我該打電話報警嗎？不過我該怎麼告訴他們這些事？警察收簡訊嗎？我不知道。我在搜尋欄上打下「該怎麼傳簡訊給警察」時，手機震了一下。

「我在路上，要回家了。」美帆在群組裡面說道。「我該打電話報警嗎？」

「或許是樓下那對夫妻在吵架？」我寫道。

「應該不是，我今天看到那個丈夫離開了。」美帆寫：「他帶著好幾個很大的行李箱上了計程車。」

「美帆，妳還有多遠？」我寫。

「大概二十分鐘左右？我在地鐵上。」

二十分鐘太久了。有人可能快死了。

「那妳能打電話報警嗎？」我寫：「我去看看怎麼回事。」

美帆立刻狂傳訊息。

「等一下，等警察來。我現在就打電話。如果妳要過去，至少等我到家！！！」

「沒問題啦，別擔心。」我寫：「我會帶武器。」

「不行！！！！」

她竟然這麼擔心我，真是很貼心。不過我也很驚訝，她都已經聽過我之前打架的事了。問題是，我們房間裡沒什麼好用的武器，至少不適合應付現在的情況。我好想要祖父的長木棍，放在大宅裡面沒人用太可惜了。我有瞬間思考著，下次回清州該怎麼偷走那根木棍。雖然我也不知道該怎麼使用，不過我發誓會好好學。

我不確定廚房菜刀是不是好主意，畢竟之前從來沒用過，這個時候拿菜刀可能只會讓我分心。我打開電水壺煮滾水，並且再次檢視家裡。這樣不行，我在心裡記著要訂購一些武器。我拿起一把剪刀放進褲子口袋，應該會比菜刀好用，等到電水壺的燈熄滅，我拿起冒煙的水壺，輕輕打開前門。

站在走廊上等著下一聲尖叫傳來，此時我突然想到，自己之前從沒和男人打過架。我是看過不少，念國高中時男孩子的幫派定期會狠狠打上一架，而女生有時會遠遠旁觀。那種純粹的速度和力量，球棒擊中頭部的聲音，拳頭砸中下巴砰的一聲，我每次都會嚇到。頭幾次很多女生都會哭，就連路玄振也一樣。玄振最著名的事蹟就是被我們體育老師連賞了六個巴掌，而且沒有倒下。我下定決心，如果樓下有個男人，而且他試圖要強暴或殺人的話，唯一對我有利的因素就是我看起來虛弱又容易受傷，可以降低對方戒心。

站在走廊上之後聽的更清楚，斷斷續續的尖叫聲顯然是從樓下傳來的。那對夫妻就住在我們樓下，我想那個獨居的女生是住另外一棟。我輕輕走下樓，站在三〇二室外側耳傾聽。

就是這間。我可以聽見更多呻吟聲，還有喃喃自語。關於寶寶之類的？我把耳朵貼得更近，只聽見一個女人的聲音。剛開始我還以為她在叫誰，不過後來就發現那人只是自言自語。接著她痛苦地尖叫，聲音大到我嚇了一跳，差點摔了手上的水壺，

「誰在那裡？」忽然有個女聲喊著，她聽起來非常害怕。我點點門板，希望這樣的聲音聽起來很溫柔無害。

「是誰？」她再喊了一次，接著又開始呻吟。門後是拖著腳走路的聲音，還有呻吟聲，接著

我眼前的門傳來刮擦聲。她大概正從門上的窺視孔往外看，所以我稍微後退，方便她看得更清楚。我露出微笑，空出來的手揮了揮。

門鎖開啟，緩緩打開，她探出頭來。

「是誰？」她說。這是那位太太。她看起來狀況很糟，眼睛裡滿是血絲，蒼白的臉痛苦地扭曲，爬滿淚痕。她把門再推開一點，看到我手上的水壺。

「那是什麼？」她說：「妳住在樓上嗎？」

我點頭，接著指著喉嚨搖搖頭。

「啊？」她看起來更加困惑，接著彎下腰，痛苦地呻吟。

我把水壺放在門外，撐著她的肩膀扶她進門。她太痛了，很勉強才走到客廳，跪倒在沙發前。

我拍拍她的手臂，跑回去打開大門拿了熱水。接著我走到廚房替她用馬克杯裝了點水。

她在沙發上淚流滿面地扭動著，雙手緊緊揪著肚子。我跪在她旁邊，來回摩挲她的手臂。接著拿出口袋中的手機。

「我聽到怪聲，所以來看看是不是出了什麼事。妳需要我叫救護車嗎？」我在手機上打字，拿給她看。

她抹掉眼淚，接過手機。「妳不能說話嗎？」她驚訝地皺眉。大部分人第一次發現這件事，反應都會像她這麼誇張。

我點頭。

她坐起來抓住我的手，嚇了我一跳。

「妳是一出生就這樣嗎？」她看起來有種奇異的絕望。大家常會這麼問我，不過她聽起來很認真，不太像是一時好奇。我飛快地眨著眼睛，過了一會才搖搖頭。

她嘆了口氣，又躺回沙發。我等著後續的問題，比方怎麼發生的，不過她沒問下去。

「妳需要去一趟急診室嗎？」我又打了一次。

她看完之後痛苦地閉上眼睛。

「我不知道。」她說完輕輕搖晃著：「我猜應該去一趟，可是我不知道。」她又哭了：「這聽起來一點都不合理，可是我想再等等。時間還早，不會這麼早就出問題，我很確定他們會直接殺了她，然後把她從我身體裡面拿走。」

我認為她懷孕了，現在講的應該是那個寶寶。

「我聽說如果有什麼不對勁，醫院會救母親而不是寶寶，我不希望發生這種事。如果寶寶會死，那我會跟她一起死。」

我低頭看著她，聽懂了她的意思。我點點頭，替她從餐桌上抽了幾張衛生紙讓她擤鼻涕，接著跪在她身邊，梳起她汗溼的頭髮。就連我最緊繃的客戶都會因為這個動作放鬆下來，就算效果不大，我還是希望這能幫上忙。

我好奇地環顧這間公寓。這裡只比我們住的地方大一點，而且裡面看起來完全不像住了一對夫妻。仔細一想，雖然我也沒去過其他夫妻的家裡，不過我在電視裡面看過，窗戶通常會掛著蕾絲窗簾，放大的婚紗照，還有成對的藍色與粉色馬克杯、拖鞋之類的東西。

不過這間公寓沒有照片沒有掛著畫也沒有裝飾品，這裡很單調、很安靜、也很沒有特色，就像醫院的候診室。也沒看到書本或植物。唯一的私人物品是角落那一小架CD片。她肯定是個怪女人，房間裡面什麼裝飾品都沒有。我們那間美髮沙龍，每個人只有鏡子前面一點空間，但大家還是拚命裝飾那塊三十公分的空間。再說她要生寶寶了！我根本沒看到半件嬰兒用品，不過我是聽說過有人不敢提早買嬰兒用品，擔心會招來厄運……以為從此能幸福快樂，反而惹來上天的怒氣。

我的手機開始震動，我們兩個人都被嚇到了。美帆打來了。她竟然會打給我，一定是累壞了。「亞拉！是我。看妳的訊息！回我訊息！」我接起電話，她講完之後就掛掉了。

我打開訊息，發現她傳了一堆訊息給我。「妳在哪裡？？？妳沒事嗎？？？我剛剛敲了妳的門，可是妳不在家！！」

我回訊息給她：「在樓下302。這個太太肚子很痛，我沒事！！」

大概十秒之後，我就聽見敲門聲。

「那是誰？」女人虛弱地開口，我跑過去開門。

美帆看到我似乎鬆了口氣。她的長髮綁成兩條辮子，手和手臂上一如往常地沾了許多顏料。

「妳嚇死我了！」美帆語帶斥責。「妳不能這樣！傳完訊息之後竟然就消失！」

我抱歉地皺著臉。

「我打電話報警了。」聽到美帆這麼說，我搖搖頭。「我再打個電話，叫他們不用過來了？」她問道，我點頭。

「是誰呀？」客廳裡的女子詢問著，美帆跟我走了進來。

「哈囉，妳還好嗎？」美帆看到對方躺著，溫柔地詢問：「我這位朋友亞拉傳訊息，說她聽見尖叫聲，接著就沒再回訊息，所以我很緊張。」

那個女子慢慢坐起來，輕手輕腳地碰碰肚子。

「我剛剛非常痛。」她說：「我先生……不在這裡。」她說得猶豫，劃圓揉著肚子：「我真的覺得感覺好多了。還是會痛，不過現在沒有那麼痛。我懷孕了。」最後一句話聽起似乎有點不接受異議的意味。

「需要幫妳打給醫生嗎？」美帆說。女子搖頭，看著我。我碰碰美帆的手臂，對她搖搖頭。

「好吧，至少妳現在好多了。」美帆說：「很棒！對了，我是美帆，這位是亞拉。我們住在樓上。」

「我很抱歉。」女人說道：「現在很晚了，我還吵到妳們。我很驚訝整棟辦公住宅沒有都跑來敲我的門。」

「別擔心啦。」美帆說：「亞拉比較特別。她比大部分的人聽得更清楚。我很確定其他人都還在睡。」

「妳先生什麼時候回來？」我打字。

她讀了我的訊息，搖了下頭。接著美帆從後面戳我，叫我別問了。

我去餐桌邊確認馬克杯裡面熱水的溫度。現在這個熱度可以入口了，於是我拿給女子，她喝了一小口。

「真的很謝謝妳，還帶了熱水。考慮得很周到。」她兩手捧著馬克杯，擺到肚皮上。

我虛弱地笑了。還好她不知道我本以為她被強暴，我提水壺下樓，是因為本來打算把滾燙的熱水澆在強暴犯的臉上。

「時間很晚了。我真的很抱歉讓妳們待到現在。請回家去睡覺吧。我真的覺得好很多了。」為了證明她的說法，她顫抖著站起來，對我們微微一笑。

美帆和我看著時鐘，現在凌晨四點零五分。我們都聳聳肩。美帆有自己的作息，而且想睡多晚都可以。

不過我得在九點半上班。翠蕊那天晚上之後就沒有再出現，從那之後我還沒有專用助理。我目前很低調，也還沒要求店裡指派加入。

我牽起女子的雙手，用力捏了捏。這雙手骨節分明而且十分柔軟。

「謝謝妳。」她說完，不好意思地垂下眼睛。美帆低聲道了晚安，我們一起輕輕關上大門，離開她家。

■

隔天上班時，我想起那位太太。忍不住一直回想她絕望的眼神，這是怎麼辦到的呢？儘管她很痛，但還是不願意去急診室，因為醫院可能會奪走她的寶寶。

我無法想像那樣的感受。我無法想像有個小孩，必須時時刻刻顧著他或她，所有的時間都奉獻給小孩，完全沒有自己的生活。我很好奇其中的心境轉變，產生那種本能的瞬間，到底是什麼感覺。

有個客人說過，問題在於這個國家很多跟我同世代的人，我們不是為了明天而活。這位客人是社會學教授，他向幾位助理提了很多問題，被問起人生選擇，她們顯然很不自在。我很想對客人說，要是她們能好好回答出這種問題，她們就不會來美髮沙龍工作。不過他和其他人當然早就明白這一點，他只不過是壞心眼。「父母親必須愈過愈好，這樣你才會知道必須投入心力改善人生。如果成長時身邊的人都愈過愈不好，那麼你就只會過一天算一天。我每次問年輕人，未來有什麼打算？要是明天到來，你卻早就花光一切積蓄怎麼辦？他們說他們就會一死了之。韓國就是這樣才會有全世界最高的自殺率。」

他好像在上課一樣，訓了沙龍所有的人一頓。

我倒想問他，他自己的孩子是不是很聰明、很孝順，又很成功？因為事實上沒有這種人。

有些時候，我會覺得自己不能講話應該算是件好事。

■

居莉在晚餐時傳訊息給我。

「我們經理說，泰仁今天晚上可能會來埃阿斯一趟！媽媽桑明天要年度健康檢查，今天下午五點開始就要禁食禁水，所以不會在店裡。時間點非常完美。妳有機會提早下班，九點左右過來嗎？泰仁的經紀人一定會帶幾個公司的人，我敢打賭他真的會出現。就算他沒來，至少妳也能見到經紀人。」

我把這個訊息看了又看，覺得喘不過氣，必須坐下來。助理們一看到我的臉就像蟑螂般紛紛走避。或許翠蕊終究還是跟她們講了我的事。

終於，我終於能見到泰仁。我幻想過上千次了，每一次夢裡他都能理解我，還想跟我單獨聊聊，帶我回他家。我們會躺在他家的地板上，聽一整晚的音樂，他在實境秀《我孤單的房間》裡就會這麼做。我跳起來盯著鏡子。我必須去一趟。我知道如果不是真的有機會，居莉絕對不會傳訊息過來。

我立刻明白必須改造自己。我得跟同層樓的女生借點東西。我在腦中回憶她們穿過的洋裝，想到曾經看過美帆穿著一件深綠色的洋裝，我非常喜歡。我現在就得向她借衣服。

我快步走到櫃檯，詢問今天我還剩幾個客人，他們說只剩兩位，真是太幸運了。朴美伊太太和林明相先生。我在手機上打字，說有急事必須回家，金小姐是不是能幫我打電話，問客戶希望改約或請其他有空的設計師服務。朴太太預約燙髮，她每三個月燙一次，不過這也沒辦法。林先生則是每個月固定的修剪。金小姐點頭，問我出了什麼事，我只是搖搖頭，飛奔進置物間換回便服。我離開的時候看著金小姐，示意她傳訊息給我，她點點頭，揮手送我離開。

■

我回到辦公住宅時，沒有半個人在家，美帆也沒回覆我那件洋裝的訊息。我輸入密碼解鎖美帆和居莉的房間，一進門就狂翻她們的衣櫥。

那件綠色洋裝我是在居莉的衣櫃裡面找到的，而不是美帆那邊，所以我在群組裡面寫道：「不知道居莉衣櫃裡面的深綠色洋裝是誰的，借我穿！謝謝！還有化妝品和鞋子！」

不過光靠居莉的化妝品畫不出居莉美麗的臉，走出她房間的我，膚色有點太白，眼睛也有點太大，我不是非常滿意。我一直都不太會畫眼線，不過至少髮型看起來很完美。洋裝對我來說有點太緊，穿上之後我夾捲頭髮。可惜居莉的鞋子對我來說都太大，只好穿自己的鞋，唯一勉強可以接受的是一雙裸色高跟鞋，幾年前的夏天買的，有點咬腳。氣象預報都說今天晚上可能會下雨，於是我帶把雨傘，免得毀了這件洋裝。等我攔到計程車，時間早就超過九點，而且塞車塞了快要十分鐘，害我差點焦慮到哭出來。居莉傳訊息說泰仁剛到，還說我到了之後她會上來接我。

計程車終於靠邊停下來，我的心臟狂跳。幾個穿著西裝的男子在門口附近閒晃，我看到居莉就在門邊揮手。

「妳到了！」她尖嚷著。我聞到她吐出的酒氣，她傻笑著捏捏我的手，顯然已經醉了。我們踉踉蹌蹌地一起下樓。「他和兩個朋友一起來，還有經紀人，晚點經紀公司的老闆也會過來。還有秀津！秀津人在另外一間包廂，不過她很快就會過來！」

我們走過黑暗的走廊，沿路上公關小姐和服務生在包廂間進進出出。門板開啟的短短片刻，我們聽見片段的談笑、低聲交談，還有些人在唱歌。居莉總算停下腳步，開了門輕輕把我推進去。

包廂裡面很暗，中央擺著長長的大理石桌，洗手間在角落，四個男人坐在桌子旁邊喝酒。坐在右邊深處那個真的是泰仁。

這裡竟然只有這些成員，似乎很奇怪，而且也沒有人狂熱地盯著他。我沒有產生幻覺，他的皮膚在發光，臉比我以為的還小。我每天晚上都在螢幕上盯著這張臉，現在，他完美的臉蛋離我這麼近，我只要伸手，就能捧在掌心。

「亞拉，來吧。」居莉說完推著我往前走到桌邊，接著讓我坐在泰仁旁邊。

我點頭致意，全身都漲紅了。

「居莉呀，妳走的那麼快，我都要生氣了。」其中一個穿著直條紋襯衫的人說道，他看起來跟泰仁差不多年紀。

坐在對面的男人說：「對呀，我都不知道妳那麼搶手，甚至坐不到十分鐘。」他有張圓臉，皮膚很差，而且表情看起來不太友善：「這地方變得太傲慢了。」

「我去接我朋友呀，她是泰仁的大粉絲！」居莉開心地說著：「才不是去其他包廂呢，傻瓜。」

「呃，真的嗎？一個粉絲？」條紋襯衫男說：「他討厭粉絲。」

「我沒有。」泰仁迅速開口，作勢打了一下他的肩膀。他轉過來對我燦爛一笑，不過我看得出來他現在有所防備了。

「妳叫什麼名字呀？」泰仁的大塊頭經紀人也轉身面對我。他的大臉上痘疤很多，我看過每一部電視實境秀，所以也認得他。王冠還沒出道，他就已經跟著他們。廣播上聊過很多關於他的事，電視上則不常提到。我立刻想起他曾經偷偷把食物藏在自己的房間，結果那些孩子一整天練習之後只能餓著肚子，他卻假裝沒事，一天之內就花掉了一萬韓元的食物預算。他還曾經喝得太醉，忘了去機場接他們，結果他們得自己花錢搭計程車回家（那時候他們還沒開始賺錢）。這個經紀人讓王冠在又窮又困難的時期經歷那麼多痛心的事，我不知道他們怎麼能夠繼續待在他身邊。

「她名叫亞拉。」居莉說：「她是個啞巴。」

「什麼？」整桌的人都大叫，我的臉更紅了。

「我從來沒有遇過啞巴耶！」其中一位朋友說：「哇，每次我來這間高檔俱樂部，事情都變得愈來愈有意思。她既然是個**啞巴**，那她該怎麼跟我說話呢？」

「你白癡喔，肢體語言啊。」高個兒說完自己笑了：「她一定熟悉很多方言。」

我幻想著見到泰仁很久了，不過我自問，怎麼從來沒有多做點準備。我感覺到自己熱燙的眼淚漸漸盈眶，此時秀津開了門走進來。

她興高采烈地對著居莉說：「他們說妳在這裡！哈囉，大家好！」

那些男人瞥了她一眼之後就沒理她。她接著看到我和泰仁

「亞拉？噢，我的天！」她立刻就明白發生了什麼事。她快步過來坐在我身邊，接著捏捏我，開始鼓譟。

「搞什麼鬼。」我聽見那高個子咕噥著，他按下桌上的蜂鳴器，一位服務生進了包廂。「叫媽媽桑過來。」他說。忽然間所有人都安靜了下來，居莉似乎非常焦慮。

沒一會兒一身黑的經理就打開門，安靜地滑進包廂。「您好。」他深深鞠躬：「請問發生什麼事了嗎？我能為您服務嗎？」

高個指著他：「我說了，打給**媽媽桑**。不是你，我不知道你是哪位。」

「其實她今天不在，不過我一定能替您服務。我該清場嗎？」經理看著居莉，我看得出來他非常努力想保護她，因此也想保護我們。他喜歡她，這很明顯。我們大氣都不敢喘。

「我天殺的到底需要講幾次打給媽媽桑？她有手機不是嗎？其實我自己就有號碼，我現在就打給她。」

我們驚恐地看著他拿出口袋中的手機，滑了幾下之後撥號。

居莉輕輕地罵了聲「媽的」。秀津起身，拉著我的手腕，我們慢慢地往門口移動。就這樣了。泰仁甚至沒跟我說話。我沒有機會打字給他看。我踏出包廂時絕望地回頭看了他一眼，他正在和朋友說笑，甚至沒注意到我離開了。

門板闔上的同時，我聽見那個朋友對著電話大喊。「品管出了什麼問題！我還以為這裡是前百分之十！而不是新手和怪胎之家！我這幾年在這邊花了多少錢，結果卻是這種待遇！」

我不顧腳下的高跟鞋，飛快地往前走，努力跟上秀津和居莉的腳步。「妳們最好快點離開。」居莉在另外一扇門前面猛地停下腳步，輕柔地說道：「我們回家見囉。」她打開門溜進去。秀津牽起我的手，我們又迅速邁開腳步。我知道她現在的感受，她也知道我的，很快地，我們倆跑了起來。

■

我失去聲音的那天也像這樣。秀津牽著我的手，拉著我逃走，我跟著她一路狂奔。其實那天就是她帶我過去泥土路旁的那道拱門。她說天黑之後，我們可以在哪裡加入壞孩子的幫派，這樣接下來的幾年就能成為學校裡的頭頭。我不想去，我還不確定自己想不想被人貼上壞孩子的標籤，因為這代表所有老師都會討厭我們，給我們特殊待遇，而且只要發現我們不守規矩，就會痛打我們一頓。有個一進會的學長，他的耳膜就是被副校長打破的。

其他學校的人都聽說了那天晚上的入會式，過去打架打輸的都想趁機報仇，但我們不知道這件事。他們帶了木板，還有人帶了啤酒瓶，在人行道上敲碎了當武器。我們遭到包圍，而且不知道對方真的打算用破酒罐砸我們。有個前輩尖叫著：「快跑！」，整個世界就此陷入一片混亂。我沒有看到打我的女生長什麼樣子，不過秀津後來告訴我，那個女生拿著球棒。

我們回到大宅的院子之後，秀津先叫醒我父母，接著才打電話叫救護車。那天晚上的事我已忘得差不多，不過還記得秀津的指甲，指甲裡面卡著血漬和皮膚，有個女生攻擊我，而秀津用力抓了她的臉。那女生聽見有人大喊「警察來了！」就分心了，秀津趁機抓她，接著趕快拉我離開。我的頭痛到快要爆炸，什麼都看不清楚。

「我好抱歉，我好抱歉。」她尖叫著。她因為我而痛苦哽咽的嗓音，是那天晚上最難熬的回憶。

居莉

我知道我不會拿到這份工作，人生哪有這麼容易的事。不過只要我努力嘗試過了，就有點意義，不是嗎？

過了三個星期悶悶不樂、度日如年的日子，我終於開始想在下班後出去喝一杯。看到秀津稍早傳來訊息，說今天我們兩個差不多時間收工，我要她過來我最愛的烤肉店會合。她已經在洗手間待了二十分鐘，我一直獨自烤肉、吃肉、喝酒。我感覺得出來其他桌客人同情的眼神。

現在是週四凌晨一點，這間店當然擠滿了人，服務生被四處召喚，個個一臉痛苦，不過我才不在乎。我叫來一個年輕的服務生，要他幫忙烤肉，我趁機去找秀津。她站在洗手間裡的鏡子前，用漂亮的水晶指甲戳著臉。

「妳在幹嘛啊？」我怒道。

「噢，抱歉抱歉。」她慌張地說：「我嘴巴裡卡了好多食物，剛剛忙著把食物摳出來，接著我想或許右邊的臉頰恢復了一點知覺，不過應該是搞錯了。馬上就來！」

回到桌邊之後，她從冒汗的服務生手上拿回烤肉夾，開始翻起豬五花，並把烤好的肉夾進我的盤子。我看她拿起剪刀，將自己要吃的肉片剪成小塊，覺得心口一軟。我當然沒忘記這是怎麼回事，她現在每一頓飯都吃得很辛苦，食物會卡進牙縫，只能慢慢咀嚼，下巴還會發出喀噠聲，失去知覺又很不舒服。

「妳會愈來愈習慣的。」我又講了一次。我自己動完手術之後，只能非常認真工作，否則就會像鶴那樣伸長了脖子確認，還會因為沒有知覺而不停戳著自己的臉頰。這些知覺永遠不會恢復，不過小手鏡和自拍就是用在這裡，可以檢查食物或飲料有沒有流到下巴上。我什麼都沒說，只是伸手從包包拿出我的最愛，一把圓圓的小手鏡，旁邊還有蕾絲裝飾。

「噢，沒關係啦。」她偏著頭笑了。秀津已經大致消腫，過去這週臉蛋突然明顯變美。每次看到這一切，我總是非常驚奇，等到改變終於發生，美麗就會忽然盛放。

我有發現隔壁桌的男人在偷看她，也偷看我。她接受我的建議，找上我接睫毛的工作室。在她最近才開始變得對稱的雙眼之上，他們施展了神奇的魔力。就連她的鼻子看起來也變得更可愛，這是下顎手術常見的附帶效果。臉如果變小了，那些沒處理的部分也會連帶變得更漂亮，比方額頭還有鼻子。

三週之前泰仁事件那晚，我希望秀津看起來也這麼美。這樣一來或許她就能被埃阿斯雇用，我們現在搞不好就能和王冠團員去金碧輝煌的新俱樂部，在私人包廂開趴。但她現在只能到處接案，搭著巴士去當晚人手不足的俱樂部救火。就連這份工作都還是靠著我打給在江西區工作時認識的老朋友，拜託對方幫忙才求來的。

■

「**妳真的失心瘋了嗎？**」媽媽桑說。那個災難般的夜晚之後過了幾天，我去找媽媽桑道歉。時間還不到傍晚，她坐在其中一間包廂的桌前，在黑色小冊子上寫下數字，並用手機當成計算機。

美帆很堅持這件事，她說無論如何要當面道歉。「去道歉就是了。相信我，這很有用。長輩們就只是想要對方先採取行動，先來道歉。」我本來計畫就這麼一直待在家裡，管那些欠債去死。美帆說：「反正狀況不會比現在更糟了吧！」她不再因為男友而悶悶不樂，那種主動犧牲的氣氛，我實在有點受不了。儘管她非常堅定，我還是過了好幾天才採取行動，而且是還因為經理大哥傳了訊息，他說媽媽桑聽到我的名字卻沒有任何反應。**如果妳現在進來，就會像什麼都沒發生。**他寫著。

「我真的非常抱歉。」我說了又說，腰彎到不能再低：「我沒什麼好辯解的。」

媽媽桑低頭看手機，彷彿沒有注意到我的存在。她讓我等了整整半個小時，直到結算完帳本，並且打了幾通電話，不過我也沒有動。我趴得算舒服。我想像裝在她巨大顱骨中的腦袋不停轉動，盤算著該怎麼好好羞辱我，但又不至於讓我直接崩潰。

她終於對我開口，聲音聽起來惱怒又無可奈何：「妳聽好。」她說著用力關上小冊子，我嚇得一縮。「這個產業已經跟過去不同，一切都很困難，這不是什麼祕密。每個人都過得很苦。我過得很苦，妳肯定也會很苦，不過我知道你們這些白痴沒人想那麼遠。」

她可悲的醜臉看起來蒼老消瘦，我想著她維持這張醜臉省下的那些錢。她的眼神並不熱烈，不過就連在我最受歡迎的時日，那雙眼睛也從未為浮現暖意。「快去準備吧，拿出紅牌的樣子好好賺點錢。」她揮揮手叫我離開。我就這麼解脫了，一切雲散煙消。

■

秀津低調地把一些肉吐在餐巾紙上之後，她說：「我覺得妳應該找份不同的工作。」

我對著一口杯哈哈大笑說：「妳都花了這麼多時間和金錢，承受那麼多痛苦，只為了進入高檔俱樂部，現在妳卻要**我**離開前百分之十的埃阿斯？」我嘻嘻哈哈地問著：「接下來我又該做什麼？從掃廁所開始做嗎？」我從沒有認真思考過這個問題。無論我怎麼看，我很清楚到處都只有自己不可能做得來的工作。就算我努力不看新聞，但整座城市都播放著關於失業的頭條消息。我昨天塞車卡在路上，只能盯著對面新沙站的巨型電視，主播以巨大的字幕談論著「十年新高」之類的，還有人們就快要開始因為無聊而殺人。失業人數包括那些擁有高樓大廈，不需要工作的人嗎？這座城市裡面每棟摩天大樓和每間購物中心的所有人，好像整天都在飯店、健身房與百貨公司打轉，可能一輩子沒有工作過半天。他們最固定的通勤恐怕是從家中前往高檔俱樂部。

「不過我覺得妳的媽媽桑對妳不好。」聽到秀津這麼說，我笑得更大聲。她惱怒地對著我搖頭：「我是說我懂，我都懂，不過妳最近看起來壓力真的很大，我從來沒有看過妳狀況這麼糟。」

服務生又上了一瓶酒，秀津替我倒酒。

「那妳呢？」我說。「這也讓妳重新考慮這個工作了嗎？」

「沒有耶，不過對我來說不一樣。」她說：「我現在很忙，忙著享受當個美女。」她迅速地瞥了四周一眼，看看有沒有人聽到她講的話。發現有個人厚著臉皮盯著我們，她紅了臉。「還有啊，我不太容易有壓力，就算有我也知道該怎麼不去多想。亞拉可以作證。如果在孤兒院長大，很早就懂得這些事，否則會活不下去的。我既然能撐到這麼久，那就沒問題了。而現在這當下，真的就是我人生的轉捩點。」她用熱切的眼神看著我。我知道她快哭了。

「我不知道。」我倉促地開口：「美帆看起來就不像能好好處理自己的壓力。」

「美帆喔？」秀津似乎分心了：「妳不用擔心，她會沒事的。她只是在仔細計畫如何復仇，就這樣。我們非常重視解決方案。」

我看著秀津，覺得很有趣。「復什麼仇？」我問。不知道美帆有沒有告訴她韓彬的事。今天聽到秀津發表的這些深刻見解，其實很有意思。重點是，我最近的狀況不算壓力很大。她應該看看我還在彌阿里的日子。

「她只有說自己發現他偷吃。」她說著伸手去夾一塊燒焦的豬五花肉。「不過她早該明白會這樣。我頭一次聽說他們在一起，我就說過對方會偷吃。」

「妳見過他嗎？」我挑眉。

「沒有，不過我不需要見到他。」她說：「那麼帥又那麼有錢的人，不會那麼好。」

「我猜也是。」我說著嘆了口氣。突然之間覺得好累好累，而且還想起南怡。那天她來過之後，我還沒辦法好好跟她說上話。她傳了幾次訊息，我都沒回，所以她就沒再傳了。每次我想到她，就覺得心裡又死了一點。

「我一直在幫美帆出主意。」秀津淡淡地說道：「我只需要先確定幾件事，比方哪些記者會相信我提供的消息，哪些願意付錢買消息，哪些接受匿名爆料。美帆必須很有耐心，她注定要變得很有名。我們孤兒院裡的大家都這麼說。」

我們又乾了一杯。我提醒她臉頰上沾到醬汁，她連忙擦掉。擦完之後拿起手機，開始搜尋相簿照片。

「我們都跟她要了一張畫，因為我們很清楚，她總有一天會變得非常有名。妳看，這幅是她高中時畫的。」她將手機遞給我。螢幕上出現一幅精細的鉛筆畫，畫面上是花田中的一家人，他們排成一列依序前進。父親走在最前面，接著是母親，再來是抱著好幾本書的大女兒。後面跟著一個矮小的身影，那個身影穿著女孩的韓服，但上方卻是巨大的青蛙頭，圓鼓鼓的眼睛瘋狂地瞪著前方，還有吐著閃爍的舌頭。

「呃，我不會想要那樣的收藏品。」我說著把手機還她：「妳竟然問她能不能把那幅畫給妳？太可怕了吧！」

「那是她的蟾蜍系列。」秀津說道：「她畫了很多井中的蟾蜍人，不過這一張很多花，而且沒有死人，看了心情很好！」她低下頭，笑著看向照片。

我就知道她們倆都不太正常。

「我以為去紐約對她是好事，才故意讓洛林中心注意到這筆獎學金。不過我猜她也是因此遇上韓彬，結果現在因為韓彬過得很不快樂……」秀津愈說愈小聲。我問她在說什麼。

「我剛到首爾時，先是在美髮沙龍當助理。有天我聽到客人跟設計師吹噓，說她女兒申請了紐約的美術獎學金。我聽得非常認真，後來上網查了資料，接著打電話回洛林中心，要求中心替美帆申請。」秀津搖搖頭：「那邊的大人從來不會替我們考慮未來的事，不過這麼講不太公平，畢竟還有我這種麻煩小孩要顧，常常忙著收拾我們搞出來的殘局。這就是為什麼我們這些出了中心的前輩，要替年紀比較小的學妹時時留意消息。我也一樣，因為中心出來的姊姊聯絡，才會有美髮沙龍的工作。那工作雖然很可怕，不過至少讓我走到了這裡！」

秀津對我微笑，彷彿正在揭曉大轉折的故事結局。

■

「總之，我今天早上去仙杜瑞拉回診，聽說具主任離職了。」走回家的路上秀津說。

「妳說什麼？」我很驚訝。具主任從仙杜瑞拉診所剛開幕，就陪著沈醫生。總是她介紹新的客人，並且說服老客戶接受最新的手術，我想像不出來，沈醫生少了她該怎麼辦。她的招牌動作就是誇張地比著自己的臉蛋和身體，低聲對客戶說：「我什麼都做過了，所以妳都可以問我，什麼都行，我絕對會老實告訴妳。」至少可以說她說服力驚人。

「對呀，我聽說她去了『嫉妒我』，新沙站旁邊那間新的大型醫院。」秀津說道：「仙杜瑞拉診所似乎很驚訝，我今天過去的時候每個人都一團亂。我猜她根本沒有找人交接，也沒有訓練新人之類的，我還看到年紀最小的助理手忙腳亂地在為客戶進行諮詢。」

如果是去了「嫉妒我」，那就說得通了。這間新開的大型醫院最近廣告打得很凶，大家都在觀望。照片上可以看見二十層樓高的大理石建築物，地下室是SPA美療設備，最高的幾層樓是奢華的飯店房間，提供前來韓國進行套裝整形手術的外國客戶入住。

「反正，我跟沈醫師說了，妳會是主任的最佳人選，他似乎很贊同。」秀津說。

「妳**說什麼**？」我停下腳步瞪著她。

「至少我**認為**他很贊成啦。」她似乎有點語塞，不過很快又覺得充滿希望。

「好吧，妳得告訴我妳**到底**說了什麼，還有他說了什麼。秀津！妳瘋了嗎？現在我不能再去診所了！」

我因為酒精而混亂的腦袋，此刻浮現出沈醫師聰明但總是沒什麼表情的臉，真是嚇壞了我。回到辦公住宅之後，我把秀津拉進房間。美帆還沒到家，最近她的眼神又開始熊熊燃燒，連晚上都會跑去工作室。我對她唯一的要求，就是別把任何詭異的油畫帶回家。我不想看到南怡的頭掛在竿子上，也不想看到任何正在進行的詭異作品。

「繼續說。」我對著秀津狠狠地開口。

她走到廚房倒水。「好啦、好啦，對沈醫生說了那些，我很抱歉，不過我就是想到妳呀！妳一定能做好那份工作，再加上媽媽桑那麼壞，妳也知道，這對妳來說會有所不同。最糟的狀況不過就是他們不用妳而已。」她說：「我只說了妳想換工作，而且很擅長做這行，畢竟妳拉了很多客人，比方說我，還有其他好幾個女生，不是嗎？沈醫生就點頭啊，像這樣。」她模仿得有模有樣，做出他那臉聰明樣，面無表情地點著頭。

我仔細思考秀津說的話，感覺自己臉紅了。我穿著粉紅色西裝外套，翻領上別著不鏽鋼名牌，溫和地看著那些憂慮的女子，對著她們微笑。可是我不知道該怎麼應付女人，我忍不住這麼想。不過話又說回來，我也不是真的知道該如何應付男人。我想著自己愈來愈多的債務。

「就去見見沈醫生吧！看看他怎麼說。」秀津說著打起呵欠。她起身離開。

「我很確定他們一定會收到上千份履歷。」我輕快地說著：「搞不好上萬份。我連履歷都沒有。」

「對呀，不過妳是他們診所的活廣告。」她說：「妳在那邊做過多少手術，多少療程？他們有多少客人會來應徵這份工作？我敢打賭只有妳一個。考慮看看吧。」

秀津轉身準備離開，我們聽見美帆那邊的聲響，先是輸入密碼的聲音，接著門板開啟。

「哈囉。」美帆看見我們，歪歪頭打招呼。秀津和我都倒抽了口氣。美帆狂野飄逸的頭髮竟剪到齊肩，她看起來像是完全不同的人。她看起來年紀更小。不對，年紀更大。不對，更年輕才對。時髦、魅力四射、令人驚嘆。

「我知道啦我知道，我還要多老哏？」美帆看到我們的表情，她哈哈大笑：「亞拉一刀剪下去的時候我還真的哭了。亞拉也差點哭了。我花了整整二十分鐘說服她，我真的想剪頭髮。明明她之前一直千方百計暗示我該把頭髮剪了！」

她前後甩甩短髮。那一頭完全燙直的髮型，讓她看起來就像是放大之後貼在豪華購物中心外牆上的模特兒。「我們系主任可能真的會殺了我。」她說：「反正就這樣囉。」

「看起來非常讚！」秀津說。她走過去，碰碰那些髮絲。「感覺很自由自在嗎？」

美帆點頭，不過嘴唇在顫抖。「我真的後悔了一、兩個小時，不過開始工作後就完全忘了這回事。後來在鏡子看見自己的倒影又想起來，結果又開始哭。不過我想現在沒事了。亞拉還把頭髮捐給了某個慈善機構，讓我覺得比較好過一點。」

「亞拉真是天才。」我說：「看著妳，我也覺得輕鬆多了。」

「下個星期有個採訪要拍照，主題是正在崛起的藝術家。」美帆緊張地玩著髮尾。「我告訴亞拉，我可能明天就會染成藍色。電光藍色。我一直想要一頭電光藍的頭髮，就像運動飲料那種藍。」

「哇，哇！慢慢來就好。」我說：「給自己至少一個星期的時間想一想。我不建議一下子就進行這麼多極端的改變，妳很可能會後悔。」

秀津從後面戳戳我。

「看到沒有？」她說：「妳天生就適合那份工作。我第一次去諮詢的時候，具主任就是那麼跟我說的。不過她很狡猾，接著推薦了另外十幾項我該做的項目。」

■

那是好幾年前的事了，當時我不知道該不該繼續動手術，心裡十分掙扎，於是跑去找了非常有名的算命師。對方本來告訴我，削掉下顎會一併帶走晚年的運氣。不過她寫下我的姓名、生日以及出生時間，算完八字和未來之後，她的表情變了。她說我的晚年厄運纏身，所以我應該盡量嘗試改變命運。

她告訴我，我鼻子的形狀會讓所有流進來的錢財立刻漏光，而且我的愛情運非常薄弱，如果真的能結婚，愈晚愈好。她同情地皺著臉。她說我跟歷史上有名的將軍有同樣的八字，他知道自己晚年的運勢，覺得自己沒有什麼好損失的，於是他光榮戰死。

如果清楚知道沒有其他機會，總是比較容易放手一搏。

■

到了週六早上，我竟然真的坐在仙度瑞拉診所的候診室，而且來了這麼多次，頭一次這麼不安。我一手按著右邊膝蓋，希望能讓腳停下來別抖了，不過它自有主見，

通常我會在這裡對其他候診客人品頭論足，看她們臉上過大的墨鏡還有墊得太高的鼻子，兩隻大姆指同時瘋狂地敲打手機螢幕。曜漢的樂高課不能遲到。你有聽說嗎？大秀進了某某學校！或者對她們的丈夫講一些尖酸刻薄的話，雖然我想像不出來傳訊息給丈夫會是什麼表情，不過我很確定她們正在這麼做。親愛的，我做了你最喜歡的大醬湯，所以請你這輩子至少回家吃一次晚餐。或者你襯衫領口上那些口紅印洗不掉，所以趁著你睡覺打呼的時候把襯衫剪成了緞帶，祝你今天過得愉快呀！

可是今天不一樣，我的注意力放在櫃台後的工作人員身上。四位穿著粉色套裝的助理，其中三位我很熟悉，不過第四個一定是新人。她看起來年紀輕輕又小心翼翼，眼睛還時不時瞄著左右兩邊的助理。我用力看了她一眼。他們為什麼挑中了她？她看起來很容易受到驚嚇，蠢蠢的，而且根本不漂亮，還沒做過很多手術，就我看起來大概只有動過眼睛，打了一些填充的東西吧。她的頭髮全部往後梳，綁著緊緊的馬尾，露出不太整齊的髮際線，短短的絨毛分布不太均勻，看起來有點尷尬。我習慣性地摸摸自己的頭髮。雖然我已經兩週沒有上美髮沙龍，不過我晚上通常會用髮膜滋養頭髮，髮尾就像海草一樣絲滑。

其他助理都已經在這裡工作了好幾年，至少從我第一次上門到現在。她們人挺好的，嗓音非常甜，而且非常有效率，能讓妳先把錢付了。她們有一種特殊的技巧，不但讓妳覺得自己很幸運能成為這裡的客人，也同時讓妳隱約感覺她們私底下其實看不起妳，結果為了贏得她們的敬重，妳只好在這裡花掉一大堆錢。

希望她們能稍微放下手機抬起頭，我正努力在臉上展露欽佩之意，笑到臉頰的肌肉都痛了。手機震了一下，我點開來看。是經理大哥傳來的訊息。**早安！希望妳今天一切都還順利。妳最近在忙什麼呢？**他傳了咖啡折價券，搭配眨眼兔子的表情符號。

我忍不住微笑。一開始我甚至沒注意到他的用心，他其實在很多小地方都幫了我很多。不過現在我很明確知道他喜歡我。這很可愛，目前並不讓我覺得煩。

就是上點彩妝課。我這麼回傳，就算他人很好，畢竟還是個男人，而且拿媽媽桑的薪水。此外，或許這段情愫根本不會有結果。

■

櫃檯喊了名字，坐在我左邊的女子收拾東西站起來，我聽見她在諮詢室的提問，她問起本月優惠。我來這裡已經很久了，所以我很清楚優惠沒什麼意義，因為什麼項目都可以討價還價，不過我還是俯身看向擺滿廣告手冊的架子，抽出最新的傳單。

「**準備過夏天囉！**」身著鮮紅色比基尼的女生站在泳池旁，下方列出特價金額。傳單上只列出了「小型」無創的那些手術。其中那項「無肩帶包套」非常吸引我，包含肩膀後側的肉毒桿菌、蝴蝶袖注射「肥胖剋星」，還有二代 Healite LED 光療修復或低溫療法二選一。我去年夏天做了好幾次光療修復，很喜歡療效。我繼續往下看，這張清單提醒我需要再來點腋下美白，唇周微微的翹起也有點塌陷，需要再補個幾針。我眨眨眼睛要自己別想了，今天我需要專心。我從包包裡面拿出薄薄的筆記本。筆記本是那位已婚的姊姊從辦公室拿來給我的，裡面記下了昨天晚上和她們討論過的談話重點。我也列出自己介紹來這間診所的女生。包括美帆和亞拉，她們兩個這星期也預約了，這樣她們就能順便提到我的名字，增加我錄取的機會。亞拉諮詢之後知道很多整形的選項，她對這些非常好奇，不過她應該會從一些小手術開始，或許墊一下鼻子吧。

我的手機震了一下，又是經理大哥傳來的訊息：

我朋友在江南車站附近的午睡咖啡廳新開幕。妳忙完之後，想不想跟我去看看呢？

沒過多久又震了一下：

突然發現剛剛那樣講聽起來可能有點怪。我的意思是去和我朋友打個招呼，不是真的要在那裡睡覺！而且我想他們只提供單人床！不可能一起睡！

我笑了。他竟然還能保持這種單純天真，不知道是怎麼辦到的，此時助理剛好喊了我的名字。我手忙腳亂地按掉手機，很快地站起來跟著他進了諮詢室，我已經來過許多次了。我把手機關靜音，很快地傳了個比讚的表符給經理，同時透過手機的相機確認自己的樣子，接著調整姿勢。

「沈醫生很快就會進來。」她說起話來好像在唱歌，講完之後就關上門離開。

我知道我不會拿到這份工作，人生哪有這麼容易的事。不過只要我努力嘗試過了，就有點意義，不是嗎？我想到那個占卜師還有同層樓的那幾個女孩，她們上網搜尋了面試注意事項，昨天還跟我一起認真研究。我想到我母親，想到我這次不用說謊，終於能夠讓她看看我在哪裡工作，她一定很開心。不知道為什麼，我的腦海中也出現經理大哥的臉，只好趕緊清空腦袋。我又迅速看了一遍筆記，腿抖得更厲害了。

經過漫長的幾分鐘，我聽見沈醫生的聲音，也聽見走廊傳來沈重的腳步聲。他進門時，門把彷彿以慢動作轉動。

我的心臟狂跳，但還是露出大大的笑容看著他。

■

那天晚上我先繞到「伺服園」和亞拉還有秀津會合，我們打算一起回家。這間電子運動遊樂園才剛開幕，隸屬於布魯斯的網遊公司「狂戰遊戲」。老實說我之所以停下來，其實只是為了這裡的奇幻咖啡廳賣的蘭姆調酒。布魯斯發現我喜歡蘭姆酒，之後就替我帶上這款包裝很像龍蛋的調酒。不過此時站在咖啡廳裡面，盯著好幾排發光的蛋，我決定以後再也不買這款飲料。

她們兩個在角落玩得拚命，秀津用手勢示意再十分鐘就好，亞拉甚至沒有抬頭。等待的同時，我逛起設計複雜的遊樂園區，看著眼前一大片專注而且緊繃的臉龐，這些人待在遊戲區的每分鐘都是在往布魯斯的口袋裡面塞錢。我茫然地想著這裡真奇怪，既幼稚又暴力，隱蔽的門板、戰鬥場景的繁複壁畫，還有彩繪玻璃，描繪精靈與龍還有巨乳女戰士。我記得布魯斯曾經帶著一名藝術家來過埃阿斯，討論要在園區呈現的場景。藝術家沒說太多話，只是瞇著眼睛喝了很多酒，咕噥著回應布魯斯說的每一句話。

經理大哥今天才告訴我，布魯斯其實後來又去了埃阿斯幾次。每個人都接受嚴格的指示，絕對別讓他看見我。

■

亞拉在禮品店殺紅了眼，秀津和我只好幫忙把那些印著遊戲場景的海報扛回家。她這陣子一直在重新布置自己的房間。我對著這些東西的價錢目瞪口呆的同時，秀津小聲說：「泰仁的海報全都被她撕掉了。」店裡還賣遊戲中水精靈的全套角色扮演服，我還得說服亞拉別買下來。

不知道是不是快下雨了，今天晚上的空氣很凝滯。她們兩個想知道面試的細節，不過沒什麼好說的。沈醫生還是跟平常一樣面無表情，我告訴他們這次面試本來就只是練習，對方說會再通知我。我不希望她們認為我很在意結果。

我們走到辦公住宅門口，發現媛奈太太坐在門口台階上，雙手抱著肚子。她坐在台階的陰影之中，眼神空洞地看著街道的樣子，好像什麼超自然的幽靈，看起來非常嚇人，我不確定該不該說出這件事。不過我用不著擔心，其他人都很興高采烈，毫不在意地走過她身邊。我們這條街在週六夜晚總是非常忙碌，每間酒吧都燈火通明，所有人都快樂地吵著接下來該做什麼。

「我看妳們燈都沒亮，我睡不著，還在想妳們什麼時候回來。」媛奈一看到我們就喊出聲，表情忽然變得很溫柔。亞拉跑上前去坐在她旁邊獻寶，打開自己剛買的海報。媛奈人很好，表現得很有興趣的樣子，秀津也加入，忙著解說每個角色的背景設定。

我在秀津旁邊冰涼的台階上坐下，向媛奈打了招呼。關於這位太太還有寶寶的狀況，雖然老實說我不是很有興趣知道，不過只要有新進展，亞拉就會告訴我們。媛奈顯然正瘋狂著迷於布置房間。**最近的寶寶用品有夠瘋**。媛奈曾問亞拉能不能陪她逛嬰兒用品展，所以亞拉週末在會場傳了這條訊息，還附上許多照片。粉粉嫩嫩的嬰兒床帳篷、推車用空氣清淨機，還有造型就像玩具烤箱的紫外線淨化儀。

「啊我忘記講了，美帆說妳爸媽請她把這個包裹交給妳。他們之前來過，不過敲門之後發現妳不在家。」秀津說：「美帆不知道妳的電話號碼，所以請我們跟妳說一聲。」

媛奈一陣沉默，接著才嘆口氣說她其實在家，因為不想跟他們說話才躲進浴室。

「因為他們養我的過程中失敗了，所以這次為了新生兒非常努力。」她乾巴巴地說道。

我說她現在看起來很不錯呀！畢竟她有份真正的工作，而且還結了婚不是嗎？不過她只是笑笑，請我推薦好吃的外送餐廳。「寶寶總是在凌晨一點的時候想吃炸雞。」她按著肚子說。

「妳知道嗎？現在來點炸雞真的很不錯。」我說。亞拉像小孩那樣拍手附和。

「妳們要不要來我家，我們可以一起點外送？」媛奈問得有點緊張。「我一直想請妳們幾個來我家。我先生留了些威士忌沒帶走，反正他也喝不到了，妳們都可以開來喝。」

她說到最後幾句，頭輕輕一甩。亞拉點點頭，我說好啊，秀津說她來點餐，順便傳簡訊給美帆。

「噢。」媛奈突然倒抽一口氣，雙手按著肚子。

「妳還好嗎？」秀津警覺地詢問。

她彷彿在傾聽什麼似地停住不動，接著才深深呼吸。「我沒事。我想剛剛痛了一下，不過現在好了。」

我探頭看著媛奈。她看起來雖然孤零零，但並不絕望，而且似乎非常平靜，平靜到令人訝異。

亞拉坐到她身後，雙手撈起她的頭髮，十分專業地梳理起來。媛奈顫抖地吐出一口氣，彷彿經歷漫長的一天之後終於可以放鬆下來，這也讓我覺得輕鬆多了。

「妳們……妳們想看看我寶寶的照片嗎？」她的語氣很害羞。秀津吵著說好，我也點了頭。媛奈從外套口袋裡面拿出一張邊緣捲起的薄薄紙張，那是3D超音波照片。照片上可以看見散發著乳白色澤的小臉蛋，雙眼緊閉，嘴巴附近還有個小拳頭。

「哇。」秀津虔誠地抽了口氣，我們所有人都盯著那張臉。

「我還沒給任何人看過。」媛奈說：「我真的還沒和別人聊過寶寶的事。我大概需要練習一下。」她偏著頭思考。

秀津把照片遞給我，拿著這張輕薄而捲曲的影像，有一瞬間我似乎了解到什麼叫做別只顧著今天，要放眼未來。

我們靜靜地繼續坐了一會兒，盯著新生命的照片，直到遠遠看見美帆朝我們走來。她穿著洋裝和高跟鞋，步伐不是很穩。她的新髮型在路燈的映照下看起來光彩動人，我發現男人們紛紛轉身看著她。不過美帆完全沒發覺其他人的目光，雖然好像是看著我們這邊，不過我很確定她大概是在想一些漂浮的青蛙或整床的蛇，還是其他同樣奇怪的東西。

美帆走到台階前，抬起頭悲傷一笑。我們好像在某齣音樂劇場景，全都坐在門口，她卻完全沒有露出驚訝的表情。

「嘿。」秀津說：「我傳了訊息給妳。妳穿那樣是上哪兒去啦？」秀津指著美帆身上的洋裝。我認得這件搭配刺繡燈籠袖的垂墜式米白洋裝，這和申妍熙上週在首映會上穿的衣服一模一樣。

「我是個神祕的女人。」美帆露出惡作劇般的笑容，這讓我想起秀津說過，不需要擔心美帆。美帆慢慢爬上台階，熟門熟路地對著媛奈打招呼，接著在我旁邊坐下。她吁了口氣，我伸手摟上她的肩膀。「我好餓。」她才說完，我就像平常那樣，對她翻了個白眼。

一大滴雨水落下，我立刻用手遮住照片，匆匆把照片還給媛奈。秀津的電話響起，原來是外送員找不到地址打來問路。雨還在下，愈下愈大。我們起身往樓上移動。天空開始閃電打雷，大概瞄準了我們這些人，還有跌跌撞撞路過的醉漢。

致謝

我對超棒的經紀人Theresa Park懷著無盡的謝意，也感謝她在Park & Fine那支強大的團隊：Alex Greene、Abigail Koons、Ema Barnes、Marie Michels、Andrea Mai，還有Emily Sweet。我很幸運能獲得他們非比尋常的洞見與支持。就像我每次見面時都會提起的：Theresa，謝謝妳改變了我的人生。

我欠我的編輯Jennifer Hershey太多，謝謝她的耐心、引導與遠見。每次經過編輯之後，她都讓我的書變得好上許多，而且過程還非常撫慰人心、令人愉快。我想告訴Kara Welsh、Kim Hovey、Quinne Rogers、Taylor Noel、Jennifer Garza、Melissa Sanford、Maya Franson、Erin Kane以及Ballantine and Penguin Random House的所有人，謝謝你們為這本書付出的努力。也想告訴我的英國編輯Viking的Isabel Wall，謝謝妳讓我第一次的出版經驗比想像中的美好許多。

一切都始於哥倫比亞大學，Binnie Kirshenbaum在寫作分部開設的工作坊。她讀完之後的回饋與鼓勵讓我渴望繼續完成這篇小說。謝謝這一路上所有指導過我的老師，謝謝你們推薦那些書目，謝謝你們讓我花時間琢磨故事，並且不再懷疑自己：Catherine Tudish、Cleopatra Mathis、Heidi Julavits、Rebecca Curtis、Julie Orringer還有Jonathan dee。關於韓國人和韓裔美國人，特別感謝Ed Park分享智慧、替我引薦，並熱情地陪我討論。

為了撰寫這些年輕女子的故事，我用到許多之前在CNNGo和CNN Travel擔任首爾編輯時所做的專題。我的老闆Andrew Demaria和Chuck Thompson給了我夢寐以求的工作，並且持續不懈地鞭策我的寫作與編輯能力。感謝你們這些無價的訓練。

早在我的書完成之前，Min Jung Lee就帶我走過Random House傳說中的那條走廊，還在讀過初稿之後就告訴我，她非常確定我不久之後就能出書。沒有她，我永遠不會有勇氣寄出手稿。

十年前我在韓國的診所裡面，頭一次在《美麗佳人》雜誌上讀到Janice lee的文章。那時的我完全不知道，她竟然成為我寫作生涯中這麼重要的角色。Janice，謝謝妳的鼓勵與慷慨。

我要感謝Columbia Fiction Foundry還有Vanessa Cox Nishi- kubo以及Cindy Jones每週在小說中心的工作坊，讓我在搬回紐約之後能夠立刻重新拿起生鏽的筆桿。我也非常感激Soo Kong與達特茅斯學院韓國大家庭的大力支持，成員包括延世大學令人尊敬的Michael Kim博士、Henry Kim、Jaysen Park、Euysung Kim博士與Kevin Woo。謝謝才華洋溢的記者叔叔Chun Kyoung Woo，總能以周到的理論回答我所有突如其來的問題，還介紹我認識韓國最酷的人。

只要拜訪大德區的叔叔嬸嬸家，熬夜聽著誘人的家族傳說，我就會想再寫一本書。我真的應該把那些深夜的故事錄起來。

特別感謝親愛的Jean Pak與Violet Kim讀了許多不同版本的手稿，在需要的時刻給了寶貴的意見。

謝謝Christie Roche。你是媽咪的好朋友、生活小撇步顧問，還兼任日常治療師，少了你我該怎麼活？多虧了你讓我沒有發瘋。希望我們每天的聊天訊息和突然的電話聯絡永遠不會減少。

感謝Annie Kim和Jeff Lin。在我家低潮的時刻，你們的好心和慷慨的行動常讓我說不出話來。在我們家順利的日子，你們也會分享歡笑與吃不完的食物。

想對我爸媽的朋友說，謝謝你們在我父親過世之後的陪伴。謝謝你們分享的故事，謝謝你們的幫助，並且帶來那些餐點與愛。我希望我能當面好好表達謝意。

寫作這本書的時候，謝謝我的公婆Jun-jong Lee和Haesook Lim在許多重要的時刻替我們帶小孩。謝謝아버님和어머님總是照著自己的方式愛護兩個孩子，感謝你們對我們一家人的照顧。同樣非常感謝馬爾頓的Lim氏家族成員的熱情支持。

感謝Soon Hyouk Lee和Michelle Lee無比的慈愛、引導與支持，你們是我們這個家族最堅定的骨幹。Maia和Aster姊姊總是引導我們這些妹妹，教我們該如何處事。

有記憶以來，我哥哥Chris總是給予我所寫的東西非常熱烈的回應。我很愛你，也非常想念你。希望我們有一天再次能生活在同一塊大陸上。嫂嫂Jenny Jeeun帶給我們的生活甜蜜又樂觀的能量，我真的很高興妳能從我們的朋友變成家人。

我欠我那了不起的母親Min-kyung Shon太多。母親從小就會念許多圖書館的書給我聽，她會熬夜陪我準備韓國學校的十三科考試，並以最高的標準養育我，即使我未必能符合。她為自己的孩子犧牲了許多。聽著她迷人的故事，還有她在日常生活中的評論，長大之後我別無選擇，只能成為作家。我每天都想念父親。多希望他能在這裡看著我經歷人生這些篇章。

我的小女兒Cora和Avie，妳們帶來無盡的絕望與無窮的狂喜，而且總給我永不枯竭的靈感。Cora今天早上跟我說：「我最愛的就是妳。」Avie則頭一次說出「我也素！」完美地總結了我對她們的感受。

最後要告訴我先生Soon Ho Lee，我永遠不會習慣你這奇蹟般的存在。無論是半夜或白天通勤，謝謝你總是拋下手邊正忙著一切，只為了閱讀改過的稿子。謝謝你花好幾個小時跟我討論角色和用字以及文化上的細微差異。謝謝你這本書抱著莫名堅定的信念，在各方面支持我寫這本書。永遠感謝你。

Hit 暢/小說 114

如果擁有妳的臉

If I Had Your Face

•原著書名：If I Had Your Face•作者：車熺垣（Frances Cha）•翻譯：新新•排版：李秀菊•美術設計：Bianco Tsai•責任編輯：徐凡•國際版權：吳玲緯、楊靜•行銷：闕志勳、吳宇軒、余一霞•業務：李再星、李振東、陳美燕•總編輯：巫維珍•編輯總監：劉麗真•總經理：陳逸瑛•發行人：凃玉雲•出版社：麥田出版／城邦文化事業股份有限公司／104台北市中山區民生東路二段141號5樓／電話：(02) 25007696／傳真：(02) 25001966、發行：英屬蓋曼群島商家庭傳媒股份有限公司城邦分公司／台北市中山區民生東路二段141號11樓／書虫客戶服務專線：(02) 25007718；25007719／24小時傳真服務：(02) 25001990；25001991／讀者服務信箱：service@readingclub.com.tw／劃撥帳號：19863813／戶名：書虫股份有限公司•香港發行所：城邦（香港）出版集團有限公司／香港灣仔駱克道193號東超商業中心1樓／電話：(852) 25086231／傳真：(852) 25789337•馬新發行所／城邦（馬新）出版集團【Cite(M) Sdn. Bhd.】／41, Jalan Radin Anum, Bandar Baru Sri Petaling, 57000 Kuala Lumpur, Malaysia.／電話：+603-9056-3833／傳真：+603-9057-6622／讀者服務信箱：services@cite.my•印刷：前進彩藝有限公司•2023年10月初版一刷•2023年12月初版二刷•定價380元

國家圖書館出版品預行編目資料

如果擁有妳的臉／車熺垣（Frances Cha）著；新新譯. -- 初版. -- 臺北市：麥田出版：家庭傳媒城邦分公司發行, 2023.10

面； 公分. --（Hit暢小說；RQ7114）

譯自：If I Had Your Face

ISBN 978-626-310-521-8（平裝）

EISBN 9786263105263（EPUB）

874.57 112011644

城邦讀書花園

www.cite.com.tw